实力派

晓秋 主编

中短篇小说集

流水

刘建东◎著

中国言实出版社

图书在版编目（CIP）数据

流水 / 刘建东著. -- 北京：中国言实出版社，
2022.12
　　（实力派 / 晓秋主编）
　　ISBN 978-7-5171-3166-3

　　Ⅰ.①流… Ⅱ.①刘… Ⅲ.①小说集－中国－当代
Ⅳ.①I247

　　中国版本图书馆CIP数据核字（2022）第238921号

流　水

责任编辑：郭江妮
责任校对：邱　耿

出版发行：中国言实出版社
　　　　　地　　址：北京市朝阳区北苑路180号加利大厦5号楼105室
　　　　　邮　　编：100101
　　　　　编辑部：北京市海淀区花园路6号院B座6层
　　　　　邮　　编：100088
　　　　　电　　话：010-64924853（总编室）　010-64924716（发行部）
　　　　　网　　址：www.zgyscbs.cn　电子邮箱：zgyscbs@263.net

经　　销：新华书店
印　　刷：北京温林源印刷有限公司
版　　次：2023年1月第1版　　2023年1月第1次印刷
规　　格：880毫米×1230毫米　　1/32　　8.625印张
字　　数：180千字

定　　价：68.00元
书　　号：ISBN 978-7-5171-3166-3

目 录
CONTENTS

流　水

　　杨文军在社会上晃荡了八年之后，他的父亲杨士强才痛下决心要提前退休，让杨文军接他的班，进药械厂当工人。

　　阳光炽烈的午后，窗外面的树叶不动，屋内的空气昏昏沉沉，吃完午饭后，正是宣布这一决定的时机。杨士强叮嘱女儿杨文慧，不要出去跳什么交谊舞了，他要说件重要的事情。杨文慧刚刚高中毕业，什么学校也没考上，和许多同学一样成了待业青年，她对自己的前程从不忧虑，像没事人一样，每天热衷于去体育场跳交谊舞。碗筷都还没有来得及收拾，桌子上杯盘狼藉。杨士强脸色忧郁，目光犹疑不定，内心极不平静。在做出这个决定前，他有半个月的时间都没有睡好觉，拿不准这个决定对他们家意味着什么。

屋内，脸色阴沉的杨士强坐在椅子上，杨文勇坐在床沿上，而杨文慧站在门边，倚着门框，吃着瓜子，斜睨着父亲。

杨文慧吃瓜子的声音，代替了杨士强说话前的沉闷。杨士强说："我要退休了。"

杨文军和杨文慧的身体都微微颤动了一下。杨文慧把投在父亲身上的目光收回来，盯着自己修长的手。杨文军则看着残羹冷炙的桌子，好像有只苍蝇在飞。

杨士强吸了口气，像是在给自己壮胆，铁青着脸说："文军接我的班，他是儿子。"

这句话像是一颗慢慢飞翔的炸弹，一开始在空中滑翔一段，然后重重地落入两个人满怀期待的心中，炸开了。杨文军偷偷乐了，撇了一下嘴，目光随着那只苍蝇，飞到了窗户上，趴在窗户玻璃上的那只苍蝇慢慢地在他的目光中虚化了，他看到了窗外更广阔的风景。杨文慧的反应慢半拍，等到父亲终于抬起头来，挨个逡巡着自己的两个孩子时。杨文慧才嘤嘤地哭出声来，哭声穿透了父亲本就已经极度脆弱的内心，他站起来，像是要去安慰一下女儿。可刚站起来，就歪了一下，摔倒在地。杨文军跑过去扶父亲，把那张椅子踢倒了，他大声喊着："爸爸爸爸。"也不知道哪里突然来的力气，他背起父亲，冲出门，下了楼，奔向厂卫生所。

等杨士强幽幽地缓过神来，睁开眼，看到杨文慧靠在卫生所的门上，眼泪巴巴地看着他，杨士强说："小慧，你就怨爸吧，怪我没本事。可，可，我又不能分身，只有这么一个机会。只能选你哥。"

杨文军扶着父亲，春风满面。他对妹妹说："小慧，等我开了支，给你买件新衣服。"

杨文慧怒冲冲地说："我不稀罕。我自己能挣钱买。"

"那我给你买一个录音机。"他狠狠心说。

"我不稀罕。"杨文慧紧绷着脸，"谁要你买"。

"那你要啥？"杨文军试探着问。

杨文慧咬着牙说："你知道我想要啥。"

杨文军就不说话了，低下头来。

躺在床上的杨士强咳嗽了一声。两人才停止了谈话，把目光聚拢到父亲身上。

看到父亲并无大碍，杨文慧便说要去跳舞了。杨士强无力地挥了挥手。杨文慧走过哥哥身边时，突然恨恨地冒出一句："你身上一股咸菜味，当了工人你也洗不掉。"

杨文军抓起自己的衣服领子，深深地吸了一口，果然有一股咸菜味。初中毕业后他看过大门，检过电影票，扫过马路，干得最长的就是在酱菜厂当临时工，几年来，他洗过无数的大头疙瘩菜，往酱缸里倒过成吨的酱油，身上没有咸菜味才不正常。他是个乐观主义的人，每天站在咸菜缸前，闻着浓浓的酱香味，想象着自己仿佛是身处鲜花丛中，闻到的是鲜花的味道，是玫瑰香，心里对自己说："这酱香味是世界上最好的味道。"

虽然杨文慧一百个不愿意，却无法更改这个无情的事实。那年秋天起，还没有洗去满身咸菜味的杨文军正式进了药械厂，成了一名车工。他是这个家庭中最快乐的一个人，他太想把内心的这种感受传达给每一个人。他和父亲去第三医院精神科，把住在那里已经半年的母亲接回了家。他迫不及待地告诉母亲，他成了一名国家正式工人了。母亲的意识中，早就没了当工人的含义，她已经离开工厂好多年。她呆滞的眼神扫着他，空洞无神，伸出手说："吃。"杨文军高兴得忘了母亲的这一习惯，忘了给母亲买点心，他回头望了望父亲。父亲摇摇头。杨文军对母亲说："桃酥在家里呢。"母亲露出孩子般的笑容，摸了摸他的头。

　　回到家，杨文军出去给母亲买了一包桃酥，看着母亲贪婪地吃。杨士强则低着头，想心事。杨文慧又去跳舞了，还没有回来。他们就那么坐着，眼看着屋内的光线一点点地变淡，变暗，黄昏就从泛着冷光的窗户上爬了进来。房门一响，杨文慧进来了，她像是没有看到坐在沙发上的母亲，径直向自己的屋里走去。母亲也没去看新来的人，她笑着舔着自己的手指，那上面还留有桃酥的味道。杨文军喊了她一声："小慧，咱妈回来了。"杨文慧没答话，继续往里屋走。杨文军讨好地说："我给妈买了桃酥，你也吃一块。"杨文慧还是没说话，进了屋里，哐当一声关上了门。父亲摇了摇头，轻声叹了口气，站起身来，走到厨房去做饭。随着厨房里一阵响动，屋子里便飘荡着一股菜香、肉香和油香。母亲笑着说："吃饭。"

杨文军也站起来，走到杨文慧门口，推了一下，门开了。他站在门口，看着杨文慧趴在床上，一动也不动，便说："小慧，我今天开了工资，35块6。我买了肉，菜，还有一只烧鸡。你想要啥，哥给你买。"

杨文慧不吭声，连呼吸的声音都听不到。杨文军就退了回来，他知道，妹妹还恨他抢了那唯一的当工人的机会。他心里想，过一段就没事儿了。父亲也是这么说的，他信。

饭好了，杨文慧自己就走出门来，坐在饭桌旁，低头吃饭。杨文军的兴奋还在持续，他喋喋不休地给父亲讲厂里的事情，讲车床，讲车床制造的噪声，讲父亲认识的那些人，现在，他们都成了他的同事，他们见了他，都在问父亲，问父亲在干什么。父亲简单地回复着，点评一下儿子见过的那些人，说王洪亮是个老实人，可以和他交往。鲁长发有点花花肠子得留意。黄伟业有知识、懂技术，没事儿的时候要多向他学习。杨文军说话有些语无伦次，结结巴巴，但充满了自豪，说着说着就感觉自己成熟了。然后他无比庄重地对父亲说："爸，有个事儿我想跟你说。"

杨士强吃了一口菜，没看他，"你说。"

"我想找个对象。"杨文军严肃地说。

杨文慧扑哧笑出了声。杨文军就问："小慧，你笑啥？"

杨文慧憋着笑说："我没笑。"

"你笑了，我听到了。爸，你是不是也听到了？"他转头问父亲。

父亲并没有在意杨文慧的笑声，而是儿子说的那句话，他看着杨文军。母亲也停下吃饭，举着筷子，笑着说："小军要找对象了。"

父亲有点紧张地问："你相中谁了？"

杨文军也不隐瞒，如实向父亲坦白："冯小畔，我们车间的，和我一样，都是车工。"他有点羞涩地看看杨文慧，杨文慧并没看他，自顾自地吃着饭。

听到冯小畔的名字，父亲立即反驳："不行。"

这是杨文军没有想到的结果，他问："为啥，我都25了，我该找个对象了，你25岁时我都两岁了。"

父亲摇摇头："问题不在年龄上。而是这个冯小畔不行。她不适合你。虽然她和你一样是个车工。可她的家庭和我们的不一样。她爸爸是车间主任，有可能还要当副厂长。我们家这种情况，你说冯小畔能看上你吗？"

杨文慧插话道："哼，癞蛤蟆想吃天鹅肉。"

杨文军根本听不进父亲的一番道理，他说："你说的没道理。她也是车工，我也是车工，我又不是和她爸搞对象。我不管，反正我就想和她处对象。"

车工冯小畔有一对漂亮的酒窝，尖下巴，精巧的短头发，眼睛很会说话。她的车床挨着杨文军的车床，有时候，她抬起头来和杨文军的目光交织在一起时，便笑逐颜开，黑黑的眼睛转来转去。那灿烂的笑容和妖媚的表情，立即就让杨文军四肢酥软，舌头根发硬。冯小畔伸伸腰，柔声说："军哥！"

杨文军就走到她的车床边，说："来，你歇会儿，我替你。"

在冯小畔身边，杨文军感觉劲头十足。冯小畔坐在旁边的铁凳子上，一边悠闲地看他干着属于她的活，一边和他聊天。她问杨文军："你知道金庸不？"

杨文军摇摇头，"不知道啊，他是哪个车间的？"

冯小畔就笑得前仰后合："他不是哪个车间的，他是个作家，香港的。写武侠小说的。他写了部小说叫《射雕英雄传》，特别好。他们都在传着看呢。"

"那你哪天让我也看看。"

"好的。"

聊了会儿天，她兴致勃勃地说："我给你唱首歌吧。"

杨文军就问："唱啥歌？"

"甜蜜蜜。"

"谁唱的？"

"邓丽君。你想不想听？"

杨文军说："只要你唱的我都爱听。"

于是，冯小畔便低声唱道："甜蜜蜜，你笑得甜蜜蜜，好像花儿开在春风里……"

杨文军心软了，手却像上了发条，飞快地上下翻飞，一件喷雾器手柄，快乐地就成了形，他感觉，车刀与工件亲密接触的杂音，也成了冯小畔歌唱的伴奏，变得不再那么刺耳，而是富有节奏和韵律。在冯小畔婉转的歌声里，那件手柄简直就是一件艺术品，美妙绝伦，光彩照人，越看越招人喜欢。

这是最让人心动的时刻，这是最温暖的时刻，这是最陶醉的时刻，这也是时常回到梦里的时刻。这个时刻，在长达两个月的时间里时常重复着，成为他生命的一部分，一股浓浓的爱意弥漫着，让他魂不守舍。他觉得自己就是一个等待加工的工件，而操作工件的是一个叫"爱情"的美好词汇。

冯小畔给他唱的每首邓丽君的歌他都牢牢地记在心上，有时候，在家里也会不自觉地哼唱出来。杨文慧就用不屑的目光盯着他，大声哼一下。杨文军说："小慧，你该祝福我。我谈恋爱了。"

"真是太阳从西边出来了，还有人喜欢你，那她准是瞎了眼，也瞎了心。"杨文慧黑着脸。

杨文军并不生妹妹的气，他笑着说："我们车间的窗户是冲着西边的，所以每天我看到太阳都是从西边出来的。"

"真不要脸。"杨文慧不屑地说，"谁能证明你恋爱了？你们都干啥了"？

杨文军就把车间发生的一幕讲给杨文慧听，他讲得绘声绘色，当她学着冯小畔的声音叫"军哥"时，他自己都陶醉其中，以为是在车间里，是在车床边。

杨文慧却以一个远远超越她年龄的口吻说："你这也算是谈恋爱，你做梦吧。"

这一切父亲杨士强都看在眼里，他忧心如焚，他看着在屋里快乐地走来走去的儿子，提醒他："军呀，你真的在恋爱吗？"

杨文军自豪地说："是啊。我恋爱了。爸，我睡觉都能梦到恋爱的美好。"

"军啊，是那个冯小畔吗？"杨士强看着儿子自信的脸。

"就是她呀。"杨文军说，他看到父亲两鬓的白发更多了，父亲的衣着也不像上班时那么讲究，前襟还有块饭渍。他觉得父亲真的有点老了，"爸，我不是给你说过吗"？

"她愿意吗？"

"那还用说，她当然愿意，她几乎天天给我唱歌。"杨文军说到唱歌就哼出了一段甜蜜蜜的曲子。

"那她爸爸同意吗？"

沉浸在爱情甜蜜中的杨文军说："她同意了，她爸爸难道会不同意？"

杨士强摇了摇头，"孩子，这是两码事。"

幸福在杨文军的身体里奔跑着，这令他热血沸腾，感觉有使不完的力气。他把父亲的劝告当成了耳旁风。

就在杨文军义无反顾地要和车工冯小畔处对象时，杨文慧无所事事的日子仍在继续。她并不急于出去找工作，天天忙得不亦乐乎，跳舞、滑旱冰，和认识的同学、不认识的朋友在大街上到处游逛，有时候仅仅就是看看街上的行人穿着打扮。有一段时间她认识了一个军分区领导的儿子，被他拉着去军分区礼堂看内部电影。她觉得这种日子真是快乐无比。更重要的是，比杨文军小三岁的杨文慧，过早地知道了真实恋爱的滋味。

有那么一段时间里，药械厂狭窄的厂区道路上，奔跑着一辆跨斗摩托，军绿色的，后面扬起一团尘烟。驾驶摩托的是个长发披肩的小伙子，跨斗里坐着一个妙龄女子，不时地随着呼啸的声音大呼小叫。年轻的姑娘便是杨文慧，那几天，在机加工车间里车零件的杨文军几乎每天上午十点都能听到摩托车发动机的咆哮，以及夹杂其中的尖叫，他隐约觉得那尖叫声有些耳熟。于是他随着工友走出，站在路边观看，正看到那辆跨斗摩托风驰电掣般飞过。虽然一闪而过，他还是看到了坐在跨斗里的杨文慧，杨文慧还冲他招了招手。工友常玉田说，开摩托的小伙子是四毛。一说到四毛，在药械厂人人皆知，也是接他爸班进的厂，是著名的二流子，凡是正经的事都不做，专门干些偷鸡摸狗的事，半年前因为偷了厂里的钢板被开除了。这个时候，才看到厂保卫科的宋磊骑着个自行车来到车间门口，宋磊满头大汗，气喘吁吁地问杨文军："四毛往哪儿跑了？"杨文军指了指摩托消失的方向，还能看到摩托带起的灰尘在慢慢地降落。宋磊急忙骑上车，追赶着那团灰尘而去。常玉田指着宋磊的背影笑话说："他就是追到天黑也追不上。"他接着说："真奇怪了，那个姑娘我看着怎么有点眼熟。"杨文军的脸一下子就红了，羞愧得直想钻到地缝里，他怕常玉田看到他窘迫的样子，急忙转过身向车间里走。

中午回到家，杨文军看到杨文慧正在若无其事地吃午饭，他脸色阴沉地说："小慧，我上午看到你了。"

杨文慧用白眼翻了他一下："说话都飘着一股咸菜味。咋了，我还看到你了。这有啥大惊小怪的。"

"我看到你和四毛在一起了。"杨文军说。

母亲说："四毛，四毛是谁呀？"

"我还看到你像个傻子一样站在车间门口，没见过飞起来的摩托车吧。"杨文慧低着头，很享受地吃着饭。

父亲皱起眉，拧成了一个疙瘩："四毛可不能招惹。"

"说的就是这个。"杨文军的声音大了，"四毛是啥人，药械厂全厂可都知道，他是顶着风都臭十里地的人，你咋还跟他……在一起"。

"你是不是想说我咋和他混在一起。我就是和他混在一起了，怎么了，不行啊？"杨文慧挑着眉毛，挑衅地盯着哥哥杨文军。

杨文军说："不行。你问问爸。"

杨士强愁眉不展："不行，你不能和他在一起。我的意见和你哥一样。"

杨文慧放下碗："要是我偏和他在一起怎么办？"

杨士强气得直甩手。杨文军憋了半天，气鼓鼓地说："你要是再和他在一起，我就揍他。"

杨文慧笑了："你去揍揍试试，我从小到大还没见你揍过别人。"

杨文军不言语，端起碗闷头吃饭，低头不语，心里盘算着怎么让杨文慧远离四毛。倒是母亲今天格外地兴奋,她无神的眼睛瞪得很大,对杨文军说:"揍人呀,我也去。你带上我呀。"杨文军哄骗母亲:"带上你,带上你。"

跨斗摩托的呼啸声再起时是在两天之后。杨文军从车间里冲出来,手里攥着一把银色的钢尺。他站在车间外那条主路中间,死死地盯着道路前方正在慢慢腾起的灰尘。灰尘越来越近,刺耳的响声比车刀的声音似乎还大。车间门口的常玉田着急地喊道:"快闪开,快闪开。"摩托车越来越近,杨文军站在中间没有丝毫的避让,他的眼里喷着怒火,毫无恐惧。那团滚动的灰尘犹豫了,突突地发出颤动的声音,速度降了下来,然后灰尘停滞了。四毛从摩托车上怒气冲冲地跳下来,来到杨文军面前,指着他的鼻子吼道:"好狗不挡道。你找死啊。"

杨文军并不答话,不由分说,抡起钢尺打了过去。四毛看到此情此景,立即怯了阵,反应很迅速,敏捷地转身就跑开了,一边跑一边回头说:"有种的你别跑,你等着,看我咋收拾你。"

四毛仓皇而逃,连摩托车都不要了。那辆破旧的摩托车在路边放了半个月,也没见四毛的影子。后来还是后勤科的宋磊把它推到了仓库里,慢慢地变成一堆废铁。

四毛的逃跑,杨文慧怒不可遏,她指责杨文军多管闲事,对他喊道:"你把他给我找回来。"

杨文军说:"这种人永远不回来才好。他到哪儿就祸害哪儿。我是为你好。"

杨文慧狠狠地打了杨文军几下，直到胳膊没劲了。她倒不是伤心，她还没有对四毛多么依恋的程度，她只是觉得她和四毛在一起的一段时间是无忧无虑的，而杨文军坏了她的美好心情。

　　那之后很长时间，杨文慧都不和哥哥杨文军说话。四毛消失得无影无踪，这让她觉得那一阵子非常无聊。仅仅一周之后，她又结识了新的朋友，便很快忘记了骑摩托的四毛。可她仍旧不理睬杨文军。

　　春天到来时，阳光会穿透车间那扇宽大的窗玻璃，整个车床就淋浴在温暖的光芒里。被阳光映照着的杨文军并没有感觉到温度的上升，相反，一丝凉意通过他抚在车床上的手，传递给他的内心。旁边的车床已经两天没有人了。冯小畔的音容笑貌凝固在那金属的车床上，闪着清冷的光。杨文军的心里七上八下，他不知道发生了什么，冯小畔为什么两天没有来上班。他去问过组长，问过副主任，他们都没有给出确切的答案。那两天，他神不守舍，差点把手伸到车刀上。

　　直到一周之后，他才看到那台车床上来了人，却不是冯小畔，而是一个白白瘦瘦的姑娘，名字叫林希。林希告诉他，她也是接班进厂的。林希显得很兴奋，一直叫他杨师傅。他很清楚林希不知道，可他还是问林希："你知道原先操作这台车床的是谁，干什么去了吗？"

　　林希摇摇头，对此不感兴趣，让她感兴趣的是，这台车床属于她。

还是常玉田告诉了他冯小畔的去向，他说他今天在厂办大楼里碰到了冯小畔。常玉田无比羡慕地说："她调到工会了。还是有个当官的爹好啊……"

杨文军没有再听到常玉田后面的话，他的脑子里胀得很满，也说不清是些什么念头在里面蒸腾。终于熬到中午下班时间，他第一个冲出车间，早早地在厂办大楼下等着冯小畔。下班的人流中，他一眼就认出了冯小畔。冯小畔和新同事有说有笑，杨文军叫了声"冯小畔"。冯小畔和同事招了招手过来，问他有什么事。杨文军的脸色阴沉，心突突跳。他说："我想和你谈谈。"

他们并肩向外走，渐渐落在众人的后面。匆匆赶往家里的人们已经快速地被街道所吞没。杨文军一时不知道从何说起。冯小畔问："你想谈什么？"

杨文军脑子里出现了片刻的空白，像是从脑海里挖出来一个词语似的，他说："爱情。"

"你说什么？"冯小畔偏着头，看着他。

杨文军说："我们在谈恋爱吗？"

冯小畔低下头，没有回答。

杨文军又问："你是喜欢我的是吧？"

冯小畔抬起头来时，脸上仍然微笑着，酒窝很迷人，"是的。我是喜欢你的。可是我爸爸不让我喜欢。我也没办法。"

"为什么？"杨文军茫然地问。

冯小畔笑着说："我爸爸说要给我找一个医生。我妈妈身体不好，总是有病，咳嗽、肩膀疼、胸闷、血压高……所以我爸爸想让我找个医生。"

杨文军自言自语："我不会看病。"

冯小畔柔声说："军哥，我听说我那台车床给了一个新来的姑娘，她长得很漂亮。"

树叶长得很快，已经密密麻麻地爬满树枝，杨文军觉得那些树叶像是虫子一样，看着它们心里有股难受的痒痒的感觉。

他不知道冯小畔是什么时候与他分开的。等他听到有人叫他的名字时，他才发现，自己已经到了小区门口了。叫他的是父亲。他发现，父亲变老了，鬓角的头发花白，皱纹堆满了额头。他想想，父亲才五十多岁，竟然这么苍老，他心里酸楚，内疚得想要落泪。父亲提前退休后，便悉心地照顾起精神有病的母亲。父亲每天远远地跟在母亲的后面，怕母亲有个闪失。不管是下棋还是与人聊天，始终都要把母亲置于自己的视线范围之内。他顺着父亲的目光看过去，不远处母亲坐在路边，笑着对着路人不知道在说什么。他一下子就豁然了，他对父亲说："爸，恋爱就像是刮风。刮到东刮到西，刮得哪儿都乱糟糟的，可它还是刮得远远的。"

父亲听到这话，眉毛舒展开，拍拍儿子的肩膀："军啊，这风刮得好啊。"

那几天，杨文军没有再哼唱邓丽君的歌曲，这让杨文慧抓住了把柄，她奚落杨文军："是不是你的邓丽君不唱歌了？"

杨文军说："听腻了，我想听听别人唱的歌，你老是听歌，你给哥介绍介绍，谁唱的歌好听。"

杨文慧哼了一声："心可真大。"

五一劳动节那天，父亲领来了一个姑娘。姑娘是父亲战友的女儿。父亲的战友田叔叔，二十多年前与父亲是一个班的战友。杨文军和田叔叔非常熟，他是他们家的常客，隔三岔五地就来一趟，来了就和父亲喝点小酒。他是运输公司的货车司机，天南地北地跑，喝酒的时候就给父亲讲在祖国各地的见闻。有时候他从祖国各地给父亲捎来点当地的土特产。杨文军小时候很喜欢这个田叔叔，他长着一张圆脸，眉毛舒展，不笑都以为他在笑似的。一年前，他永远留在了祖国大好河山的怀抱里。在湖南岳阳，出了车祸，他的货车掉进了长江里。父亲和田叔叔的妻子女儿一起去了岳阳。他们只看到了被打捞出来的田叔叔的车，车门是敞开着的，里面没有田叔叔。警察说，人可能早就被水冲走了，顺长江而下，不可能找得到了。田婶大叫了一声就瘫软在地，她歇斯底里地说："太亮了，刺眼。"父亲向江中心望去，那时，阳光落在宽阔的江面上，像是从江底又吸收了巨大的能量，在水天相接处凝成一团耀眼夺目的光球，仿佛与汹涌的长江水一起滚动着。后来父亲对我们说，在田婶的尖叫声中，他也感觉到，那光芒强劲有力，有一种强烈的压迫感，滚滚而来。父亲回来后很长时间都闷闷不乐，酒也不喝了，每次坐在桌前，就想起田叔叔。

见面的地点就在他们家。田叔叔家的女儿，杨文军小时候见过两次，早就没了印象。姑娘圆脸，小眼睛，头发短短的，皮肤很细腻，个子不高，身体很结实。姑娘叫田彩霞，是纺织厂的挡车工人。姑娘不说话，只是看着他笑，一脸喜气，和田叔叔一样。笑得杨文军心里暖洋洋的。他说："我是个车工。"

她就冲他抿嘴笑一下。

他说："我爸退休了，为了让我接班。"

她冲他抿嘴笑一下。

他说："我妈精神上有点问题。但能认人，好的时候和平常人没啥区别。她天天坐在马路边，看着马路上来来往往的人，和他们说话。"

姑娘冲他抿嘴笑。

他说："我有个妹妹，高中毕业后，还没有工作。"

她冲着他抿嘴笑。

"我在酱菜厂腌过咸菜，我腌的大头菜，他们都说好吃。"杨文军说。

姑娘还是抿着嘴笑。

杨文军一眼就相中了姑娘田彩霞，姑娘也相中了他。第一次见面，田彩霞除了笑，一句话也没说，只是杨文军一直不停地讲他厂里的事儿。第二次约会是在公园里，田彩霞还只是抿着嘴笑，不言语。在公园转了十圈了，杨文军说："光我说话了，你都啥都不说，你是个哑巴呀。"

姑娘张嘴说："我不是。"

姑娘一说话，嘴就向左下方撇一下，原来是个歪嘴。田彩霞一说话就后悔了，她看到杨文军略为惊诧的表情，便哇的一声哭起来，一边哭一边说："我不想说话，你非让我说话。你满意了吧？"

杨文军说："你别哭啊。歪嘴有啥不好，不挡吃不挡喝。我就喜欢歪嘴，这才有个性，有魅力。"

田彩霞瞪着泪水涟涟的眼睛，"当真？"

"当真。"杨文军斩钉截铁地说。

田彩霞就破涕为笑，说："那你一辈子都不能反悔。"

杨文军说："为啥我要反悔。我还怕你反悔呢。你看看，你爸和我爸是战友，我们这叫青梅竹马。你是个纺织工人，我是个车工。我们这是门当户对，情投意合。"他尝试着去搂田彩霞，田彩霞没有拒绝，头就靠在他的肩膀上，那一刻，杨文军耳边像突然响起了邓丽君的那首歌"甜蜜蜜，你笑得甜蜜蜜……"

田彩霞带杨文军去见了母亲。自从她母亲从岳阳回来之后就病退在家，她怕光，一出门就精神崩溃。她每天都把自己关在自己屋里，窗户用窗帘挡得严严的。一踏进田彩霞母亲的房间，像是一下子进入了夜晚。田彩霞拉着他的手，说："你别怕。一会儿就适应了。"

田彩霞对着黑暗中说："妈，这是小军。"

杨文军喊了声"婶"。

暗处有个女人冷冷的声音传过来："看到了，跟你爹年轻时长得一样。"

杨文军奇怪她是怎么看清他的容貌的。

田婶又说："你要让彩霞远离水，远离光。"

杨文军略微犹豫了一下，说："好的。"

"说得不真诚。"田婶声音虽小，却很尖厉。

杨文军大声说："放心吧婶，我以后保护好彩霞，让她远离水，远离光。"

从田彩霞家出来，田彩霞问杨文军："你现在后悔还来得及。"

杨文军说："我后悔了。"

田彩霞一阵战栗。

杨文军搂紧了田彩霞，"我十分后悔没早点和你处对象。让你一个人承受了那么多。"

闻听此言，田彩霞顿时泪流满面。

当杨文军坚定了信心后，父亲杨士强却于心不忍。有一天他对儿子说："军啊，你是不是心里不情愿？"

杨文军不知道父亲为啥要这么问他，他说："没有啊，我挺快乐的。"

父亲说："别勉强自己。"

杨文军反过来安慰父亲："爸，你是不是还想念田叔叔？"

父亲低下头："其实老田早就预料到有这么一天。他和我说过很多他在出车过程中遇到的危险的事儿，听得我毛骨悚然。每次他出门都见我一面，说如果他出事了，托我照顾好他那个家。我劝过他，既然那么危险，别开车了。可是他说，啥活没危险，有的人走在大街上还被车撞死呢。"

杨文军没有说话，他想起田叔叔的样子，仿佛就坐在父亲对面，与父亲把酒言欢。

杨士强说："这本来不关你的事。是我硬把你拉进来的。"

杨文军站起来，对父亲说："爸，放心吧，我长大了。"

爱情来得快，结出硕果也快。七月一日那天，杨文军和田彩霞举办了简朴的婚礼，只有两家的亲戚，在家里摆了两桌酒席，父亲杨士强亲自当起大厨。婚宴上缺两个关键的人物，一个是田彩霞的母亲。大家都知道，她怕光，出不了门。另一个就是新郎的妹妹杨文慧。杨士强向大家解释说，杨文慧在广州参加一个考试，回不来。没有人把杨文慧的缺席当回事。只有她的母亲突然想起了女儿，她喝了口酒，突然东张西望，看看每个人的脸，然后问："小慧呢？小慧咋不在啊？"杨文军附在母亲耳边，小声对她说："小慧去广州给你买好吃的去了。"

杨文慧确实是在广州。但不是参加一个什么重要的考试，而是随一个卖服装的男朋友去了广州，在那里游山玩水，有半个月了。那一阵，她一直和那个姓吴的小伙子在一起，边玩边当他的服装模特。杨文军犹豫了两天，还是给妹妹写了信，告诉她要结婚的消息。杨文慧还算客气，给他回了一封信，信上的内容很简单，就几个字："你结婚关我鸟事。"

等杨文慧从广州回来时，门上和墙上的红喜字还像是刚贴上一样，杨文慧只是瞄了一眼，奚落道："恭喜你娶了个歪嘴媳妇。当了工人，又娶了媳妇。看把你美的。都美到天上了吧。"

杨文军乐不可支，有妹妹这句话，他就满足了，他乐呵呵地说："小慧，你嫂子还给你留着喜糖呢。"

"我才不稀罕呢。你留着和你歪嘴媳妇吃吧。"她背着一个大大的包，给每个人买了件衣服，她对杨文军说："我可不是给你和你媳妇专门买的结婚礼物，我是给爸和妈买，顺便给你们也买了件。"

杨文军说："谢谢，谢谢。"他觉得妹妹杨文慧是彻底从接班的阴影中走出来了。

父亲却心思很重，他不满地说："小慧，你走这么多天，也不打声招呼，连你哥的婚礼都不参加。你都去哪儿了？"

杨文慧说："爸，你们该干啥干啥，就当我不存在。"

杨士强说："小慧，你还记恨着我呢。"

杨文慧说："没有啊爸。你是我爸我凭啥记恨你。我快活得不得了，你们都不知道，我在广州有多开心。你们都不出门，到了广州，你才知道世界有多大，胸怀有多大。我哪有闲工夫记恨谁呀。"

杨士强幽怨地说："我去找过我那些老战友，凡是我能想到的，我都找过了，想让他们帮你找个工作，你也知道，我那些战友，他们都想帮忙，却没有这个能力，他们都和我一样，没啥地位，没啥权力。"

杨文慧心疼父亲，她说："爸，你再别去求别人了。用不着，我现在不想工作，我过得逍遥自在。我想工作的时候也不用你去求人。我自己的事自己解决。"

杨士强说："好，好。"嘴上虽这么说，可他内心深处，对女儿不可知的未来充满着忧虑与担心。

杨文慧是轻松自由的风，想刮到哪儿就刮到哪儿，但总有停歇的一天。已经消失大半个月的杨文慧突然出现在杨文军面前时，令他都有些不适应了。杨文慧看着他的反应，说："咋了，见到我你惊讶啥？"

杨文军说："我没惊讶。这是你家，你想来就来。我双手欢迎。"

杨文慧说："别假惺惺的了。你看你现在幸福得流油，你不能不管我，任我自生自灭。好像我不是亲娘养的。"

"你这话咋说的，小慧。谁欺负你了，我去揍他。"杨文军捋起袖子。

杨文慧轻描淡写地说："我怀孕了，我要结婚。"

听完这句话，杨文军瞠目结舌，半天说不出一个字。

"我怀孕了，又不是你。你害怕啥？"杨文慧像个没事儿人似的说。

一股凉气从心头上漫开来，杨文军忧伤地看着轻松的妹妹，说："这怎么得了。这可怎么得了。你才二十岁。"他觉得像是自己做了什么亏心事，脸上发烫，脚底发凉，手心冒汗。

就像是在谈论天气，杨文慧可不在意哥哥杨文军的反应，她丝毫没有羞耻之色，"你别废话，这个忙你帮不帮。你要是不帮，我就把孩子生下来，生在家里，到时候有你们难看的。你要是帮我，为我着想，就给我找个男人，把我嫁出去。正好，我也累了，想歇歇。"

"小慧，这哪是张口一句话的事。让我给你找一个男的？"杨文军哭丧着脸。事情来得太突然，他有点六神无主，不知所措。

杨文慧不耐烦地撇着嘴，"哪那么多事儿。不用你去替我找，你找的我还不放心呢。我已经找好了，你只需去告诉他，我同意。"

杨文军小心谨慎地问："谁呀？"

"袁爱国。"杨文慧吹起了口哨。

杨文军暗自叫苦。袁爱国是杨文军的同班同学，爱国天性懦弱，却疯狂地喜欢杨文慧，上学时害羞不敢说出口，等杨文慧高中毕业后，他就一直在苦苦追求杨文慧，不断地给杨文慧买点小礼物，暗中跟着杨文慧。对于可爱的小礼物，杨文慧照单全收，却对他的追求置之不理。她丝毫看不上袁爱国，说他窝囊，没有男人气。杨文军问过他的好朋友袁爱国，到底杨文慧哪里吸引他。袁爱国说，我就喜欢她那股不管不顾的野性。杨文军后来想想，缺什么就向往什么，袁爱国是迫切地需要一个做主的人，来给他的人生做注脚。而在杨文军眼里，田彩霞才是好女人的榜样，贤惠能干，顾家照顾人。他觉得自己才是最幸福的那个人。

杨文慧用不容置疑的口吻催促："你到底帮不帮？"

杨文军说："帮，帮。"事到如今，他只能宽慰自己，也许坏事变好事，也许这是让她收敛的唯一办法。

杨文慧叮嘱他不要告诉父亲，她说："我不想让他操心。"

"我知道。"杨文军说。

这是一个难以启齿的任务，一边是自己的亲妹妹，一边是自己最好的朋友，向哪一方倾斜都让他觉得十分为难。但斟酌再三，他还是找到了袁爱国，一边喝酒一边慢慢地渗透。喝了好一会儿，他才借着酒意说出口："你想娶小慧吗？"

"当然，这是我的梦想。"提到杨文慧，袁爱国便显得十分激动。

杨文军感觉到自己的脸发烧，"小慧愿意嫁给你。"他说。

袁爱国不假思索地说："我愿意。"他激动得脸色发红，手发抖，眼睛放光。

杨文军歉意地说："有个事儿，得和你说清楚。"于是他如实说出了杨文慧怀孕的实情。然后紧张地盯着袁爱国，做好了被拒绝的准备。他看着他信任的朋友袁爱国，其实是希望他能够给一个痛快的拒绝，在妹妹杨文慧那里自己也就可以交差了。

没有想到的是，袁爱国没有丝毫的犹豫，竟脱口而出："我愿意，一百个，一千个愿意。"他操起酒杯，一饮而尽。

"只要是她的，都是好的，都是对的。"

杨文军一时不知道说什么好，他准备了一堆的说辞，此时都没有任何意义了。袁爱国的目光里除了期待，还是期待，像是堆满了星星。杨文军焦虑地说："你想好了吗？这不是头脑发热就决定的事儿。你要想清楚了。这关系到你的一生。"

袁爱国迫不及待："我要见她。"他站起来走来走去，一刻也等不及了。

杨文军就感觉到心里好像掉落进一块石头，扑通一声。

婚礼也来得快。结婚前，杨文军告诫杨文慧，要对袁爱国好一点，要把心思都用在家里，别再朝三暮四，这山望着那山高。

杨文慧瞪着眼说："杨文军，你是哪伙的？我还是不是你妹妹，怎么总向着别人说话。"

杨文军说："我哪伙的也不是。我就是想让你过得安稳点。没别的意思。"

结婚那天，袁爱国喝得烂醉。他睡了整整一天才苏醒过来，他看着杨文慧说："到现在我都觉得这不是真的。像是做了一场梦。"

杨文慧拍拍他的脸："你要是当成梦，不定哪天梦醒了，你身边就没有我了。"

袁爱国急忙抱住了她："你可千万不能走，你走了我就活不成了。"

结婚半年后，杨文慧生下了一个男孩，取名叫小宝。从医院里出来，杨士强走得很快，看着离医院远了，他就蹲在马路边等杨文军。杨文军奇怪父亲为什么走得那么快，他急匆匆地赶上来时，父亲已经抽了半棵烟，显然他抽得急，烟雾还在他头顶上盘旋，那袅袅的烟像是从他的头发里冒出来的。杨文军一看父亲那张阴得像老树皮一样的脸，就知道是怎么回事了。

"你知道吧？"杨士强问。

杨文军老老实实地回答："我知道。"

"那孩子是爱国的？"

"不是。"杨文军羞愧万分，恨不得变成脚下的一粒尘埃。

"那是谁的？"烟雾更浓了。

杨文军小声说："小慧没说。"

杨士强便不说话了。

过了好久，杨士强的烟也抽完了，他的手里还死死地攥着那个烟头。他的脸，被从树叶间掉下来的斑驳阳光罩着，显得有些虚幻。杨文军叫道："爸，咱回吧。"

杨士强没有动，他仍然保持着蹲着的姿势。

"爸，回去吧。小慧现在不是过得挺好吗，以前哪儿能天天见着她呢，天天不着家，现在多好，老老实实地在家里待着，过安稳的日子，这不是你一直希望的那样吗？"杨文军安慰父亲。

父亲不说话，烟头还舍不得扔掉。

杨文军接着说："爸，袁爱国是个好人，你看他对小慧百依百顺的样子，你看他对小宝喜欢的样子，你还有啥不放心的。"

父亲的眼睛湿润了，泪水从眼角流下来，在他满是皱纹的脸颊缓缓地向下滑行，那倔强的眼泪仿佛带着委屈，带着羞愧，带着内疚，带着不甘与愤恨。他伸出手，给父亲擦了擦，然后扶起父亲，把他手中夹着的烟头扔掉，两人向阳光的深处走去。

又过了半年，杨文军的女儿小玲出生。杨文军天天抱着自己的女儿，笑着看女儿的一举一动。田彩霞说："你还怕她跑了不成，天天看不够。"

杨文军说："她要是跑了，我就是追到天边也要把她追回来。我的宝贝女儿，你可不能把我丢下不管。"

他以为妻子的感受和他一样，却意外地听到了低低的啜泣声，那是夜晚，当女儿沉睡时，那啜泣的声音来自妻子。他把目光从女儿酣睡的脸上移开，看到了妻子田彩霞泪水模糊的脸。他惊讶地问："你这是咋了？为啥哭呀？"

田彩霞泪中带笑："我高兴啊。我心里高兴，如果我走了，有小玲可以陪伴着你。"

杨文军以为妻子在说笑："别瞎说，你能走到哪儿。"

田彩霞严肃地说："我说的是真的。"

杨文军再次转过头来："你说什么呢。"

田彩霞抓住了他的手："我没开玩笑，原谅我。我心里一直憋着一句话，没有说出来，我怕一旦说出来，引得你不高兴。所以，这句话就一直埋藏在我心里头，憋得我难受。有时候，我半夜里醒来，是脑子里那个念头把我弄醒的。我多想把你推醒，告诉你。可是我忍住了。我又躺下来，听着你的呼吸，你的呼吸让我感到安稳宁静。但那个念头从来都不曾离开，它顽固地存在于我的脑子里，经常在深夜里把这种宁静的气氛打破，把我唤醒。"

杨文军看着妻子忧郁的面庞，他头一次在她的目光里看到了一种不熟悉的内容，犹豫徘徊留恋，甚至忧伤。他说："咋回事儿啊。没啥大不了的。你别闷在心里，你快告诉我。让我去解决。"

田彩霞摇摇头："和你无关。这是我自己的事儿，得我自己解决。你还记得我爸不？"

听到妻子谈起他的老岳父，杨文军有种不祥的预感："当然记得。他和蔼可亲。他每次来我家时，都和我爸一起喝酒。每次都想逗我喝点酒，都被我爸给制止了。"

"我妈这几年一直躲在小黑屋里，她不是在因为失去我爸的痛苦，而是想不明白一件事。"田彩霞坐起来，他紧紧地抓着杨文军的手。

"啥事儿？"杨文军感觉到自己的心脏跳得快了。

"她天天对自己念叨这件事，颠倒了白天和黑夜，甚至都忘记了自己是谁。其实我觉得她不是怕光，而是怕真相。"田彩霞的眼光飘忽着，闪烁着恐惧与不安。

妻子的目光有些冰冷，让他觉得陌生，让他不寒而栗。

而妻子的目光似乎也渗入到他的身体，凉意袭人："啥真相？"他的声音都变了调。

田彩霞的身体在颤抖，内心有汹涌的波浪在翻滚，她说："那年夏天，我，我妈，还有你爸，一起去的岳阳。可是我们没有见到我爸的尸首。警察说我爸被江水冲走了，这是唯一合理的解释。我们都信了。可是我妈回来后心里一直有一个巨大的谜团，这个谜团一直持续到我结婚的头一天晚上。她终于向我解了折磨她的疑问。她怀疑我爸并没有死。"

"这怎么可能？"杨文军被这个推测吓坏了，后背凉嗖嗖。

当妻子田彩霞试图让自己相信，这个疑问是客观存在的时，杨文军能感觉到她的手是冰凉的："我真的很害怕。我不能想象，根本不敢去想，我爸他还在某个地方，快乐地生活着。"她的诉说伴随着轻轻的呜咽声。

杨文军轻抚着妻子的背，轻声说："没事的，没事的。"一向乐观的杨文军此时都有些茫然失措。

"我爸是最好的父亲。可是我妈却说，我爸其实并不快乐，我爸表面上乐乐呵呵，满不在乎，其实内心并不快乐。我妈说他们并不相爱。每次我爸出车时，都特别高兴，像是脱离了牢笼的鸟儿。所以，在那些黑暗的日子里，我妈大胆地猜测，我爸并没有真正地尸沉江底，而很可能制造了一起车祸，他自己逃之夭夭，与另外的女人一起过着幸福的生活。"田彩霞说到这里的时候已经泣不成声。

过了一会儿，等妻子的心情慢慢地平复一些，杨文军才问："你信吗？"

田彩霞摇摇头，"不信。可是我妈坚信不疑。"

杨文军说："让我看，这都是子虚乌有的事儿。怎么能完全否定了以前的生活呢？怎么就把你爸想象成那样一种人呢？你该劝劝妈，别让她胡思乱想。让她向前看，过去的事儿就让它过去吧。我总觉得她是伤心过度，不接触任何人，不接触任何事，凭空想象。"

妻子的表情越来越痛苦："我也是这么和她说的。可她不听。好多以前生活中的细节她都记得清清楚楚，都被她重新翻拣出来，那些细节被她说出来时，就像是发生在昨天一样。那些细节成了证明她想法的证据。通过妈妈的回忆和描述，以前的生活中似乎真的有着那么明显的破绽和漏洞，也许我爸一直在计划着那次车祸，计划着与一个她从来不知道的女人在那里相会。妈妈的信念一天天清晰起来，坚定起来，也渐渐地让我动摇了，让我相信了。我心目中的父亲的形象也在慢慢地变了，崩塌了。"

杨文军不知道如何安慰妻子："我不信。我一点也不信。"

田彩霞反过来安慰他："不用你相信。这也是我不想让你知道的原因。我不想令你不高兴。现在好了。有人陪你了。我就可以走了。"

杨文军紧张万分："你要去哪儿？"

"岳阳。"田彩霞说，"我妈妈坚信爸爸在岳阳的某个地方无忧无虑地生活着。她生命的唯一目标就是去找我爸。我要陪着她去"。

杨文军看着妻子令人心疼的表情，对她说："好吧，你去吧。可是小玲咋办。"

田彩霞说："你别急。我又没说现在走。怎么着也得等小玲大点了，能脱手了我才答应我妈。"

小玲的出生，在带给杨文军人生喜悦的同时，一个更大的阴影让他处在担忧之中，他怕哪天田彩霞像是他父亲那样离开他和小玲，再也不回来。虽然田彩霞一直在安慰他说，她们就是去找找，如果找不到，她们自然就回来了。妻子说，就是让我妈改变想法，改变对我爸的想法，打消她的胡思乱想。即使如此，杨文军每天都在担心，担心田彩霞突然消失，他甚至希望小玲长得慢一点，再慢一点。

夏天里，他抱着小玲坐在马路边，看着不远处的母亲，他对小玲说："小玲啊，你别长大呀，你可千万别长大呀。长大了你妈就走了呀。"

小玲就冲着他笑。杨文军说："你笑啥。你笑一下，你重一两，就长一寸啊。"

小玲还是冲着他笑。杨文军也就笑了。

等小宝能够摇摇晃晃地走路了，杨文慧的公公给她找了个工作，在百货公司站柜台。杨文慧的公公并没有这个本事，他拐弯抹角找到了一个三竿子才打得着的亲戚，据说袁爱国应该叫表舅的人，在百货公司当经理。老头付出了两瓶五粮液的代价，把无所事事的杨文慧送进了百货公司。杨文慧抱着孩子向杨文军炫耀："我不用接班，不用不劳而获，照样有个正式工作。"

营业员杨文慧与社会青年杨文慧有了很大不同。她把小宝丢给婆婆，每天早出晚归，这种有规律的生活一度让她十分满足。她打扮得漂漂亮亮，光彩照人。她向家里人夸耀，她柜台的生意是整个百货公司最好的。事实也如同她所说的那样，第一年，杨文慧就拿回了一个先进工作者的奖状，她先是把那个大红色的奖状用报纸小心翼翼地夹着，拿到娘家来，让每个人都认真地看看，特别对杨文军说："你都工作多少年了，你拿回来一个奖状不？"

杨文军如实说："我没有。"

父亲杨士强也对发生在女儿身上的变化由衷地感到高兴。那天他还高兴得喝了点酒，话也比平时多了。他对女儿说，不管干什么，只要脚踏实地，只要认认真真，只要守住本分，干好自己的工作，别人就会尊重你，对你另眼相看。你看看你爹我，我虽然只是个工人，可是现在就算是我退了休，他们提起我也不能小瞧了，有什么解决不了的技术难题还来请教我。

那是父亲杨士强最开心的时光。儿子女儿都有了正式的工作，有了各自的家庭，孙女外孙子活泼可爱。他暂时忘掉了杨文慧以前的生活态度，每天和退休的那帮人聊天都有了劲头，下棋也感觉到了棋局的乐趣。他对儿子说："下象棋就像是人生一样，有高潮有低谷，有胜利也有失败，有兴奋也有失意，真是丰富啊。"

渐渐地，找到自己人生定位的杨文慧开始对袁爱国有了抱怨。她抱怨袁爱国没有出息；抱怨袁爱国软弱胆小怕事；抱怨他与邻居吵架时忍气吞声，在与同事有了利益冲突时一味地忍让；抱怨他不求上进，天天就守着老婆孩子转。不管杨文慧怎么抱怨，袁爱国仍然我行我素，对杨文慧的埋怨好像根本无所谓似的，杨文军就有些打抱不平，他问袁爱国："你没事儿吧？"

袁爱国一脸的无辜："你也知道，我就是这样的人，想让我改，我也改不了。不过，我上进了，主任说要让我当个小组长。"

在杨文军眼里，袁爱国软弱的性格既是他的缺点，同时也是他的优点。所以他只能宽慰他的妹夫和好朋友："小慧就是这个脾气，她也是为你好。"

袁爱国有点自贱地说："她骂我我也喜欢。"

杨文慧的抱怨越来越甚，尤其在袁爱国成为下岗职工之后。

谁也没想到，国家的企业说黄就黄了。袁爱国是这个城市里最早的下岗职工之一。他所在的第九塑料厂一夜间就垮了，说倒闭了，仿佛是被风吹倒了一样。袁爱国失魂落魄地回到家，他不知道自己要干什么，他还没有搞明白工人是怎么回事，工厂是怎么回事，就成了下岗工人。他成了一个无欲无求的闲人，除了领着小宝四处转转，不知道自己要干什么。有时候他还骑上自行车，带着小宝到塑料厂转转，他想看看，那么大的厂子，不生产塑料制品了，能干什么。他骑着自行车在厂子里转，他发现，厂子里清静得令人窒息，灰尘越来越多，树叶也没人扫，车间的窗玻璃全碎了，设备工具散落一地，一片荒凉。他对小宝说："宝啊，你爸以前就在这儿工作。"小宝好奇地东张西望，东跑西颠。"宝啊，我以为能在这儿干一辈子，直到像你爷爷那样退休，给你妈挣钱，给你买高乐高，给你爷爷买烟。"小宝高兴地把丢弃的塑料盆扣到自己头上，沾了一脑袋的尘土。

他想不通，有些伤心，他对杨文军说："我本来想开始好好干，让小慧高兴一点的。现在没机会了。"

杨文军心里也慌慌的，据说，药械厂也是秋后的蚂蚱了。他拍拍妹夫袁爱国的肩："别去塑料厂转悠了。想想以后咋上进吧。"

袁爱国绞尽脑汁，也想不出什么办法。他的父亲也是爱莫能助，上次为杨文慧找工作，已经用尽了老人的所有自尊和能力。

令袁爱国有些意外的是，杨文慧的反应却并没有那么激烈，小宝三岁那年，杨文慧有了新的生活目标，她的心思完全不在袁爱国身上。她开始厌倦站柜台的工作，虽然每年都能拿上一个奖状，可这已经无法满足她对生活的向往，站柜台的人生日复一日，没有什么变化，这是最不能忍受的。她觉得那些不用站柜台，天天坐在办公室的人更舒服，更滋润，更轻松，也更令人羡慕。于是她果断地敲开了经理办公室的门。经理对她的到来有些意外。那年经理已经四十多岁，正是中年男人春风得意的年纪，穿着讲究，一身笔挺的西装，说话和气、斯文，明显与杨文慧平时接触的所有人都不一样。他的生活完全是另外一个天地。她记得听公公说起经理住处很大，有很多间房子，是与公婆住在一起的杨文慧想象不到的。她开口并没有叫他经理，而是温柔地叫："表舅。"经理略微惊讶片刻，然后才笑着指点她说："你是那，那，那谁的儿媳妇。"

杨文慧笑了："对，袁福林。"

"对对对，袁福林。他还好吧？"黄经理彬彬有礼。

杨文慧毫不怯场，应答自如："我爸他身体好得很，他还经常念叨您呢，经常教导我们说，要向经理学习，您是我们整个家族的骄傲。他还让我感谢经理呢。"

"自家亲戚，不用那么客气。"黄经理谦虚地挥挥手，"你有什么事吗"？

杨文慧说："没事儿。我就是想汇报一下工作。"

黄经理对杨文慧的提议没有反对，饶有兴趣地说："好啊。我正想听听你们营业员的真实想法呢。你坐下，说说吧。"他给杨文慧倒了杯水，谦和地微笑着，用鼓励而柔和的目光看着她。黄经理相貌堂堂，四方大脸，鼻直口阔，加上表情中透着成功男人的自信，魅力十足。杨文慧想要诉说的欲望一下子勾了起来，她开始滔滔不绝地说起来。她讲得其实大多与工作无关，只是一些生活中的闲话，可是黄经理并没制止她，显得很耐心，听得津津有味。他身体前倾，含笑地看着她，不时地点点头，表示对她的赞许。黄经理有一头很好的头发，自来卷，但是它们却服服帖帖地待在他的头上，整齐划一。她真想把他的头发弄乱。经理的额头很宽，很亮，能照出人影来。更重要的是，通过这次聊天，杨文慧心情大好，她从来没有遇到过如此有礼貌，如此有教养的人，回顾一下与她交往的那些男人们，在黄经理面前，简直就是粗俗不堪的人。时间过得很快，转眼半个小时过去了，杨文慧适可而止，她的嗓子眼有点冒烟，她喝了口水，水都那么甜，她站起来，眼睛眯成一条缝，"黄经理，谢谢您听我说了那么多废话。啰里啰唆的，耽误您宝贵的时间，我还能来给您汇报工作吗？"她觉得自己都变得淑女起来。

黄经理从桌子后面走出来，两人握了握手，说："不用那么客气，我们是亲戚嘛，随时欢迎。"

黄经理的手绵软，像是女人的手。杨文慧笑了："表舅，只要您不讨厌，我会经常向您汇报的。"

杨文慧说到做到。她隔三岔五地就敲开经理办公室的门，坐在有涵养的经理面前，说些与工作无关的话。黄经理每次都兴致勃勃，非常享受与她谈话的时刻。在半年的时间里，这类不咸不淡的谈话一直在持续，好像成了他们心照不宣的约定和秘密。

半年之后的春天，杨文慧突然向黄经理提出想学开车的请求。黄经理对她的要求是有求必应，于是把她带到东郊外的一片空地，教她学车前，黄经理说："小杨，你能不能不叫我表舅了。"

杨文慧故作不解地问道："那我叫您什么？"

黄经理："我们不以亲戚相称。我们也不以上下级相称。这样吧，我比你大，你就叫我哥吧。"

杨文慧说："那能行吗？"

"怎么不行。"黄经理说，"你总是表舅表舅的叫，好像我是个老头子。你叫一声我就觉得自己老一岁。你再叫一声，我就觉得自己腿也没劲了，背也直不起来了"。

杨文慧在黄经理殷切的目光鼓励下，有些羞涩地叫道："哥。"

黄经理便笑了，那是迷死人的笑。

春天即将结束时，路边的梧桐树上已经铺满了宽大的叶子，阳光在穿越这些浓密的屏障时，犹豫且徘徊。杨文慧在追逐自己的信念上却意志坚定，没有丝毫的彷徨，在穿裙子之前，她离开了柜台，如愿到了楼上的办公室，在后勤科工作，拥有了属于自己的一张小小的办公桌。她还拥有别的员工没有的特权，可以随便开着单位的专车出去。那是辆破旧的桑塔纳，它停在自己家楼下时，袁爱国正领着小宝在楼下与邻居张大爷下棋。他下得十分投入，连那辆轿车的声音都没听到。观棋的小民说："爱国，是你媳妇。"袁爱国这才从棋局上抬起头，茫然地看着那辆黑色轿车，看着从那里走出来的袅袅婷婷的一个女子。他一时没反应出戴着墨镜的那女子是谁，小民捅了他一把："你傻了，你媳妇。"袁爱国伸手把棋子推乱："不玩了不玩了。"领着小宝，乐呵呵地向轿车走去。

杨文慧开着车，带着袁爱国和小宝，在城里兜了一大圈。袁爱国东摸摸西看看，对轿车充满着好奇。他说："你啥时候学的汽车？"

"刚学会。"杨文慧说。

"这是谁的车啊？"

杨文慧说："我们经理的。"

"经理的车你想开就开呀？"袁爱国觉得坐车的感觉有点不真实。

"那当然，我想干啥就干啥。不就是开开车吗，就这叮当乱响的破车，我还不稀罕呢，我以后还得开更好的车。到时候我带着你和小宝，咱们到更远的地方。去南方转转。"杨文慧像个老司机，车开得非常自如，她很享受开车的感觉，她说："你们是不是有一种在天上飞的感觉。"

袁爱国无法体验飞一样的感觉，当车子转过了两个街道，当他还没有来得及欣赏够城市的美景，就开始晕车，他的胃里翻江倒海，觉得脑袋大了一圈，他再也控制不住，张开嘴把中午吃的东西全都吐了出来。这让杨文慧非常扫兴，她厌恶地看着袁爱国，捂着鼻子："袁爱国，你不得好死。我不管了，这车我没法开了。你开回去吧。"说完，她拉开车门，扬长而去。等袁爱国稍稍缓过神来，胃里安静下来，头也不疼了，他跳下车，东张西望，杨文慧领着小宝早就不知所终了。他看着趴窝的轿车，犯了难，蹲在路边想了半天，只好跑到旁边的报亭给杨文军车间里打电话，他只记得这一个电话号码。

杨文军带着他们厂的司机王师傅，急匆匆地赶来时，袁爱国还没有完全恢复过来，他的脸色惨白，有气无力。杨文军埋怨他："你能开过来，就开不回去？"

袁爱国一脸委屈地说："我哪有这本事开车呀，是小慧开的。"

杨文军问："她啥时候学会开车了？"

"刚学会。"

"这谁的车呀？"杨文军转着桑塔纳转了个圈。

袁爱国说："她们经理的。"

那一阵儿，杨文慧开车有了瘾，她积极地邀请所有亲人都坐上她开的车，在街道上兜风。父亲杨士强只坐了一次，他有点担心地问女儿杨文慧："公家的车你想开就开呀？"

杨文慧满不在乎，"公家的车也是让人开的呀。我想开就开，还真没人能拦得住我。"

"这不是人家领导坐的吗？你又不是领导。"杨士强不无忧虑地说。

"爸，你还想不想看看我们日新月异的城市新变化，怎么那么多问题呀。"杨文慧不满地说。

因为不明不白，杨士强只坐了一次就拒绝再坐她开的车，倒是母亲愿意领她的情，非常乐意坐在女儿身边，兴奋异常，目不暇接，觉得比自己孤单地坐在路边，看过往行人和车辆要好许多。她见到杨文慧就催促她，什么时候去坐汽车。杨文慧就说："你们看，你们不想坐我的车，有人愿意。"所以大多时候都是杨文慧带着母亲，在城市里闲逛，从东到西，从北到南，没多久，她就对大街小巷都了如指掌了。坐在车上，杨文慧突然就想到小时候的事情，她对母亲说："妈，我记得小时候，你骑着自行车，带着我，去公园，我觉得自行车真快，耳朵边都在刮风。"母亲根本就没有听到她说话，母亲笑着扒着车窗，脸冲着窗外，嘴里叽叽喳喳，不知道说些什么。

又过了半年，下岗两年的袁爱国找到了工作，在百货站当门卫。工作是黄经理给找的。袁爱国很知足，工作很轻松，工资也比以前少不了多少。他下棋的时间就少了，脸上的笑容也多了。他坐在门卫室里，一边看看报纸，一边看着太阳从东边慢慢地升起，暖暖地照在他的脸上，既了解了大千世界，又挣了工资，他开始感谢美好的生活。

药械厂有一天突然间就没有了声响，前一天还热闹的厂区瞬间死寂一片。杨文军熟悉的车床电机的转动声，机件与车刀互相较量的声音，再也听不到了。站在空荡无人的车间里，杨文军这才意识到，他和袁爱国一样，也成了下岗工人。

他有好几天都无法适应没有了车床声的生活。他睡不好觉，梦里总是听到那声音在轰鸣，声音大得能把他吵醒。醒来后他摸了摸枕头，都是湿的。黑暗中，妻子田彩霞伸过手来，推了推他："咋又醒了。"

杨文军说："梦到车床的声音，把我吵醒的。"

"算了，别想了，没就没了。"田彩霞说。

杨文军抓住妻子的手，说："慢慢就会好的。以前的这几年，机床的声音就是我的魂，现在一下子听不到那声音了，魂没了，有点空空落落的。"

"还会有别的魂。"田彩霞抚慰他。

"过几天习惯了，也就没事儿了。"杨文军笑着说，"我都闻到了咸菜的味道了。等我再习惯这种味时，就忘掉车床的声音了"。

杨文军早就料到了这一步，并做好了万全的准备，家里提前买好了两口大缸。下岗三天后，他就开始洗缸，买菜备料，胡萝卜、白萝卜、黄瓜、芥菜疙瘩、雪里蕻、螺丝菜……，摆了一地。小玲在他旁边跑来跑去，快乐无比，喊道："腌咸菜了，腌咸菜了。"她手里举着鲜艳的胡萝卜，问："爸，咋这么多胡萝卜？"杨文军说："因为我们俩是萝卜头。你是小萝卜头，我是大萝卜头。"

杨文军开始重操旧业，兴致勃勃地准备大干一场，把自己的地下室改造成一个酱菜工厂。他的决定得到了父亲和妻子的一致赞同，他们开始的担心，因为他积极的态度，而烟消云散了。

时隔多年之后，杨文军重操旧业，并没有气馁与沮丧。他还没有忘记自己的手艺，他的酱菜摊就摆在小区门口，人来人往容易引起人们的注意。杨文军每天忙着腌菜卖菜，感觉比上班时还要充足。小玲就像他的影子一样，紧紧跟着他。他们坐在小区门口，一高一矮，杨文军说："大爷，这是杨家秘制酱菜，您尝尝。"

小玲鹦鹉学舌："大爷，杨家秘制酱菜。"

杨文军纠正她说："你不能叫大爷，你叫爷爷。"

小玲说："嗯，爷爷，杨家秘制酱菜，尝尝吧。"

累了，小玲就趴在杨文军腿上睡一会儿。

每天天黑后，下了班的田彩霞把玩累了的小玲抱回家，田彩霞对丈夫说："最近你晚上睡得跟死猪似的。"

杨文军乐呵呵地说，"好像是啊。车床的声音好像很少梦到了。我有个设想，或者说有个梦想，以后我想做个咸菜大王，就和什么煤炭大王，领带大王一样。"

看着丈夫快乐的笑容，田彩霞的脑子里有一个声音在呼喊她，那声音很响亮，有一天，她告诉杨文军："你还记得我三年前和你说的事儿吗？"

今年小玲三岁，三年前，妻子那番话仍然在他脑子里盘旋，他说："我记得。"

"你正好有时间一边工作一边照顾小玲。小玲也大了。我该实现我妈的愿望了，要不然她一辈子都走不出那个黑屋子。"田彩霞咬着嘴唇说。

杨文军明知道那是一个不可能实现的愿望，可是他仍然鼓励妻子："你去吧，家里就交给我。"

田彩霞嘴一歪，流下了眼泪，她说："你把小玲带好。天冷了给她多穿件衣服，天热了少穿点。不能饿着她，也不能让她吃得太多。让她早点睡，早点起。没事儿的时候你带她到公园去玩玩，别老惦记你的咸菜。"

"知道了，知道了。你就放心去，早点回。"杨文军给她擦着泪水。

心情复杂的田彩霞向单位请了假，带着母亲踏上了寻找真相的路途。久未出屋的母亲戴着墨镜、帽子、口罩，捂得严严实实，兴奋得像个孩子。她们携带的唯一依据是三张发黄的信封，那是母亲从父亲的遗物中寻找到的，里面的信瓤早就没了，是一纸空空的信封，三个信封上的字迹是一样的，都写着"田重义亲启"。寄件人的地址正是岳阳，只有一个门牌号，而没有寄件人，字迹娟秀。

没有便捷的联络方式，杨文军只能每天关注着南方的天气，他对小玲说："你妈妈那里下雨呢。"当他说出这句话时，他感觉仿佛和妻子在一起，走在湿润的南方空气中。

小玲问："为啥我妈不和我们在一起？"

杨文军说："因为你妈要和她妈妈在一起。"

杨文军又说："小玲，你妈那里是个大晴天，比咱们这儿热。"

小玲问："那我妈咋不回来？"

杨文军说："你妈妈找到她爸爸就回来了。"

小玲问："她爸爸是谁？"

杨文军想了想老岳父的模样，那是个爱笑乐观的胖子，

"她爸爸是你姥爷。"

小玲说："我也要去找我姥爷。"

杨文军："小玲不去，爸爸也不去。小玲和爸爸还要腌咸菜，卖咸菜呢。我们在家等着妈妈和姥姥，等他们把姥爷领回来。等他们回来，让你姥爷尝尝我们腌的酱菜，他还没吃过呢。"

小玲说："嗯。"

日子过得挺快，转眼间半个月过去了。杨文军用咸萝卜干来计算天数，她们走一天，他便把一条咸萝卜干放进一个玻璃瓶里，晚上，他就瞅着玻璃瓶里的咸萝卜干，快小半瓶了。他想，彩霞该回来了吧。

他没能盼回来妻子，却迎来了一个令人震惊的消息。那天傍晚，他准备收摊时，看到夕阳之中，走来一个歪歪斜斜的人，走到近前，才看清是他的妹夫袁爱国。袁爱国的腿有点跛，脸上有血印，面目狰狞，袁爱国说："老杨，我和人打架了。"

他这么窝囊的人竟然还能和人打架，杨文军惊讶地问："和谁打架了？"

"老张，"袁爱国说，"你不认识。我单位的同事"。

"为啥呀？"

袁爱国义愤填膺地说："他骂我是乌龟。"

"他为啥骂你是乌龟？"杨文军不解地问。

袁爱国坐下来，一边抹着脸上的血一边愤愤不平地说：

"这几天，我就觉得奇怪，这个老张看我的目光一直挺怪的，说话的口气也阴阳怪气，话里有话，总像是在找碴。我憋了几天，今天憋不住了，我就问他，你是不是对我有意见，有意见你就提出来，别那么指桑骂槐的。老张就说，我想说啥你还不知道啊。我说你不说我哪儿知道啊。老张说，你老婆干的好事你不知道啊。我还纳闷，我老婆跟他有啥关系。他接着说。要不是你老婆给你戴绿帽子，你能来抢我们饭碗？我一听就火了，上去就给了老张一大嘴巴，我们俩就扭打在一起。他又高又壮，劲也大，我打不过他，他把我的嘴打流血了，我也把他的脸打开了花，我们俩谁也没占着便宜。"

杨文军对他复述打架的事并不感兴趣，他警惕地问："小慧怎么了？"

听到杨文军发问，袁爱国突然就哭出了声，"老杨，我也不知道咋回事呀。所以我来找你来了。"

杨文军皱起眉："没出息样，你就不能去问问小慧？"

袁爱国摇着头："我不敢问，所以求你来了。"

旁边的小玲伸手替袁爱国擦着眼泪，安慰他："姑夫别哭，姑夫别怕。"

袁爱国哭得更响亮了。

杨文军狠狠地打了他一拳："别哭了，你不嫌丢人呀。"

袁爱国迟迟不肯离去，直到杨文军答应他，去杨文慧那里问问是怎么回事。杨文军看着袁爱国草包的样子，是又气又可怜他，他说："如果不是真的还好说，如果真有其事呢？"

袁爱国又开始哭泣："那，那，我也不知道该咋办。"

杨文军心里更乱，眼睛直跳："好了，好了，你赶快回家吧。我去问小慧。"

他们居住的这个小区建于 1982 年，院内的白杨树是越长越高，都超过了六层楼，而一排排的红砖楼房却更显得破败。杨文军觉得这些楼房和他的父母一样，都在慢慢地变老，透着旧时光的气息。他站在楼下等着杨文慧，她的汽车就停在他身旁。杨文慧又带着母亲出去了，在夏日的余晖中，刚刚走上楼的母亲脸上洋溢着兴奋的神色，她对女儿说："小慧，明天还坐车啊。"杨文慧说："好的好的，妈。"

"小慧，我要和你谈谈。"等妹妹送完母亲下了楼，杨文军说。

杨文慧心情正好，她说："哥，我也正好想和你说件事。你看看你，天天腌咸菜，卖咸菜，风吹日晒的，有啥未来。我想给你找个像样点的工作。"

杨文军并没有因此而欢喜，他满腹的疑问又增加了："你又不是领导，你怎么给我找工作。"

杨文慧得意地说："这你就别操心了。反正我有办法，爱国的工作不是我给找的吗。"

妹妹的面目被暗淡的夜色遮蔽着，杨文军想起袁爱国忧伤的面孔，他用质疑的口吻说："我先问你一件事吧。我想问问，为啥你能替爱国找到工作，你没有这个本事，也没有这个能力。"

"你是在审问我吗？"杨文慧不满地说。

杨文军说："你要是这么认为也行。"

杨文慧从口袋里掏出一包烟，问："你抽不抽？"

杨文军说："我不抽。"

黑暗处，香烟亮了一下，又暗下来，杨文军闻到了飘在空气中的淡淡的香烟味道，似乎有一点甜甜的味道夹杂在其中。杨文慧淡定地说："我知道你要说啥。你不就是想问我，我凭啥有这么大本事吗？是的，我告诉你，我就是和别人好了。开始我还挺喜欢站柜台的，但我慢慢就烦了，不想那么辛苦了。可是我要不想站柜台，我自己说了不算，说话算数的是我们领导，就是袁爱国的表舅，我们经理黄毅。我要不和他好，我能调到后勤部门？我要是不和他好，袁爱国能有个正经的工作？你不看看他一天到晚晃来晃去，晃得我都眼晕，再这样下去他就成了个废人了。"

杨文军深吸了口凉气。

"这下你满意了吧。"烟头明灭处，杨文慧把烟头扔到地上。打开车门，猛地启动，杨文军就感觉身边像塌下去一个大大的乌黑的无底洞。

获知真相的袁爱国并没有勇气辞掉工作，和他打架的老张反而被解雇了。丢掉工作的老张并没有善罢甘休，有几次他来到百货站，给袁爱国送礼。老张送的礼比较特殊，是一项又一顶破烂的绿军帽。

糟糕的情绪打击着袁爱国，无处安放的悲怆让他喜欢上了饮酒。他喝完酒就跑到杨文军咸菜摊前，对着他号啕大哭。每次杨文军的劝说都软弱无力，他只能任袁爱国放声悲泣。连小玲都有些手足无措，只能用自己的小手抚摸着姑夫乱糟糟的头发。杨文军在他的悲伤之中，突然想到了远在岳阳的妻子，他意识到受袁爱国的影响，他已经有两天没有往玻璃瓶里放咸萝卜干了，便急忙夹出两条咸萝卜干，放了进去，心里想，彩霞她们也不知怎么样了。

不管杨文军如何隐瞒，父亲终究还是看出了端倪，一个悲伤的女婿不是生活应有的面目。他问儿子杨文军："爱国怎么了？"

杨文军长长地叹了口气，"爸，这可能谁都不怪。谁都想让生活过得好一点。"

父亲摇摇头，"我以为小慧结了婚，就安定下来了，唉……丢人，丢人啊。奇耻大辱啊！这不是乱伦这是啥。我这老脸可往哪儿搁。"父亲悲怆万分，手一直在抖。

在耻辱与羞愧交织中，杨士强艰难地等待着悠长暗夜的结束。黎明仿佛是羞耻的窗户。天一亮，羞耻便如白昼一样紧紧地包裹着他。在短短的几天之内，杨士强须发皆白。杨文军看在眼里，痛在心里，他说："爸，你咋了，头发怎么都白了。"

杨士强完全没有意识到头发的变化，他走到镜子前，看了看自己的头发："岁数不饶人，都六十了，自然规律。没啥大惊小怪的。"

倍感羞辱的父亲杨士强试图想力挽狂澜，阻止这个令家人蒙羞的关系。他把哭哭啼啼的袁爱国叫到家里，问他："你为啥哭？"

袁爱国说："我心里难受。"

"那你为啥不跟小慧说，不制止她。"杨士强盯着这个不争气的女婿。

"我不敢。我怕她真的生气了，不要我了，和那个人跑了。"袁爱国不知道手往哪儿放。

袁爱国的哭声惹得杨士强更心烦意乱："算了算了，指望你是指望不上。"

杨文军发现，那几天，头发斑白的父亲行动变得迟缓，有几次，他当着妹妹杨文慧的面，张了张嘴，却说不出口。父亲的脸憋得通红。杨文慧看出父亲的异样，她问："爸，你咋了？"

杨士强硬生生地摇摇头，走开了。他张不开口，那可是他的女儿啊。

晚上，他坐在黑暗之中，眼睛睁着，听着外面偶尔经过的汽车的声音，一辆，一辆，又一辆，似乎他在等待着那刺破寂静的声音。那声音来得快，走得也快。还有暗处传来的未知的细碎的声音。静谧，噪声，互相交替。他想，也许这就是人生。

"爸，你怎么还没有睡？"杨文军的影子出现在屋门口。

"我睡不着，你去睡吧，别管我。"杨士强说，稍顿了顿，他又说："军啊，有些话我真的说不出口，你去替我说吧。要不，我憋在心里难受啊。我实在是……"

杨文军听着父亲的声调都变了，那是悲凉的，无助的，屈辱的低沉的呜咽声，在暗夜之中，像针一样扎着杨文军。杨文军说："好的，我去劝小慧。爸你就放心地睡吧。"

劝说并没有达到预想的目的。杨文军从父亲一夜白头说起，他说："为你的事，爸伤心死了。"

杨文慧说："你去告诉爸。别让他老人家为我操心，我的事儿不用你们管，你们什么时候管过我的事，什么时候你们替我规划过人生。我选择的路我自己觉得开心，又不碍你们的事。"

"可是爸心里过不去。他心里难受。他觉得这是伤天害理的事儿，是天理难容的事。"杨文军循循善诱。

"求求你杨文军，你也给爸捎个话，求求你们别干涉我的事好不好。我过得好好的。又不影响你们吃你们喝。我自己的工作进步了，我还能总带着妈妈去兜风，我替袁爱国找了工作。你说，这些有什么错？"杨文慧声嘶力竭。

杨文军败下阵来，他满脸羞愧地对父亲说："对不起爸，小慧不听。"

杨小慧不仅不听家人的劝阻，反而变本加厉，她索性也就不再隐瞒，把她与表舅黄毅的关系公开化了。她对袁爱国说："这就是我的生活。人和人生活在一个屋檐下，并不代表他们有共同的生活对不对。你和我结婚，你是接受了我的生活方式的。你要是不愿意。我们也可以不在一起生活。"

袁爱国没有勇气说出半句狠话。他只能到杨文军面前来哭诉。杨文军问他："你想怎么办？"

袁爱国摊开双手："我不知道呀。"

"小慧做的确实过分，我都后悔把她介绍给你了。"杨文军懊悔不迭。

袁爱国说："我不后悔。我觉得能娶小慧还是很骄傲的，我活了三十年多年，这是我最辉煌的一页。"

杨文军看了看他，搞不懂他的心思。

据袁爱国说，杨文慧跟着黄毅去了南方出差，说是要去南京、上海、武汉等大城市。袁爱国丧气地说："这些城市我只在书上和照片上看到过，从来没去过。老杨，你去过不？"

杨文军说："我哪有那机会啊。其实我特别想去看看南京长江大桥。"

"我也是。"袁爱国说。

他们说着说着，好像就把杨小慧和黄毅一起去南方的事儿给淡化了，两人开始一起回忆他们的共同向往，畅想着有一天，他们也能够自由地出游，去他们想去的地方，那些地方有南京长江大桥、长城、天安门、黄鹤楼、岳阳楼、井冈山……之后，杨文军说："哎呀，我们要去的地方可真多。我们可没有那么多钱。"

他们没去过的地方，杨小慧却去了大半，她随着黄毅，以出差的名义，跑了小半个中国，他们俩从江苏到浙江、湖北、湖南、广东、深圳、最后从安徽飞了回来。杨小慧惦记着每个人，给每个人买了礼物，她兴高采烈地来到父亲家，坐在客厅里高谈阔论，侃侃而谈，讲她在南方的见闻，讲杨文军和袁爱国都向往却无法去的地方。她烫了新的发型，神采飞扬。她讲到了南方长江大桥，她说，那座大桥普普通通，就是一座铁桥，没什么与众不同的。她说，深圳的楼比我们这里高，人比我们这里勤快。她说，橘子洲头在一个小岛上。她问大家："你们知道沈从文不？"

大家都摇摇头。

"他是个作家，是个老头，写过一本叫《边城》的书。"杨小慧眉飞色舞，"他住在湖南西部，一个叫凤凰的小县城，你们听听，多好听的名字，凤凰。你想想就很美"……

就在杨文慧口若悬河地讲述着她出游的经历，别人的目光被杨文慧吸引时，杨文军看到，父亲默默地离开了，坐在众人身后的父亲站起来，离开了客厅，孤独地在卧室门口消失。

杨士强坐在床边的躺椅上，羞愧难当，浑身燥热，脸烫烫的。窗帘紧闭，屋内的光线很暗。他听着客厅里女儿响亮的说话声，听着她爽朗的笑声、讲述声，他能感觉到，仿佛自己也就跟在女儿杨文慧的身边，跟着他一起丈量了祖国的大好河山。他如同是一个虚拟的影子，在女儿的描述中，他看到了南方长江大桥，看到了凤凰古城，看到了杭州西湖，看到了繁华的广州，同时他也看到了一个人，那个人他从来没有见过，那么一个女儿应该叫表舅的男人，他看不清那人的模样，那人总出现在自己的眼前，阻挡着他与女儿一起去欣赏大好河山。他挥挥手，那个人还在他眼前，他再用力挥了挥，他就感觉那个人伸出拳头，狠狠地打了他一拳，又一拳，那人的拳头，女儿快乐的笑声犹如在一个节奏上，交互冲击着他的胸口。一种强烈的压迫感，让他胸口疼痛难忍，喘不上气来，他想喊出来，可是当他张开嘴，却吐出来了一团死寂般的黑暗，死死地把他缠住，越缠越紧。

等杨文慧把她这一次的旅行说得差不多了，她也感觉到口干舌燥了，她说："袁爱国，给我倒杯水呀，渴死我了。"

袁爱国急忙去倒水。杨文军站起来，走到父亲卧室门口。卧室里面光线微弱，他看到，父亲的头歪在躺椅的一边，他走过去，轻轻叫了一声"爸"，没有回应。他推了一下父亲，父亲的头软软地倒向一边。杨文军血往上涌，惊呼道："爸。"

客厅内响起一片杂沓而惊慌的脚步声。

杨文军、杨文慧永远无法忘记父亲最后留给他们的形象。他的拳头紧紧攥着，须发钢硬，脸色紫红，怒目圆睁。那不应该是父亲一生的模样，父亲这一生，隐忍，豁达，宽厚，与世无争。杨文军十岁时，有一天母亲从单位里回来后突然发了病，把她的衣服铰成破布条，摔茶杯砸镜子，对每个人都凶神恶煞。他和妹妹痛哭流涕，觉得天塌了来，父亲却搂着他们，镇定地说："别怕，还有爸爸呢。"可是他明显地感觉到父亲的身体在颤抖，那细微的颤抖在以后的很多年里都留在杨文军的记忆里，每当他想到那改变他们家命运的一刻，他就会不自觉地打一个寒战。而他眼中的父亲，似乎一直在颤抖的生活中，温和地看着狂躁的母亲，耐心地等待着他们一天天地长大。可能他一直都想不明白，为什么，羞耻比任何生活中的压力都令人绝望。

"小慧。"杨文军轻声说。

"哎。"

"爸是想不通。"杨文军说。

杨文慧抽泣着，痛不欲生："我知道了。"

"他天天躲在屋里，不想去见人。"杨文军仿佛看到躲藏在屋里的父亲。

杨文慧想起母亲刚刚得病那一阵，自己羞于见人的日子，她泪流满面："我知道了。"

"他想告诉你，可他说不出口。"杨文军想着那段日子孤独的父亲的背影。

杨文慧泣不成声，"我知道了。"

知道了一切的杨文慧，同时也知道，一切无法挽回，她说："哥，我知道了，我错了。"父亲去世之后，她没有再去上班，还送回了桑塔纳轿车。母亲天天问她："啥时候坐车呀。"杨文慧忧伤地对母亲说："妈，我买辆自己的车，到时候天天带着你，咱想去哪儿就去哪儿，妈，你想去哪儿？"母亲想了想："中华大街。"杨文慧搞不明白，每次母亲都要让她开着车，在中华大街上跑一圈。而每次，母亲都幸福地看着路边的景色，看不够似的。

失去父亲的生活仍然在流水般继续。坐在小区门口的杨文军明显地感觉到，夏天的阴影里，有一种难以言说的悲凉。楼的阴影似乎走得很慢，像是虫子一样在他的心里爬。门卫陈大爷从门房里跑出来："小军，你的电话。"

打来电话的并不是自己的妻子田彩霞，而是一个陌生人，南方人的口音。一听到南方口音，杨文军的腿就有点哆嗦。那人告诉他说自己是岳阳当地的警察，需要他马上去一趟岳阳。他的声音变调了："我老婆咋了？"

岳阳警察吞吞吐吐，并没有明说，只是强调一点，让他立即动身去岳阳。杨文军慌张地收了摊，把母亲托付给妹妹杨文慧，便带上小玲，挤上了开往岳阳的火车。小玲听说要去找妈妈，一路上兴奋异常，在拥挤的车厢里跑来跑去。

接待杨文军的警察姓周，是个年轻人。他交给杨文军一个红色的背包，对他说："请节哀！"看到那个背包，一路上的忐忑不安与猜测都得到了印证，他越不相信什么，什么就越真实地来到了面前。杨文军两眼一黑，脚下一软，就瘫在地上。等他清醒过来时，小玲用小手摸着他的脸问："爸爸，这是妈妈的包吗？"

杨文军点点头。

"妈妈在哪儿？"小玲问。

杨文军无言以对，泪如雨下。

警察小周说，他们赶到出事地点时，只看到了这个红色的背包，从这个背包里找到了田彩霞及其母亲的身份证明。后来他们询问了在场的目击者，大致还原了出事的过程。小周说，在场的有两位目击证人，他们都被找到了。据他们说，先是两个人离江边有一段距离，向长江中眺望，然后年老的女人向江边奔跑，年轻的女子扔下背包去追年老的女人。警察小周说话很谨慎："这是我们获取的最全的信息。你还想知道什么？"

　　"不管发生了什么，我只想找到她们。"杨文军悲伤地说。

　　警察小周摇摇头，接到群众的报告后，我们尝试过了，下去打捞过，但一无所获。

　　"我想去看看。"杨文军说。

　　把女儿安顿好，他们乘车赶往长江边时，警察小周问杨文军："你家里出了什么事吗？"

　　杨文军摇摇头，"没出啥事儿。"

　　"你妻子有什么想不开的事儿？"

　　"没有。"

　　"那她们为啥自寻短见？"

　　杨文军说："她们不是自寻短见。"

　　小周摇摇头，"那是为什么？"

　　杨文军觉得这个年轻警察的话太多，而所问问题又是那么难以回答，所以他干脆闭嘴不再说话。他闭上眼，感觉眼睛被泪水泡得胀胀的。

出事的现场让他想到田彩霞对于失踪父亲的追忆。他无法判断这是不是同一个地方，长江如此近、如此无情地在他面前流淌着，长江比他想象得要宽阔，也要平缓、沉静，犹如内藏巨大心事的人，一个浩荡的沉默者，一个庄严的思想者，一个冷酷的包容者。他不知道水有多深，水流能在哪里停歇，但他知道，悲伤永远无法被滚滚长江水带走。他转头问警察小周："你有没有个瓶子？"

小周不解地看看他，但没有再多问，返回车子内，拿回来一瓶矿泉水："只有这个。"

警察小周诧异地看着杨文军把里面的水倒出来，装了满满一瓶浑浊的长江水，不知道他要干什么。杨文军心一紧，像是把妻子装到了瓶子里一样，眼泪再也控制不住，夺眶而出。他默默地说："妈，彩霞，跟我回家吧。"

北上的列车上，杨文军怀揣着一瓶并不清澈的长江水，他能感觉到那水晃荡着，就像在他心尖上晃着似的，水的重量越来越重，越来越温暖。回家的路上，小玲失去了来时的兴奋，她笑容全无，噘着嘴，乖乖地挤在爸爸的身边，一脸委屈。她抱怨没有见到妈妈，一直在问，为啥他们跑这么远也没见到妈妈。杨文军安慰她说："妈妈又去了别的地方。我们以后再去找她。"

回到家里，他把那瓶长江水非常庄重地放到了桌子正中央，每天都要把那个瓶子擦得干干净净。第二年的夏天，他会带着小玲重新回到岳阳，回到妻子田彩霞消失的地方，再灌一瓶长江水，带回来，重复着每天的擦拭。看到那一瓶浑浊的水，仿佛他就看到了妻子。有一天深夜，他从梦中惊醒，好像听到有水流的声音，那声音在他耳边回响，开始时是涓涓细流，然后越来越响，吵得他心中烦躁，他从床上爬起来，循着那声音而去。声音是从客厅的桌子上发出来的，他明白了是怎么回事。他把双手放到那个装满长江水的瓶子上，紧紧地握着，黑暗之中，他仍然能听到，那声音从冰冷的瓶子中冒出来，传递到他的手上，胳膊上，身体上，和那浓密的夜色融为一体，变成滔滔流水。以后的很多个夜晚，他都能听到从客厅里传来的水流声。那声音在他的心里回荡着，由最初的惊惧，而慢慢地变得亲切起来。

开始的时候，小玲还不断地追问他，妈妈去哪里了，怎么还不回来。杨文军总是以妻子出了远门之类的话来搪塞女儿，后来连他自己都不相信了，而渐渐长大的小玲也就不再问了。好像那是他们的一个禁区，他们都在小心地避开，尽量地不去谈论。他们都慢慢地习惯了以各自的记忆来清晰妻子和母亲的笑容。

妻子离去后的第三年，杨文军的生活再次发生了变化。生活周而复始，日出日落，风吹日晒，似乎没有什么两样，坐在酱菜缸旁边的他，有时会产生一些幻觉，仿佛他在重复着某一天的生活，妻子在家里给他洗衣做饭，女儿在身旁嬉笑打闹。可是时光像是一束能照透生活的阳光，他发现，他的身旁是冷清的，女儿小玲早就不再粘在他身边了。远远的，他能看到母亲孤独的身影，她仍然保持着自己面对生活的姿势。

"军哥。"杨文军突然听到有人叫他，她的心猛的就有点向上飘，他茫然地抬起头。面前站着一个女人。

"军哥，你不认识我了，我是冯小畔。"女人微笑着看着他。

杨文军这才看清，这个人真的是冯小畔，好几年不见，她似乎还是那个样子，一点也没变，短发，酒窝，尖下巴。只是笑容里多了些岁月的痕迹。杨文军难得地笑了："你咋来了？"。

"我来请你来了。"冯小畔说，"我以为找不到你呢，结果一问我们以前的同事，他们都知道，好多人都吃过你给的酱菜"。

"你也想吃酱菜？你随便拿，管够。"杨文军说，"我只有这点本事。"

冯小畔说："我能坐下吗？"

杨文军急忙把一个小板凳递给她，掸掸上面的灰，道歉着："一见到你，我都不知道怎么好了。"

冯小畔坐到小板凳上，看着杨文军："这才几年，你好像老了许多。军哥。我记得你比我只大一岁吧。"

杨文军笑了："我这是自然本色，看看你，一点都没变，还像是二十多岁。"

两人寒暄几句，杨文军便问她："怎么想起我来了？"

"军哥，我真是请你来了。"冯小畔真诚地说。她说，她父亲开了一个机加工厂，想把以前的工友都请到厂里去上班。

冯小畔说："军哥，你有经验，技术又好。我爸说想请你当个车间主任，领着大伙干。"

杨文军低头沉思，经历了亲人的生离死别后，他不知道这个消息对他来说意味着什么，他甚至无法判断会对他的生活产生什么影响。他感觉自己的脑子像是木偶做成的，只是在机械地应付着泥沙俱下的生活。他从来没有想过，他想要什么，他要干什么，想要一个怎么样的人生。他抬起头来，仍然是满目的迟疑："我还能干吗？我都忘了车床长啥样，好不容易忘掉了车床的噪声。而且，我这双腌酱菜的手，不知道还能不能车出一件像样的工件。"

"能的。"冯小畔说，"我父亲已经老了，他干不动了，其实他是为了我，不得已而为之。军哥，你好好考虑考虑，就算是帮我"。

杨文军说："我不是推辞，我真的怀疑自己了。"

冯小畔的脸色开始凝重起来，凄婉地说："军哥，我离婚了，五年前就离了。孩子爸不正干，天天赌博，过不到一块儿。我自己带着两个孩子，一直没有个固定的工作。我爸就想办法弄了个厂子。他说，他要走了，也能给我留下个养家糊口的依靠。"

杨文军抬起头，看向天空，有一群大雁正在向南飞。他裹紧了衣服，心中想，南方也要冷了。

在冯小畔的盛情邀请下，杨文军接受了冯小畔的邀请，重新做回了车工。他无法拒绝，他觉得要是回绝她，就像是生活中又丢了一件宝贵的东西似的。杨文慧告诫他："不会又是在忽悠你吧，就像当年和你谈对象一样。"

杨文军没有听妹妹的忠告。生活让他学会了原谅与宽容。他在同样经历了生活的洗礼之后的冯小畔身上，看到的不仅是值得追忆的过去，还有可以期待的未来。冯小畔父亲的机加工厂位于南郊的王村，要骑车一个小时才能到。与原来工作的药械厂相比，根本算不上一个工厂。五间低矮的平房一字排开，房顶上的荒草被风一吹，好像能把房顶上的瓦带下来。冯小畔歉疚地说："万事开头难。我爸说，别看我们现在这么简陋，用不了多久，我们就能和以前的药械厂一样。"此刻，内心荒凉的杨文军没有冯小畔那样的雄心壮志，他淡淡地一笑，"让我听听车床的声音，我还真想它了。"他们走进厂房，几台破旧的车床停在厂房中间。冯小畔打开电源，熟悉的车床电机的声音响起，杨文军闭上眼，感觉又回到了二十多岁时的青春时光。杨文军说："小畔，你还唱歌吗？"

冯小畔没想到他会提起年轻时的往事，低头想了想，鼓足勇气说："有好多年不唱了。我试试吧。"

她清了清嗓子，一首《甜蜜蜜》像泉水一样流出："甜蜜蜜，你笑得甜蜜蜜，好像花儿开在春风里……"冯小畔的歌声犹如穿越时空，在车床的声音伴奏下，依旧那么悦耳动听，那么令人陶醉。听着听着，杨文军便泪眼模糊了。他仿佛看到，在歌声里，闪现着羞愧无比的父亲，闪现着笑意盎然的妻子。

与旧生活彻底告别的杨文慧，仍然保持着桀骜不驯的性格。她从百货公司辞了职，再也没去见过表舅黄毅。她自己创业开了一家贸易公司，在百货公司的工作经历，给她积累了足够的人脉及渠道。她做起了服装批发生意。她几乎不着家。为了扔掉自己身上的枷锁，她和袁爱国离了婚。结婚与离婚，都不是袁爱国所能决定的，他好像永远是生活中的被动者，附属者，不管他愿意也好不愿意也罢。杨文慧一句话就决定了他们各自的人生轨迹，她说："我要自由。"她把孩子小宝留给了袁爱国，她向袁爱国保证，你不用工作了，你们俩的生活费我每个月给你们。你就好好地照顾好家，照顾好孩子。

袁爱国被动地接受了这一不平等决定。他告诉杨文军，这就像是鸦片战争中大清帝国和英国签订的丧权辱国的条约一样，他屈辱、悲伤，可是他不能不接受。他说他遍体鳞伤，从里到外都受了伤。他呜呜哭着，像是一个受尽委屈的孩子。看着他哭哭啼啼的样子，那一刻，杨文军觉得他并不可怜，反而有些可气，没有一点男人的尊严和骨气。可是他又无法去指责袁爱国。想想，事到如今，他也有一定的责任。他只能口打唉声，"爱国啊，你也长点志气，做出个样子给小慧看看，让她对你另眼相看，觉得离不开你。我看你们正好反过来了，好像你离了她就没法活了。"

袁爱国还是头一次听他这样说，他瞪大眼睛，惊奇地看着杨文军："你怎么这样说。"

杨文军避开袁爱国迷茫的目光："我是说，你不能老是那么被动，你自己上进点，别让她看不起。自然就不一样了。"

袁爱国哭丧着脸，"我也知道。可在小慧面前，我就是心软、腿软，有心无力。"

杨文军一副恨铁不成钢的表情，拿袁爱国也没有任何办法。

身心彻底得到解放的杨文慧在生意场上充分展示了她的才华，短短的一年时间里，她就把自己的公司做得风生水起，经营规模越来越大，都知道她挣了钱，腰杆粗了。她买了自己的新车，可以经常载着母亲在中华大街悠闲地转来转去。

每个月都能从杨文慧那里领到钱，让袁爱国彻底丧失了上进的动力，他把杨文军的劝告当了耳旁风，后来干脆连门卫的工作也辞退不干了，恢复了门卫之前的状态，下象棋、喝酒。喝酒是新添的爱好，酒量不大，却嗜酒如命。好像活着就是为了喝酒。有一天半夜，杨文军接到小宝的电话，说他找不到父亲袁爱国了。杨文军说："给你妈打电话呀。"

小宝说："打了。我妈不管。"

杨文军骑着自行车，旁边的小宝也骑着自行车，两辆自行车在空冷的街道上穿行，车链子的声响清冽而孤独。杨文军问小宝："你爸天天都干啥？"

小宝说："啥也不干，就是喝酒。"

"你妈呢？她回来不？"

小宝说："不回来。"

杨文军叹口气，说："小宝，你要好好学习呀，长大了考个好大学，别跟你爸学。"

小宝说："舅舅你放心好了。我才不跟我爸一样呢。到哪儿都让人瞧不起。"

他们在离家二公里外的一个小饭馆外面找到了袁爱国。小宝的眼睛尖，他首先看到了前方的一团黑影，倒在马路中间的一个影子。小宝加快速度，飞速地骑到近前，下了车，回头对杨文军喊道："舅舅，我爸。"

他们站在喝得不省人事的袁爱国身边，酒气熏得杨文军头疼。小宝捂着鼻子，冷冷地说："舅舅。我们为啥不能不管他，就像我妈一样。"

杨文军惊讶地看看小宝，昏暗路灯光下，小宝的脸看不真切。他斩钉截铁地说："不行，他是你爸。"

这样的场面反复出现。袁爱国越来越招人嫌弃，他每天都喝得醉醺醺的，两天一小醉，五天一大醉。就连小宝都不愿意大半夜地四处去寻找父亲，他对舅舅杨文军说，太丢人了，好像有那么多眼睛都看着我，嘲讽我。杨文军劝慰孩子，不管走到哪儿，他都是你爸。

小宝说："我真希望他不是我爸。"

杨文军大吃一惊，他训斥小宝："不许胡说。"

他想，也许该和妹妹谈谈小宝的情况了。他还没有来得及找杨文慧。她却自己找上门来了。她怒气冲冲，对杨文军说："你去警告袁爱国，别让他痴心妄想。越来越像个无赖了。"

杨文军不知道是怎么回事："你去和他说呀。"

杨文慧气急败坏地说："我不想和他说话。一听到他的声音我就恶心，就想吐。"说完她就挂断了电话。

杨文军找到袁爱国时，已经是午时，前一天的酒气还没有从他身上散去。杨文军说："爱国，你找小慧了？"

袁爱国翻着白眼，他的眼睛呆滞无光："找了，我当然要找了。我喝酒没钱，吃肉没钱，给小宝交学费没钱，我不找她找谁。"

杨文军看着他的表情，真想捧他一拳，还是忍住了："她给你钱了？"

"她不给行吗？她现在是大老板，她不管我谁管？"

杨文军说："她的钱不是大风刮来的，那也是她辛辛苦苦挣来的。你光看到她有钱时的风光，没看到她挣钱时的辛苦。"

袁爱国睡眼惺忪，理直气壮："我不管。我不光给她要钱，我还要和她复婚。我后悔死了，当初为啥要和她离婚。我去求她了，我还给她下跪了。"

杨文军气得浑身颤抖，袁爱国现在的德性，与之前老实窝囊的样子，有了天壤之别。杨文军说："爱国，你咋变成这样？"

"啥样？"袁爱国，

"不要脸的样呗。"杨文军怒不可遏地摔门出去了。

有一天小宝实在无法忍受父亲，对他说了两句狠话。袁爱国便气鼓鼓地对小宝说："滚一边去，你不是我儿子，你没资格教训我。"

之后小宝问杨文军，他为啥说自己不是他的儿子。

杨文军吓得出了一身冷汗。

袁爱国是破罐子破摔，根本不在乎自己的形象。喝酒、纠缠杨文慧，成了支撑他生活的全部内容。而这种希望在冬天的某个夜晚中止了。喝完酒，他骑着自行车，往家走时，连人带车掉到了河里。

杨文慧付了捞袁爱国和葬礼的钱，可她拒绝去火葬场给袁爱国送行。小宝问舅舅杨文军："我妈为啥那么恨我爸？"

杨文军悲伤地摇摇头："不是恨。是恨铁不成钢。"

"如果我也像我爸一样，是不是我妈也不理我？"小宝看着躺在那里父亲的脸。

杨文军转过头来："小宝，别胡思乱想，你妈怎么会不理你呢。"

小宝初中毕了业，再也不想读书。杨文慧给他花钱找了最好的学校，他只说了一句："你让我上学，我就去死。"杨文慧拿他没有办法，只好任由他天天游手好闲地晃来晃去。她对杨文军说："我就想到我刚高中毕业那会儿，简直跟我是一模一样。可好歹我也高中毕业，他连个初中都念得稀里糊涂。"

杨文军提醒她要多关心关心小宝，现在的年轻人可不比以前，别让他野惯了，再收心可就不好办了。

杨文慧一脸的无奈："你看我哪顾得上他。我整天忙得两脚朝天。哥，你替我看着他点，让他先玩两年，再大点就让他跟着我干。我这产业最后还都是他的。"

杨文军说:"我天天上班,哪有时间盯着他。"

杨文军说是说,可毕竟是不放心,隔三岔五地他就去看看小宝,有时候他在家,有时候不在。他去得多了,小宝就说:"舅舅,你来是监视我的吧?"

杨文军说:"你这孩子怎么这么说。你妈不来,我就不能替他看看你了。"

小宝就嘻嘻地笑。

杨文军问他天天都在干吗。

小宝说,玩呗。

杨文军说教一番,小宝听烦了,便把他推出去,说:"舅,你说的大道理我都懂了,耳朵都长茧子了。"

杨文军45岁时,小玲才在时隔多年之后第一次提到了母亲田彩霞,她对父亲说:"爸,我想报考岳阳的大学。"小玲的学习成绩很好,在学校都名列前茅,不像小宝那样不好好学习,天天被老师点名批评。

一听到岳阳两个字,杨文军心头一震,按照小玲的学习成绩,他和她的老师都抱有很高的期待,希望她能考到北京。小玲说:"爸,你别劝我。我已经决定了。"

杨文军知道说什么都是徒劳和多余的,他微微一笑,"玲啊,你想干啥爸都支持你。"

小玲眼里噙着泪水,"爸,我想毕业了就留在那里,然后把你也接过去。你也不用每年都去那里灌一瓶长江水了。"

杨文军转过头去，擦拭着湿润的眼睛。小玲走近父亲，抱住他，呜咽着说："爸，我想妈妈。"

杨文军泪水再也控制不住，喷涌而出："我也想。"

就在父女俩决定了要去岳阳时，冯小畔请他去吃饭，冯小畔直爽地说："我们都这把年纪了，没有必要遮遮掩掩了，我开门见山吧。"

这是她第一次请杨文军吃饭，杨文军心中不安，点点头。

冯小畔看着他："我爸老了，浑身是病，他实在干不动了，他说想让我有个归宿，有个依靠，他就可以退休了。"

第一次涉及这个问题，杨文军脑子转不过弯来，他木木地看着冯小畔。

"你还喜欢我吗？"冯小畔的眼睛仍旧那么亮。

杨文军像是年轻时一样手忙脚乱，手里的饮料撒到了桌子上，他慌张地用纸巾擦着："喜欢。"他说出了肺腑之言。

"那你愿意吗？做我的依靠。"冯小畔期待的目光盯着他。冯小畔不是杨文慧那种强势的女人，她人生的每一步，都要找到一个依靠。

杨文军脸一红："我愿意，可是我不能。"

于是他给冯小畔说了小玲的想法。

冯小畔耐心地说："我不需要你马上给我答案。我知道我很不争气，我特别害怕一个人独自去面对人生中的一切。其实你也一样，你不能总生活在过去，让过去影响你的生活。"

夏天将近时，小玲收到了录取通知书。她和父亲杨文军很平静地做着去岳阳上学的准备，仿佛就是去探望久别的亲人。

小玲还没有走，小宝却出了事。他和人打架，把对方肚子捅了个口子，跑了。杨文慧开着车，带着母亲和杨文军，四处去寻找小宝。轿车穿行在渐渐暗下来的街道中，城市就像是一个悲伤的隧道，永远没有尽头。他们找遍了他们能想到的地方，可是仍旧没有小宝的踪影。母亲靠在后座上睡着了。杨文军说："也许他不在城里了。"

杨文慧说："不可能。他是个胆小的孩子，他无处可去。"

杨文慧坚信小宝躲藏在城市的某个地方。那几天她日夜不停地驾车去寻找小宝，希望在警察找到他之前能找到他，劝他投案自首。向来自信、坚定的她，突然之间没了主张，六神无主。她拽着杨文军，心里安定了许多。这还是杨文军第一次看到这样的妹妹杨文慧，即使是在父亲不忍羞耻离世的时候，他都没有看到她精神完全崩溃。眼前的杨文慧是陌生的妹妹，是令人费解的妹妹。

他们找了五天五夜，没有一点蛛丝马迹，小宝人间蒸发了。小宝以这种方式突然消失，令他们在忐忑不安、悲伤、焦虑、担忧之中，开始怀疑小宝的动机。

"他平时爱打架吗？"杨文慧问哥哥。

杨文军愣了下："你不知道吗？"

杨文慧愧疚地说："我真不知道。"

"唉，"杨文军说，"他虽然淘气，却从来没听说跟谁打过架"。

"那他为啥跟人打架，还把人捅了？"

杨文军没有作答。这个问题他回答不上来，他也想不通。其实有很多事情是没有答案的。

他们找遍了城市的每个角落，找到了他们认识的每个人，小宝认识的每个人，两个人均疲惫不堪，没有了再寻找下去的气力。即使是青天白日，他们也感觉像是在黑暗中。车子仍旧在寂寞的街道上滑行。母亲在睡觉，两人的眼睛都火辣辣的疼。在他们的眼里，他们看到的每一个场景，似乎都是一处暗藏着小宝的迷宫。

我们在找什么？杨文慧开始怀疑。

杨文军说，找小宝呀。

杨文慧摇摇头，痛哭道，我怎么觉得是在找我自己。

2019 年 11 月 29 日一稿
2019 年 12 月 18 日二稿
2019 年 12 月 25 日三稿

甘草之味

　　我大抵记得十二岁那年的事，我们家突然门庭若市。

　　在那些行色匆匆的人之中，就有我的小姨父秦大贵。他们像是从一列叫作忧伤的火车上一起下来的一样，均哭丧着脸，说话的声音要么高亢激昂，要么就是低沉沙哑。他们是我们家乡下的亲戚和一些不相干的老乡，来城里投奔我父亲，做绝育手术。

　　我父亲董耀先并不是一个医生。他只是在交运局职工医院里工作，他的工作岗位是医院药房的副主任。但他是我们村第一个在大城市的医院里工作的人，所以，他们都确信不疑，我父亲董耀先是一个了不得的医生。那年秋天，我父亲说破了嘴皮，也无法阻止他们前来求医的热情。我记得那一阵子，几乎每天我们家都会有陌生人出现，父母让我和弟弟喊他们大爷大娘叔叔婶子，甚至爷爷奶奶。我看着他们的年龄不比我父亲母亲大多少，有的还更年轻一些，所以喊起来就含糊其词，在喊"爷爷""奶奶"时就像嘴里含着一个鸡蛋。

小姨父是由小姨陪着来的。我觉得小姨的心情和小姨父不一样，正好相反，一个兴高采烈，一个垂头丧气。过去的几年，小姨一口气给秦家生了三个姑娘，她早就厌倦了这种无止境的生育机器的身份。她和我母亲说话时，不时传来阵阵的笑声。而小姨父却闷闷不乐，一声不吭，他坐在我们家床边，不停地抽烟，不停地唉声叹气。他把烟屁股扔到地上，狠狠地踩着。他对我父亲恶声恶语："我不信乡里、县里的医院，他们也不信。我只信你。"

父亲虽然知道自己不可能是那个主刀的医生，但是小姨父浓重的乡音，和这份来自亲人的信任，还是让他骄傲万分，油然而生一份满足感。他挺直了腰杆，提高声量说："放心吧大贵，我给你找我们医院最好的医生。一点也不疼，也不会留下任何的后遗症，他有个外号，叫蒋一刀。在全市都鼎鼎大名。这一段时间他成了我们医院最难请的人，来找他来做绝育手术的人络绎不绝。你把心结结实实地放到肚子里，该吃吃，该喝喝，明天就给你动手术。"

听到父亲提到手术一词，那年33岁的小姨父却仿佛看到了世界末日似的，放声大哭起来。这是我第一次看到一个大男人如此肆无忌惮的痛哭，觉得非常好玩，我和弟弟挤到他面前，看着他的脸上涕泪纵横。我们俩相视一笑，互相推搡着对方。父亲把我们俩拨拉到一边，安慰小姨父："没什么好怕的，一点也不疼。真的一点也不疼，就跟被小小的蜜蜂蜇了一下似的。"

这个叫秦大贵的小姨父，丝毫也没有被我父亲的言语所安抚，反而变本加厉，哭声震天，仿佛都要把我们家的屋顶捅破似的，引得我们那栋筒子楼上的邻居都来观看。我母亲对他们说，别看了别看了，以后没法生儿子了。而我小姨则满脸羞愧地说，丢死人了丢死人了，这么大的男人哭得像小娃娃。邻居们不像我和弟弟那样纯粹地看热闹，他们抱有仁厚的同情心，每人对小姨父说了一句不疼不痒的宽心话，就回去了。背过脸去的他们都有着一张快乐的笑脸。

小姨父秦大贵的哭声，似乎持续了整整一夜。只是那哭声渐渐由大变小，由重变轻，慢慢地变成了一股泉水似的，在夜晚里细细地流进了我们的梦里。

第二天的早晨醒来吃饭时，已经听不到他的哭声。他端坐在窗前，脸色纸白，凝视着外面开始喧闹起来的街道，忧伤地说："我儿子没了。"

没有人理会他的悲伤。他看看大早晨都在忙碌的每个人，觉得自己受了冷落，心有不甘，他央求我父亲："我害怕疼，有啥能让人不害怕？"

父亲为难地摇摇头，然后看着墙角的那堆草药，说："要不你嘴里吃点什么，可能能转移你的恐惧。"父亲从草药堆里拿了一把树根样的草药，放到小姨父手里。

小姨父问："这是啥？"

"甘草，甜的。"父亲说。

他接过来，摊开看了看，尝试着把一小片甘草放进了嘴里，使劲吸吮着，脸上露出贪婪的表情。

我和弟弟没有时间看他像小孩子般无比贪婪的样子，我们甚至有些对他夸张表情的鄙视，一片甘草哪有那么陶醉，我们又不是没有尝试过。我们匆匆吸溜两口玉米面粥就背着书包上学去了。中午放学回来，他仍然坐在窗前，仍然吸吮着甘草，像是清晨时光的再现。一个刚刚做完绝育手术的男人，此时已经没有了恐惧。他有种万念俱灰的悲壮和凄凉。他把窗子打开，让秋天的冷风吹在他僵硬的脸上。我母亲非常担心他，害怕他想不开寻了短见，从我们三楼的窗户跳下去。小姨大声说："放心吧姐，他没那个胆儿。"还是我小姨最了解小姨父，知道他没有勇气去做气吞山河的举动。他就那么一直坐着，狠狠地吸吮着甘草，也不再哭泣，只是枯坐着。我顺着他迷离的目光向窗外张望，大街上除了偶尔经过的三三两两的人和自行车，其他什么也没有，不知道他在看什么。

那天晚上，小姨父终于有了一点活人的气息，他像是死过一回又复活一样，一口气吃了三碗炸酱面。吃饱了饭的小姨父摸着我的头问我："仙生啊，你长大了想干啥？"

其实我挺喜欢小姨父的，初中毕业的他喜欢高谈阔论，我每次回老家见到他，他都拽着我，和我聊天，天南地北，时事政治，好像他去过很多地方似的。有的我能懂，但大部分都不太懂。我挠挠头，无知地说："不知道呀。"

他就严肃地说："这可不行，你看你们，啊，条件多好，不愁吃不愁穿，你得想想，别光贪玩，到我这么大了心就慌了。得想想长大了要干点啥，要成为一个啥样的人物。"

那天晚上，他和我父亲一本正经地谈论起理想。他咬牙切齿地说："我只有一个理想，就是出人头地，让老婆孩子过上好日子。你呢？"

我父亲心底里有些排斥小姨父秦大贵。他觉得小姨父是个夸夸其谈的人，是个不切实际的人。小姨父因为当过三年兵，就觉得自己与一般的种地农民不一样。他自称是新中国的儿子，是喝着新中国的奶长大的。他之所以与新中国同龄，并不是一种巧合，而是与新中国一样，有着神圣而特殊的光荣使命。每当他如此描述自己时，父亲就乐得合不拢嘴。父亲嘲笑他："说到底，你还不是在农村里种地，你那一亩三分地，就种种田，收收粮食，能有啥光荣使命。"

小姨父对我父亲的蔑视并不为意，发誓说："你别笑，早晚你会相信我的。"

和小姨父相比，我父亲的理想就有些虚无缥缈。他想了想，对小姨父说，他在农村上学时就是想去当兵，当上兵后就是想保家卫国，在医院工作后就是想着救死扶伤。我父亲有些犹豫，他不知道这算不算理想。

小姨父斩钉截铁地说:"不算,这算哪门子理想。你老变来变去的,那算啥理想。"

夜已深,母亲和小姨已经进入睡乡,父亲也在不断地打着哈欠,困倦已经牢牢地战胜了每一个人,唯独小姨父还清醒无比,他最后看一眼窗外漆黑的夜晚,突然像是缓过神来似的对恹恹欲睡的父亲说:"我恨死你了。是你让我失去了一个男人的尊严,失去了成为一个儿子父亲的机会。"

我父亲被他这句话吓得一下子就失去了倦意,没想到自己做好事会落下这个结果,义愤填膺地说:"你别给我扣帽子,又不是我要让你做,是你找我来帮忙的。你可不能怪到我身上。这跟我有啥关系。"父亲非常生气,对小姨父的不可理喻的想法愤慨不已,他想不通,小姨父竟然会有这样稀奇古怪的想法。他站起来,身体颤抖着,他再也不顾及礼貌,快速地逃离小姨父,爬到床上去睡觉了。

从结扎手术之后,小姨父就依赖上了甘草,临走,他从我们家拿走了一大包甘草,那一片片的像树根样的东西,成了他的宝贝,让他终生受用。

初中三年级的时候,我曾经在现代汉语词典里查到了甘草一词,里面的解释是这样的:多年生草本植物,茎有毛,花紫色,荚果褐色。根有甜味,可以入药,有镇咳、祛痰、解毒等作用。

回到家的小姨父,总觉得自己的身体不像是自己的。他对自己的身体时时产生怀疑,可是我父亲说的他好高骛远的性格并没有丝毫的改变，他本来就对弯下身体种地不感兴趣，这次更是有了充足的理由，他说，结扎手术让他没了力气，弯不下腰去。第二年夏天，我和弟弟放暑假回老家去看小姨时，在阳光照耀的田边地头，小姨父挂着一把锄头，戴着一顶草帽站在那里，悠闲地品尝着甘草的味道，而小姨则弯着腰在地里挥汗如雨地锄草。他指着那绿油油的玉米说："仙生，路生，你们看到了啥？"

"棒子地。"弟弟路生抢着说，"全是棒子地"。

小姨父摇摇头，冲着我努努下巴，"仙生，你说"。

我犹豫着说："小姨在锄草。"

小姨父很不满意地摇着头，"你们只看到了你们看到的，却没有看到你们没看到的"。

"那是啥？"我问，他这种绕口令似的话让我们俩很费解。

小姨父说："那是一个阴谋，一个埋没我儿子梦想的阴谋。"

我和弟弟都不懂他在说什么。

当我把地头这幅场景说给父母时，母亲气得在屋里团团转，说："他怎么能这样，怎么能这样？这哪里像一个男人。这不是欺负我小妹吗？"

父亲说："我早就说过，他就是这样的人，不切实际，好高骛远，眼高手低。你还不信。"

他恨我父亲。他明知他的结扎和父亲无关，可他仍然满怀着对父亲的幽怨，逢人便说是我父亲劁猪一样劁了他。在以后若干年里，他们的每一次碰面都不欢而散。一见到父亲他就怒目而视，仿佛是父亲让他堕入万劫不复的深渊似的。他们的关系变得十分微妙，父亲不止一次地向母亲埋怨道，以后凡是小姨父的事，他一律不管。父亲回老家的次数越来越少，他觉得一回到故乡，那些曾经让他帮忙结扎的男亲戚女亲戚就像看敌人那样望着他，目光都带着刺，他浑身上下不舒服。他委屈地对母亲说，好像真的是我非要给他们结扎似的，这到哪儿说理去。

父亲说是这么说，可事到临头，他又不得不管。

为了自己的理想而奋斗的小姨父，拖着一个被他说成是假男人的身体，不得不再次向我父亲低头，在时隔一年之后又来到了邯郸城里。

那时候父亲正在自学各种医学书籍，其中有一本是北京中医医院革命委员会编的《辩证施治纲要》，我曾经偷偷地翻看过，里面的望闻问切，六经辩证，三焦辩证那些词，我根本看不懂，只记得书的扉页上毛主席的一句话："中国医药学是一个伟大的宝库，应当努力发掘，加以提高"。他虽然没有行医资格，可是他一直想成为一个医生，他对中医有了浓厚的兴趣，他经常抱着一本《新编中药歌诀》，从早读到晚，像是唱歌一样，什么"桑叶甘寒肺肝经，清热明目祛痛风"，什么"黄芩味苦药性寒，归心大肠肺肝胆"，什么"桔梗苦平归肺经，解热镇咳祛痰脓"。一旦我们感冒发烧，头疼脑热，他格外兴奋，因为展示他学习成果的机会来了。他从单位里拎回一包包的中草药，什么柴胡、苏叶、桔梗、甘草、麻黄、防风、黄芩等等，他一一地告诉我们那些陌生草药的名字，以及他们的功用。除了他，我们没有人关心它们具体有什么用，只要能让我们赶快把烧退掉，不再不停地咳嗽，就阿弥陀佛了。我们甚至不关心它叫什么名字。有人生病的日子里，我们家飘散着非常浓烈的中药味道，这种苦苦的味道，在我们狭小的房间里打个转，然后就飘到楼道里，飘到每家的餐桌上。一起上学时，隔壁的二小讥讽我和弟弟："我爹说，你家吃不起白面，又用草药改善生活呢。"我们兄弟俩追着他打。

小姨父这次来，看来是做好了充分的心理准备，打算向我父亲低头。他背着一口袋玉米面，特意拎着两包桃酥点心，还没进门，我和弟弟就闻到了那香甜的味道。他戴着一顶棉帽子，进了屋赶快把棉帽子摘下来，低眉顺目地对我父亲笑。真想不到，他轻易就把对我父亲的仇恨给忘掉了。

父亲正拿着一本医药书在看，他头也不抬，不吭声，假装没看到他，高声念诵着："葛根辛平归胃经，发汗解热止疼痛；发热口渴呕吐泻，头身疼痛肩背凝。"

在父亲中药歌诀的诵读声中，小姨父表现得很耐心，他一直等着父亲的诵读到了一个段落，才说："姐夫我来了。我的甘草吃完了。"

父亲继续读："生地甘苦性大寒，心肾小肠心包肝；滋阴清热凉血液，降逆五血破瘀坚……"。

小姨父装作很认真地听着，等父亲一停下来，他马上又说："我给你买了桃酥。这家桃酥是咱县最好的，我跑了二十里地去买的。"

父亲屁股挪了挪，并不抬眼看他，目光停留在中药歌诀上。

小姨父并不气馁，他说："我给你道歉来了，以前是我不懂事，该死。要不我给你……"

父亲适可而止，没让小姨父把那句话说完，他抬起头来，面露愠色，说道："要不是他小姨哭着来求我们，我是千不该万不该再去招惹你的。又看你日子过得那么饥荒，仨丫头穿得补丁摞补丁的，连顿白面馒头都吃不上。算了，原谅你了。你能耐，你真行，我是服了你了。"

小姨父立即就笑逐颜开，他急忙掏出烟来给我父亲点上，"你大人不记小人过，宰相肚里能撑船，饱汉子不知饿汉子饥……"态度极其谦恭。

父亲急忙阻止小姨父再说下去："越说越不像话了。饱汉子饿汉子都出来了，这哪儿跟哪儿啊。不过咱可丑话说到前面，以后可别再落埋怨。我不想做了好事还里外不是人。"

小姨父随声附和："那是那是。你是大好人。姐夫，你说你说。"

父亲不紧不慢地说："一是念在咱们是亲戚的份上。二是考虑你家里的情况确实也太艰苦，拉扯一大家子，也不容易。三是我正好和我们局管后勤的是战友。你到那里好好工作，也给我长长脸。别让人家说我这个介绍人的不是。"

"放心吧姐夫。我一定不辜负你的期望，努力工作，积极上进，为四个现代化贡献力量。你就看我的表现吧。"小姨父信誓旦旦的表白，让我和弟弟觉得非常可笑，就像我们在老师面前表态一样，一个烧锅炉的怎么为四个现代化贡献力量，真是可笑。他竟然落到和我们同等的水平，这让我和弟弟很不耻。

父亲为小姨父找的工作是烧锅炉，在交运局职工澡堂烧锅炉。小姨父暂时忘掉了他内心的悲伤，忘掉了他人生的目标与理想，开始快乐地烧锅炉。他对我父亲的态度大变，仿佛他从来就没有恨过我父亲一样，他千方百计地讨好我父亲，一到开支那天就来我家，给我父亲买包黄金叶烟，然后趁机在我们家蹭顿饭。父亲对他的态度是不冷不热，言语也并不热情。小姨父肯定能感觉到父亲的冷淡，但他假装看不到，照样和我们有说有笑。他最喜欢看我父亲从单位里拿回来的人民日报，每次他都把报纸从头到尾看个遍。看完之后，他像是肚子里憋着太多的话想要说，而父亲又对他爱答不理，他又觉得母亲是个家庭妇女，与他想说的话不相配。所以他盯上了我，他就凑到正在写作业的我跟前恭维我两句："你看看仙生，多文气，啥时候都见你在学习。不像路生，在家里就见不到他的影。"然后他就借机把他满腹经纶向我倾倒。他像是发现了什么秘密似的告诉我说："你等着吧，我们国家很快会有大事发生。"

我头也没抬，好奇地问："啥大事？"

"我也说不清，反正，我觉得要有很大的变化，我们都要有变化，再不能浑浑噩噩地混日子了。"

他指着人民日报上的一篇社论让我看，而且字正腔圆地用普通话给我读了一段，他那带着乡音的普通话听上去和说相声一样，逗得我大笑。我父亲瞥我们一眼，又埋头自顾自地看他的书。厨房中的母亲探过头问："笑啥呢？"

我说："没事，我小姨父变城里人了。"

父亲不知道是不是被我不断响起的笑声所吸引，他把书背在身后，走到我们面前，围着我们转了一圈，又回去坐下，继续读，并不时地向我们张望。

过了几天，我才明白父亲围着我们转圈的目的。

那些日子，父亲迷上了针灸，他手痒痒的难受。他经常手里捏着一根银针在屋里踱来踱去，那银针的闪光晃得我弟弟董路生头晕，他说："我头晕，到外面吹吹风。"他推开课本，一溜烟地跑了。父亲并没有停止读书和踱步。原来他在找合适的时机，合适的人选来练练手。那天小姨父秦大贵是自投罗网。

吃完午饭，父亲终于按捺不住内心的冲动。他把小姨父按到椅子上，卷起小姨父的裤腿，露出瘦弱的膝盖和小腿。他拿出那个长条的小铝盒，打开，里面摆满了闪闪发光的银针。小姨父坐在那里瑟瑟发抖，他哀求道："姐夫，我没病，不想扎针。"他眼里露出恐惧。

父亲轻描淡写地说："你怕啥，谁没扎过针？一点也不疼。就跟被蚂蚁咬了一口一样的。你连蚂蚁都怕，亏你还当过兵。"

"我没病，扎啥针。"小姨父反复强调这一点。

既然父亲找到了最合适的对象，他岂能善罢甘休，他按住小姨父因为恐惧而晃动不已的肩膀，就像当年结扎前安慰他一样："没事的。一点也不疼。有没有病你知道啊？很多人得了病自己并不知道，你也是。我早就观察你走路的姿势了，你一条腿总是向外撇，这说明你腿上的气血不畅，腿上的气血不畅就说明你有潜在的疾病，轻则腿脚麻木，重则半身不遂。"

不容分说，父亲把银针用酒精消过毒，便毫不留情地在小姨父的膝盖处下了手。小姨父及时地从兜里掏出一片甘草，快速地送进嘴里，响亮地吸了一口。我和弟弟都好奇地围在四周，睁大眼睛看着小姨父抖动的膝盖和脚踝。我母亲劝父亲："他不愿意你就别扎了。"

父亲固执地抢白母亲："又死不了人，我这是在给他治病。他还得感激我呢。你说是不是？"他转身对小姨父说。

小姨父早就忘了该怎么说话，他的脸色发青，嘴唇发紫。

母亲不忍看，转身出去了。

小姨父的反应异常强烈，父亲的银针还没扎到他腿上，他就身体扭动，大呼小叫。父亲警告他："你要是乱动，扎错了穴位，就不是我的事儿了。"

这句话真管用，小姨父立即吓得僵在椅子上，脸色由青变白，他颤抖着说："姐夫啊，看在咱们是亲戚的份上，你一定要扎准了啊。"

父亲镇定自若地说："放一百个心吧。我在梦里不知道扎了几百遍了。一点问题没有。"

不管父亲再怎么吹牛，毕竟这是他头一次针灸，再加上小姨父紧张得仍然有些晃荡的身体，他的自信心便打了些折扣。他的手也随着小姨父的身体晃来晃去，但内心那股无法遏制的兴奋，让他还是果断地扎下了第一针。于是我们便听到了小姨父那一声撕心裂肺的尖叫，看到了他腿上的鲜血。父亲也慌张了，他一时不知道下一步要干什么，而扎上去的银针还随小姨父的身体不停地摇动着。母亲应声从外面跑过来，惊呼道："咋了咋了，让你不要扎不要扎，你偏不信邪，自己又不是个医生，装啥大头蒜。"

父亲的第一次尝试以失败告终。可他并不气馁，那几天他吃不下睡不香，都在琢磨着为什么会失了手，他自言自语："按理说不应该呀。没错呀，一切都是按程序来的呀。不会错的呀。"他还去请教医院的老中医邢大夫，那个戴着厚厚的镜片的老医生。

父亲还去澡堂的锅炉房去找过小姨父，问他到底那天扎得疼不疼。小姨父煞有介事地摸摸膝盖，说："疼吧。"

父亲追问："你好好想想，到底疼还是不疼？"

小姨父犹豫了："好像有点疼。"

"到底疼不疼？"父亲并不死心。

"好像又不怎么疼。"小姨父说。

这些后来父亲在饭桌上转述给我们的话，让他彻底放下了心理的包袱，他开始了又一次的冲刺，他摩拳擦掌，信誓旦旦。那个礼拜天他特意去请小姨父来家里吃饭。这让小姨父受宠若惊，连买一包黄金叶烟的惯例都忘了。父亲举着银针，问他："真的不疼是吧？"

小姨父说："不疼。"

其实，第二次还算是成功的。没有见到血，也没有听到小姨父的叫声，只是小姨父额头上的汗水比往常要多许多。所以，那个春天里，一到礼拜天，小姨父就成了我父亲练习针灸的靶子，他身体的各个部位都是我父亲下针的地方。身上扎满银针的小姨父，很安静地坐在椅子上，或者躺在床上，早就没有了恐惧与担忧。他甚至自得地看着人民日报。他鼓励父亲说："姐夫，一扎针我就觉得浑身舒坦，跟洗了次澡一样。"

父亲见怪不怪地说："洗澡哪能跟扎针比。洗澡只是把你身上的脏东西洗掉，扎针却是把你身体里的脏东西扎没了。"

有时候他浓密的黑发丛中也长出来几根银针，而他低着头在那里看人民日报，很享受的样子。我问："小姨父，你说的大事，啥时候来呀？"

他指点着报纸说："快了快了。你就等着吧。有比你还急的人。"

我一直好奇小姨父为什么坚持说第一次扎在他身上的针不疼。他从来没有说过。这是他和父亲的一个秘密。

我不知道小姨父说的大事是什么，可是发生在他和我父亲身上的大事却来了。

先是小姨父突然辞职不干了。

不得不说，小姨父是个脑袋瓜灵活的人，他在快乐地烧锅炉的过程中，接触了许多经常在澡堂泡澡的人。父亲每周带着我和弟弟去那里洗一次澡，那种老式的澡堂有一溜长长的更衣室，中间有一个窄窄的过道，两旁是两溜长条形的木床，大约有二十多张。很多中年人除了洗澡，还在那儿休息聊天。有很多都是常客，小姨父就有机会去认识他们，有一次他向我们炫耀说他和说相声的康达夫聊了好多次。康达夫李如刚是当时河北相声界的名人，经常在收音机里能听到他俩说的相声。康达夫就住在邯郸贸易街十九号院。因为离得近，所以他经常去交运局的澡堂洗澡，我们也经常见到他，可是没有人能和他聊过天。小姨父却有这样的经历，这成了他炫耀的资本。有的人和他成了朋友。他生命的转机就是朋友提供给他的，他受了一个经常泡澡堂子的朋友的启发，按着朋友的指引，要回村去开砖窑了。走之前，他破天荒地买了只烧鸡，一包花生米，一瓶邯郸大曲，来和我们道别。此时的小姨父，充满着对未来的渴望，他眉飞色舞，喝了几口酒之后，就开始畅想着砖窑挣钱之后的生活。我父亲忧虑重重，问他：“开砖窑好是好，可你没有经验呀。那可不是说把土和成泥，架到火上烧烧的事儿。”

“这个你放心。老张去和我一起干，他有经验，他在山西烧了五年的窑。”小姨父信心满满地说。老张就是他在澡堂子里交上的朋友。

母亲在旁附和着：“是呀，你和小妹商量没有。你别砖窑开不成，烧锅炉的工作也没有了。这工作你姐夫费了多大的劲才给你找来的。"

"烧锅炉算啥。"小姨父满脸的不屑,"我以后有了钱可以自己把澡堂子买下来"。

"你有钱开砖窑吗?"父亲问了一个非常现实的问题。

小姨父立即停下了筷子,脸色也变得忧郁起来:"这是主要问题,现在是万事俱备,只欠东风。"

"那你打算怎么办?"父亲问。

"借。"小姨父说,"我早就想好了。钱我从亲友处借,你放心好了姐夫姐姐,我不白借你们的。就当你们把钱存到我这里,我比银行给你的利息多一倍,你们看怎么样"。

"好啊好啊。"母亲高兴地说。

父亲瞪了母亲一眼:"八字还没一撇呢,砖还没烧出来一块,你好啥好。"

父亲尽管一万个不情愿,但还是碍于亲戚的情面,借了5百块钱给小姨父,小姨父是千恩万谢,给父亲母亲许愿说:"我发了财,也要让亲戚们都富起来。"

他还分别从山东的大姨父、邢台的三姨父那里借了钱,带着一大家子人的期望,踌躇满志的回乡创业去了。临走时,小姨父对我父亲切切地说:"如果你真的成了大夫,能不能再给我做一次手术,让我恢复男人的身体。"他内心深处还在念念不忘被结扎一事。

父亲摇摇头:"这可不是我说了算的。这是国家政策大事,是我一个小老百姓能说改就改的?"

小姨父走后，父亲立志要当一个真正医生的步伐开始加快。父亲的事业在他做了足够的铺垫和准备之后，却并没迎来重大的转机。他一心想当一个医生的梦想迟迟无法到来。在小姨父走之后不久，父亲开始偷偷与中医科的邢大夫谈妥，在他那里过过当医生的瘾。如果单纯地扎扎针灸，不会出什么大事，后来他得寸进尺地竟然动了给患者治疗骨折的念头。这一次，惹了大麻烦了。后来母亲不止一次地埋怨父亲怎么就有那么大的胆子去给别人做手术，如果真的出了人命，你可让我们娘仨怎么办。

　　是一个晚上，父亲一直没有回家，眼看着夜幕四合。我们坐在饭桌前等待着父亲下班回家。要是以前，我们都吃完晚饭了。直到夜里九点，父亲才拖着沉重的脚步回家。他阴沉着脸，一句话不说，坐了足足有半个小时，父亲才说出实情。原来，中午临下班时，邢大夫急着回家炖刚托人买的新鲜排骨，就让父亲临时盯一会儿班。药房里人手多，父亲乐得在外科里坐坐，体验一下当医生的感觉。没承想快吃午饭时来了一个被自行车撞断小腿的年轻小伙。小伙子疼得脸都变了形，但却咬着牙没有叫出声，这也给了父亲胆量，让他可以放手去接骨复位，他已经观摩邢大夫很多次了，各种步骤早就烂熟于心，虽然也有些紧张，可他还是一边在脑子里重复着每一个步骤，一边算是按部就班地把骨头复了原位，打了石膏。打完石膏，父亲擦了一下额头，才发现，自己的头发湿漉漉的。父亲瘫坐在那里，像是爬了一座山那般累，但心里却无比的舒坦与愉悦。

他打开窗户，让风吹在他大汗淋漓的脸上，都忘了吃午饭，坐在那里竟然睡着了。汗还没落净，一个美梦也没做完，他就被从椅子上拎了起来。小伙子的家人推着小伙子又来了医院，这一次，小伙子没有了刚才的坚强，那种钻心的痛苦的叫声响彻医院的楼道。幸亏邢大夫不放心，早早地赶到了，不然父亲非得被病人家属打残废了。邢大夫很快给小伙子重新接好了断骨。下午，父亲和邢大夫都被叫到院长办公室，被狠狠地批了一通。院长让他们停职，写出深刻的检查。

父亲并没有从这种越权行为中反思自己，反而纠结地问自己："我明明是按照老邢的步骤做的，没有错呀。哪里出问题了？"看来，父亲想要当一个医生的贼心不死，不是一次挫折轻易能给打败的。

父亲要为自己的错误负责，他背了一个党内警告处分。邢大夫被全院通报，做出检查。

放暑假回老家时，我才真正明白小姨父所说的大事是什么。他领着我和弟弟，穿过一片树林，停在一片麦田边，远远地能看到泜河大堤上郁郁葱葱的树木迎风招展。据父亲说，泜河向北一直流，最后汇入滏阳河。父亲说，他小时候，能够坐船从老家到邯郸城。他意气风发地指着麦田之中耸立起来的砖窑，和冒着一股黑烟的大烟囱，一排排红红的砖垛，以及忙碌的烧砖工，得意扬扬地说："你们看看，这就是我的砖窑，我的事业。大事就是从这里发生的。"他穿着一件灰色的西服。

西服并不平整，像是被揉搓过似的，皱巴巴的。他说："我很快就能挣钱，你俩说，想要啥？"我想要一本写保尔·柯察金的小说《钢铁是怎样炼成的》，我弟弟路生说只想要一副拳击手套。

他一只手叉着腰，另一只手指点江山。小姨父不止领我和弟弟去过他的事业前沿。父亲、母亲，包括偶尔回来一趟的大姨父、大姨，都见识了他的砖窑红火的情景。他对他们说："不出两年，我就能把投入的本钱都收回来。第三年就能盖上房子。让三个妮儿每天都穿新衣服，每天都吃饺子。"

父亲确实被眼前的景象震惊了。他没有表态，回城的一路之上都脸色铁灰，闭口不谈小姨父的砖窑，倒是母亲一直在喋喋不休地憧憬着能从小姨父那里分到多少高额利息。

从火车上下来，父亲才说了离开老家的第一句话，他发着狠说："这都什么世道，秦大贵都能当上个砖厂厂长。"他没有说出他想出的后半句话，但是我们都明白，父亲是不甘心他永远是个在医院工作的行政干部，而不是个受人尊敬的医生。

小姨父的事业开始是顺风顺水，他用很短的时间便把成本收了回来，他成了我姥姥家的明星级人物，地位直线式上升，而我父亲和当工程师的大姨父都排在他的后面。每次到我姥姥家，他都喜欢在村子里转悠转悠，以便听到村里人对他无以复加的吹捧。那个时候的小姨父可谓是春风得意马蹄疾。

谁也没想到，他美好的事业会中途夭折。

砖窑开工后的第三年，我考上了大学。那年的秋天，在遥远的兰州，我收到了父亲一封热情洋溢的信，他在信中教育我要脚踏实地，不要好高骛远，并拿我小姨父来做反面教材。字里行间，透露着一股隐隐的幸灾乐祸。我这才知道，小姨父的砖厂出了事故，小姨父也落下了残疾。

砖窑发生了坍塌。小姨父去抢救烧窑的工人，自己也被砸在里面。小姨父被送到我父亲的医院时，全身上下都是砖灰和血迹，也不知道到底哪儿伤着了。小姨哭得死去活来。

躺在病床上的小姨父对我父亲说："每次碰到你，我就会倒霉，身上就少点什么。"

小姨父万幸没有大碍，只是砸在了右脚上，少了三个脚趾头，脚踝变了形，他在医院里和家里躺了两个月，再下地走路时就成了一个瘸子。他改变命运的努力被踩了急刹车，烧窑的工人死了两个。他变卖了砖窑，把所有的钱都赔上了，还是不够，又借了亲戚一大笔钱。他丝毫没有那种绝望的表情，反而安慰我父亲母亲，"你们尽管放心，我还会东山再起，你们的钱我会加倍给你们。比银行利息的两倍还要高。"我父亲不信他的话，父亲说："你只要踏踏实实地种好地就行了，我们不稀罕你的利息。"其实父亲真没打算他能还得起这笔账。

我利用国庆节假期去看望过小姨父，脚上缠满石膏和绷带的他一点没有灰心丧气，眉飞色舞地给我讲起当时事故现场的情况，好像说的是发生在别人身上的事儿似的。他说："我当时应该想点什么的，对吧，比如想想欧阳海拦惊马，黄继光堵枪眼，董存瑞炸碉堡，可是我没有啊，现在想想真是后悔啊。我真的应该想点什么呀。想点啥才是正常的，你说是不是？不过我觉得自己挺伟大的，这些天，我躺在病床上，越琢磨，自己的形象就越高大，我就越佩服我自己，越觉得自己是个了不起的人，是一个超凡脱俗的人，是一个能够成就大事的人。虽然牺牲了两个工人，好歹我也救出一个工人呀。我这是什么精神，救死扶伤的人道主义精神，大无畏的英雄主义精神。我恨不得给我自己发个奖状。"

虽然他的话有些自吹自擂的成分，但基本也是尊重事实。不光是他自己，在我的头脑里，他的形象也在改观。因为我永远记得在田间地头，他扶着一把锄头，吸着甘草，悠闲自在的样子。那无所事事的形象是一个乡村懒汉。我觉得我得重新认识小姨父。他身体里流淌着一股让我肃然起敬的血液，让我刮目相看。

但在我父亲的眼里，小姨父的形象就从来没有改变过，他夸夸其谈，不切实际，一个好逸恶劳的典型。他在信中这样给小姨父下定义："他终究会一事无成。"

小姨父却从来不相信自己的命运会在田地间徘徊，他那么地厌恶土地，想要让自己的家人过上好日子。为此，他愿意做任何事情，包括向任何人低头。

他第二次向我父亲低头是在脚伤痊愈之后，在乡间他已经寻找不到失去的梦想和远大的抱负了，他只能回到城里，继续寻找着机遇。这次，他拎着两瓶泥坑酒送给我父亲。我父亲虽然时常对小姨父充满着抱怨，可是当看到小姨父落魄时，他又涌起了无尽的同情心。扶弱济贫的心理让他忘记了对小姨父的那些偏见。

重新回到城里，成了瘸子的小姨父无法干重活，他在交运局职工医院当门房，收收报纸信件，看看大门。我父亲叮嘱他，这可是他拉下脸来求院长办的唯一一件事，他可别把工作搞砸了，让父亲脸面无光。

从外面半开的窗户看进去，小姨父似乎是一个安于现状、无欲无求的看门人，他平静地坐在那里，微笑着面对每一个进出的医院职工，闲散时看看报纸。弟弟董路生有一次和别人打架在医院里躺了两天，小姨父坐在他旁边，劝他以后别到处去给父母惹事，小小年纪不学好。

路生反唇相讥："你不也是寄人篱下，看别人脸色混饭吃吗？"

小姨父愣了愣，"你怎么能这样说呢？你别看我现在在这里过着庸庸碌碌的日子，可是这里。"他用手指着自己的脑袋，"我这里从来没有停止过思想，从来没停止过对未来的梦想。你有吗？"

弟弟撇着嘴说："我没有，现在痛快就得了，想啥未来。"

小姨父与路生话不投机，他还是愿意与我聊天，他觉得和我在一个说话的频道上。

小姨父用行动证明了他从来没有停止过的奋斗目标，有一天早晨八点，他在医院大楼口拦住我父亲，他拖着个残疾的右腿把父亲拽到他门房里，悄悄地对父亲说："姐夫，我发现一个秘密。"

父亲纳闷地问："啥秘密？"

"你们医院香火不旺的秘密。"他故意压低声音，好像怕别人听到似的。

父亲觉得很好笑："你开啥玩笑，这又不是和尚姑子庙，什么香火旺不旺的。"

"你别笑。我是认真给你反映这个事的。"他扒头向窗外开始来上班的稀少的人流看了看，放心了才说，"我可没告诉任何人。只说给你一个人听，连院长我都没说。你听好了。这虽然不是和尚姑子庙，可性质是一样的。和尚姑子庙如果香客少，香火自然就不旺。你们医院如果看病的病人少了，你们肯定就挣的钱少。这个道理是一样的"。

父亲想了想，他觉得小姨父说得也有道理。我父亲工作的职工医院，背靠着交运局这棵大树，长期以来吃大锅饭，人浮于事，得过且过，确实是这个情况。没想到小姨父来了时间这么短，一下子就看出了医院存在的症结。

"要致富先修路。要想让病人都来你们医院看病，你们首先得把环境搞好了吧，让病人一进门就像到了一样，他心里安生了，就能放下心在你们医院看病了。"他拖着腿把父亲拽到大厅里，指着大厅的墙和房顶，"你看看你看看，破破烂烂的，灯有的亮有的不亮，大厅里暗得总像是阴天要下雨。墙好像是盖了楼之后就没刷过，墙皮子都快掉光了，像一块一块的癣，这哪像是个医院，倒像是垃圾场"。

每天在这里工作的父亲，还是第一次打量自己的工作场所，以前是习以为常了，从来没有留意到这座七十年代建起的三层门诊楼，竟然如此地破败不堪。他说："你想说啥？"

　　小姨父一只手叉着腰："当然是替你们你们医院分忧解难，我虽然只是医院的一个临时工，可我也有主人翁的精神。我在替你们着想呢，得先把大厅粉刷粉刷，换换灯泡，门上刷刷漆，焕然一新了，才能吸引病人呀。"

　　我父亲这是头一次打心眼里觉得小姨父的话靠谱，他由衷地拍了拍小姨父的肩膀，离开小姨父去了药房，在那里放下包便去了院长的办公室。从一楼往三楼走的过程中，父亲仿佛也才是第一次发现，医院哪儿哪儿都看着不顺眼了，哪儿哪儿都是又脏又破又旧。院长在办公室，父亲一口气把自己想说的话说出来，大意是在重复小姨父的话，应该把门诊大厅修缮一新。医院皱了皱眉："耀先，你是药房的主任啊，这事归后勤管，你就别操心了。你把药房的事管好就行了。"

　　父亲碰了一鼻子灰，心灰意冷，从此再不提修缮门诊大厅的事儿。令他意想不到的是，半个月之后，早晨去上班时，门诊大厅却开始粉刷墙壁了。父亲站在大厅里，看着几个穿着蓝色工装的工人正在忙碌，热火朝天地正在刮墙皮，一时间竟愣住了。回过神来，他看到门房里的小姨父正冲他招手。他走到门房窗户那儿，小姨父神秘地小声说："你别声张。下班我和你说。"

　　一整天，父亲都心神不宁，不知道到底发生了什么。

下班时间总算熬到了，小姨父站在医院外面的路旁等着他。那个春天的傍晚，日头还没有完全落下去，站在那里的小姨父，在夕阳的映照下，脸上挂着暖洋洋的幸福笑容。父亲说，那种笑容他在秦大贵开砖窑时见到过。

　　小姨父点着一支烟，像是等待自投罗网的鱼一样等着父亲疾速地靠近。父亲急急地说："怎么回事呀，感觉这里面有你什么事。"

　　小姨父淡定地吐出一口烟："当然。这是我一手策划实施的。"

　　父亲大吃一惊。

　　"你别吃惊。这些人是我从老家里找来的，他们干这种活轻车熟路，一点也不费劲。"小姨父得意地抽着烟。

　　"你找来的？"父亲还不大相信。

　　夕阳把小姨父的脸映得红灿灿的，他眨巴着眼睛："确实是。这是我头一次去见院长，我觉得他人挺好的，说话和气，对人友善，通情达理。"

　　"你去见院长了？"父亲觉得有点不可思议。

　　"是的。"小姨父得意扬扬地说，"我不像你，你是为了公家的事。我是想着自己的私事，所以我没有空着手去。我给他送了两瓶丛台酒，一条石林烟，还有装在信封里的五十块钱。他就把这事交给我了"。

　　这件事情对父亲的打击很大，后来他多次和我们提起他当时沮丧的心情。他不明白，为什么他通过正常的渠道去反映问题，却得不到答案，而小姨父搞点歪门邪道却得了势。他气愤地说："这是什么世道，什么世道。"

说归说，他无法阻止院长把装修医院门诊楼的活交给小姨父。每天走进门诊楼，他都觉得，躲在门房里的小姨父，在用一种胜利者的目光嘲笑他。他转过脸去看小姨父，小姨父却装作在一本正经地看书。

在我父亲的郁闷、疑惑与惊讶之中，小姨父开始了他的第二次创业，他不仅粉刷了门诊大厅，还粉刷了医院整个三层楼的所有房间。他没有告诉我父亲他究竟挣了多少钱。但是活干完后他特地请我父亲母亲下了趟馆子。这是我母亲人生中头一次下馆子，还是在我们那一带赫赫有名的燎原饺子馆。小姨父豪气冲天，大方地说："饺子随便吃，酒敞开喝。"

我父亲本来酒量就不行，可是那天，他喝得有点多。被母亲搀扶着走出燎原饺子馆时，身体飘飘悠悠。舌头也大了，他努力想拍拍小姨父的肩膀，却总是拍到空气中，他含糊着说："你真行，你真行。"

据我母亲说，那天晚上，喝多了酒的父亲还头一次流下了眼泪。母亲向我和弟弟透露，父亲是伤心的。多年来，父亲一直想要改变自己的社会身份，可是不管他多么努力，迟迟无法达到。也是那次，我才知道，每个人在社会中尽着同样的义务，承担着同样的责任，做着同样的工作，却有着不同身份，不一样的身份标签。我父亲"以工代干"的身份让他多年来感到压抑与郁闷，让他觉得低人一等。他最大的梦想就是成为一个正式的国家干部，摆脱掉始终记载在他档案里的"工人"二字。而当他看到，他瞧不上眼的小姨父根本不受这些因素的制约，无所顾忌，以得到实际利益为最高目标时，他才会浮想联翩，联想到自己。

小姨父捞到了烧窑失败后的第一桶金。干完这趟活，小姨父尝到了甜头，立即辞掉了门房的工作，在邯郸城里租了间小房，干起了招揽工程的活。他不辞辛劳，手写了很多粗糙的小广告，每天一大早就骑着自行车到邯郸城的大街小巷去张贴。他神秘的身影经常出现在一些我们从来都没有去过的地方。很短的时间里，他就成了一个邯郸地理通，他比我们每一个人都确切地知道，哪条小街小巷的方位和路线。父亲曾经在去医药公司的路上碰到过小姨父，他骑着自行车去医药公司进药，在中华大街与丛台路交叉口看到一个熟悉的背影，他喊了一句"秦大贵"，果然是小姨父秦大贵。他背转身来，说了声："稍等我一会儿。"他把那张手写的广告用糨糊刷到电线杆上，才转过来和我父亲说话。

父亲问："你干啥呢？"

小姨父憨笑着说："贴广告呢。"他把手中的广告递到父亲眼前，"我自己写的，请多批评指正"。

小姨父秦大贵文化程度不高，却写一手好字。白纸上的字写得潇洒漂亮。父亲没功夫看他的广告，他有点担忧地说："你这样行吗？有多少人看你的广告。电视上的广告还看不完呢。"

小姨父自信地说："会有的，会有的。面包会有的，活也会有的。反正我就记得一点，只要付出了辛苦总会有所收获。"

小姨父的自信并不是空中楼阁，实际上他的小广告发挥了作用。一周之后的一天，正在单位工作的父亲接到了一个电话，点名要找我父亲董耀先。电话里是一个瓮声瓮气的男人的声音，问我父亲粉刷六十平米的房屋要多少钱？

父亲气不打一处来："我不粉刷房屋。"

那瓮声瓮气的声音更加生气："你神经病呀，你不粉刷房屋，乱贴什么广告？"

父亲这才突然意识到是怎么回事，他说："啊，我想起来了，是有这么回事。对不住对不住，我忙晕了。"

原来，没有固定电话的小姨父秦大贵，在广告上留的是父亲单位的电话。而且，过几天就会有电话点名找我父亲，询问有关粉刷房屋的事情。父亲非常气愤，他直接去了小姨父租住的地方。

那是父亲第一次去小姨父临时的家，在渚河路一个偏僻的小巷子里。自行车都推不进去，只能放在胡同口。父亲怕自行车的安全，把正在吃面条的小姨父拉到胡同口，抓着自行车的把手，和他说话。

小姨父急着说："啥事这么急。别拽我，别拽我，你这人咋不讲理呢。你得让我把面条吃完吧，要不你就在我屋里说。这胡同口的，风大，着凉了咋办？你有家有业的，又守着医院，不怕得病，我可怕。"

父亲皱着眉，"你哪那么多废话。我问你，你小广告上留的谁的电话？谁的名字？"

小姨父义正词严："你的名字，你的电话。"

父亲指责他："你怎么能这样，也不和我打声招呼，天天有人给我打电话，问能不能给他们家刷房子。干扰了我的正常工作不说，你让领导怎么看我，还以为我搞什么投机倒把呢。"

小姨父挠挠头，"哪有那么多道道，我不留你的留谁的。这么大个城市，我就你和姐姐两个亲人。你家里连个电话都没有，我只能留你单位的。"

"这么说你还有理了，你倒埋怨上我了。"父亲也拿小姨父秦大贵没办法，他只能告诫小姨父，"赶快把我的电话和名字改了，要不我就不替你传话了"。

小姨父厚着脸皮说："好好好，一旦我有条件了，立马就装个电话。到时候你有啥业务联系，就让所有人打我的电话，我天天去给你汇报。我不嫌麻烦。"

父亲被他逗笑了，他故意板着脸："我能有啥业务，需要你给我转。总之你赶快想办法，天天接你那些电话，都烦死了。我都成了你的业务员了。"

就在小姨父秦大贵的事业从电线杆上的小广告起步时，我父亲正在收获他事业的高峰，他从药房的代理主任被提拔成了主任，身份得到了认可，档案里那两个字"工人"终于改成了"干部"。那时候我正好放暑假在家，作为干部的父亲心情大好，他提议全家去丛台公园游玩，并在丛台之上合影，照了个全家福。照片中的父亲笑得灿烂无比。谁也不知道，他幸福的感觉持续的时间太短，就在他一心想要向人生的顶端冲刺时，他被时代的巨浪裹挟着，慢慢地滑入了人生的低谷之中。

父亲最早预言了交运局职工队伍医院的衰败。

父亲头一次对自己的前途产生了动摇，是在那年的春天。他每天唉声叹气，像是灵魂出了窍。那年我正好面临大学毕业，他一再的叮嘱我要分到机关，千万不要分到企业，他说他那个自收自支的企业单位，说不行就不行了。父亲一封封地给我写信，目的只有一个，就是不要重蹈他的覆辙。他在信中写道，医院的效益好不好，我最清楚，每天从药房走的药已经不能和以前相比，一月不如一月，今不如昔，药就是医院的命根子，连命根子都没有了，医院还有什么救。他在信中详细地向我描述着他每天看到堆积在药房中的那些药的心情，他是喜欢他的职业的，是喜欢那些药的，无论是西药还是中成药，抑或是中草药，他都当成他的宝贝似的。那些药都是他从药材公司里，一箱箱，一盒盒采购进来的，就像是他的孩子似的。每当他看到它们被病人们拿走，被医生拿走，被病房拿走，他仿佛看到了那些病人绽放的笑颜，那些药进出得越快，他才感觉到，他的工作是值得的，是有所成就的。父亲说他真的有一种自豪和荣耀感油然而生，他的付出是高尚的。那一刻，父亲是最纯净的，是可以忘掉世间所有的欲望与烦恼的。可是现在，那些药品却堆在那里，越堆越多，像是在嘲笑他。他说他已经很少去医院公司了，医药公司的老赵总问他为什么不去进药了，父亲说他羞愧得无言以对。

就是从那年的春天开始，从他意识到医院的命运开始，父亲患上了失眠症，他开始吃安定片。从此，失眠伴随了他的一生。他把那个褐色的小琉璃瓶放在床头，那是他的安慰，看到它，父亲就看到了熟睡的自己。每天睡觉前他倒出一粒白色的药片，不用水就把它咽了下去。

父亲在焦虑中打发着无聊的时光。他仍然替小姨父接听电话，而且他非常乐意为小姨父接听电话。每接一个电话，小姨父秦大贵都付给他五块钱。他认真地把电话里所有的话都记下来，记到一个他专门准备的小本子上。每周，小姨父都会揣着钱到我家与我父亲碰一次面，然后两人严肃地进行交接，一手交钱，一手交货。我母亲笑话他们，像是两个接头的特务。不过，通过这种特殊的联系渠道，拖着一条瘸腿、含着甘草的小姨父时来运转，装修业务开始渐渐多起来，他从老家招呼的工人从两三个，固定到了十个。除了粉刷工，他还拥有了瓦工，油漆工，电工，他俨然找回了当年开砖窑时的感觉，找到了一个小老板的感觉。他重新穿上了西装。这次的西装是一件灰格子的，粗呢子料的，是他在陵西大街百货大楼处理时买的。穿上去虽然不像上次那件皱巴，但看着有点僵硬。西装也有点大，穿在瘦削的小姨父身上，宽宽大大的，兜风。

父亲在焦虑中等到了我毕业分配。如他所愿，我分配回邯郸，进了政府机关，做一个小公务员。他如释重负，从我身上看到了人生的希望。我报到那天，父亲特意破费在燎原饺子馆请我们吃饭，小姨父姗姗来迟，被我父亲毫不客气地说了两句，说他当老板了架子大了。好在，是个大喜的日子，父亲的说辞也算硬中带软。小姨父打哈哈说："没办法呀，我现在是身不由己。你都不知道，业务有多忙。我生意好了，这说明大家的生活都开始好了，我们国家开始慢慢富强了。这是多么可喜可贺的事儿啊。这是人民的幸事，国家的幸事。我多么开心啊。"饭桌上，父亲又在感叹和忧虑他们医院每况愈下的现状。小姨父喝了两杯酒，接着父亲的话茬开始对交运局职工医院评头论足，他说，父亲医院那些同事没有一点奋斗的精神，每天只盯着那些柴米油盐的小事，每天只想着那些蝇头小利，哪能有大的作为，只能天天浑浑噩噩地混日子，等着发工资。他说起上次父亲找院长粉刷医院门诊大厅的事儿，他还说起自己在收发室，观察他们上班来得晚，下班下得早。他说："我都看得清清楚楚，他们进进出出的，都逃不过我的法眼。"他说得兴起，越说越兴奋，把他在医院门房里看到的，想到的，通通都说了个遍，他没留意，我父亲的脸色在一点点地变颜变色，变得阴沉难看。母亲觉察到了父亲的变化，在桌子下面拉了拉小姨父的袖口，可他根本没意识到问题的严重性，还在那里激昂慷慨地数说医院的种种弊端，他正讲到父亲药房的同事老江的爱好。他说老江每天就往护士那屋里窜，和年轻的护士们打情骂俏。小姨父说，你们想想，都是这些人，医院能有什么好。父亲再也无法忍耐，他拍案而起，酒杯应声掉到地上，摔了个粉碎，他冲小姨父说："我们医院好与不好，也轮不到你在这里说东道西。"说完，父亲拂袖而去，这顿饭吃得不咸不淡，不欢而散。

父亲在焦虑中开始思索自己的人生规划。一个四十多岁的男人，突然间失去了方向感。有时候他故意放慢了吃安定的节奏，他睡得很晚，我看到过他在深夜的街道上踽踽独行，他落寞的身影令人心疼。在母亲的示意下，我跟在他的身后，他走得很慢，像是在等待着谁，或者等待着什么。夜晚的街道，那条叫陵西大街的街道显得更为空旷和宁静，脚步声清晰可闻。那声音犹豫而焦躁，徘徊而忧郁。我看了看表，是午夜12点10分。后来他停了下来，等着我靠近。他平静地说："坐一会儿吧。"十字路口，东西方向是贸易街，白日里，是热闹所在。如今，只能在夜色中重温一下数小时前的喧嚣了。我们坐在路口的马路牙子上，父子间难得在此时交流一下，父亲问我："工作怎么样？能不能适应？"

我回答："还可以，马马虎虎。"

父亲说："这个态度不好。你还年轻，怎么能马马虎虎呢？干什么都得有想法，有目标，有规划。"

我说："知道了。"

路口的灯光昏暗，十字路口没有一个行人和车辆。仍然可以闻得到街道中残留的蔬菜和肉的味道。

停了片刻，父亲又问："你想成为一个啥样的人？"

我从来没有思考过如此高深的问题，结结巴巴地说："就是，就是，好好工作。"

路灯光把我们俩的身影投射到我们面前，很短的一团，看不出是个人形。父亲摇摇头："这还远远不够。要做一个让人瞧得起的人。"

父亲独自徘徊在午夜的街头，一直想的问题就是要做一个令人敬佩的人，让人瞧得起的人。这个朴素的追求其实一直没有磨灭他的意志，即使焦虑如潮水般汹涌，他都在规划着自己的人生。他已经不满足于一名医院行政干部的身份，他在努力成为一个医生。他对我们说："我想让这身白大褂名副其实。"

父亲的努力终于得到了回报，他如愿取得了医师资格。他兴冲冲地把在单位单身宿舍住的我叫回家，向全家人宣布了一个决定，他郑重地说："我要承包医院的中医科。"显然他是经过了深思熟虑的。父亲介绍说，江河日下的医院准备把医院的个别科室承包给个人，以应对眼前的危机。他不想再这么庸庸碌碌地混日子，他想去参加承包竞争。父亲跃跃欲试，势在必得。自从他决定了要去参加承包的竞选，母亲说，他竟然改掉了数年来对安定的依赖，不用吃药，睡眠出奇的好，就冲这一点，母亲表达了百分百的支持。我想起那个夜晚父亲说过的话，想起什么才是一个让人瞧得起的人，我也暗自为父亲的冒险举动喝彩。那个时候弟弟董路生还在遥远的内蒙古当兵，他没有参与我们的投票。

父亲得到了家人的支持，像是加满了油的发动机开始运转起来。他每天晚上回家后就趴在桌子上开始撰写竞选承包的报告，不停地和我商量，和已经成为一个生意人的小姨父商量，他是不耻下问。经过一周的准备，竞选承包的报告基本完成，父亲志得意满，拿着手里的报告就像是站在自己承包的中医科室里一样。不过，小姨父冷眼旁观，给他提了个醒，"报告好不好是一回事儿，但能不能承包成是另一回事。"

父亲不高兴了，"你怎么老给我泼冷水？你啥事儿都能成，到我这儿就干啥啥不成。你就说我是个废物呗。"

小姨父摆摆手，"我不是那个意思。我是说，承包这事不是靠把报告写好就能拿下的。"

"那你说，靠啥？"父亲咄咄逼人。

小姨父闪躲着："反正得有点其他的功夫。我上次在燎原饺子馆说，你还不爱听，给我拍桌子。其实你把这件事想得太简单，你想想，那年你们院长为啥没听你的话，却听了我的话了，让我去粉刷你们医院门诊楼。"

父亲执拗地说："反正我不搞歪门邪道，而且我也不会搞。我是医院的老职工，我当然有权利和资格承包医院的科室。"

小姨父看说不动父亲，便放弃了："好吧好吧，我专门搞歪门邪道行了吧。"

真的让小姨父说准了，结果在一个月后出来了，父亲落选了。中医科被一个福建人承包了，福建人到医院来的第一天，到每个科室去送礼，一个包装得很漂亮的纸袋，每人一份。父亲没有打开，直接把那个有点分量的纸袋丢到了垃圾箱里。

挫折再一次拥抱了父亲。他重新到药物之中寻找睡眠的质量，再次恢复了吃安定片，而且加了倍，两片。

时间是从小姨父的身体上偷偷溜走的。他像是一夜之间就圆了起来，成了一个胖子。他早就解雇了我父亲，不需要父亲替他接电话了，开始是 BP 机，后来是大哥大，现在有了自己的爱立信黑色手机。他成立了自己的装修公司，忙得一塌糊涂，乡音也早就不说了，说的是带点乡音的普通话，有点南腔北调。他还是喜欢穿西装，不过讲究了许多，板正，纯正的毛料，而且打上了领带，红色的。他比我们穿着都讲究，比我们更像是一个城市的成功者。唯一没有变的就是他的爱好，吸吮甘草的爱好。

我提了职，理论研究室的副科长，也结了婚。巧合的是，我妻子肖燕是市第一人民医院的内科医生，她是正牌医科大学毕业的。父亲对我的婚事非常满意，经常和我妻子在饭后聊天，听她讲讲她们医院的事情，还是药房主任的父亲听得很耐心，而且会不住地赞叹："还是大医院正规，还是大医院正规，好好好。"

1997 年的夏天，缺了三个脚趾且自感身份地位陡增的小姨父秦大贵，突然想到了他身体上的另一个重大缺陷。对于他来说，那个夏天并不太阳光明媚，而且些忧郁。

最早捕捉到小姨父心理变化的是我的父亲董耀先。我跟随领导到上海开会，一周之后刚到家，父亲就急匆匆地把我拉到卧室里，小声问我："你小姨父找过你没有？"

我说："没有啊，他找我有事呀？"

父亲先叹口气，然后才说："他是有钱烧的，开始往回倒腾了。"

"倒腾啥？"我问。

在父亲的叙述中，满是对小姨父奇怪想法的鄙夷。他说："这就是历史，过去的事，你能改吗？改不了。"

父亲头脑中，小姨父的念头与太阳从西边出来一样不可靠。小姨父在那天下午出现在医院中时，表情与父亲开始渐渐熟悉的那种趾高气扬的风格大不相同，显得郁郁寡欢，坐在药房里掏出烟来就抽。连平日里与药房那几个姑娘打情骂俏的常规都免了。父亲说："走走走，到外面去抽。这哪儿是抽烟的地儿。"

他们站在交通局职工医院的院子里。交通局职工医院那个大木牌匾还是新的，这是新改的名。医院里连新做一块牌匾的钱都省了，在原来的牌匾基础上新刷漆写字，只是改了一个字，把"运"字改成了"通"。小姨父盯着那块牌子，心事重重地问我父亲："医院还是老样子？"

父亲说："是老样子。大家都等着它哪天突然就黄了，如果真到那时候，大家也就彻底不再抱有希望了。那也好。"

小姨父显然不是来与父亲商讨交通局职工医院的前途命运的，他自顾自地说："那年我来你们医院做手术时，医院就是这个模样。"

父亲上上下下重新打量了一下自己的身家性命都寄托在上面的医院大楼，不得不承认，"是的，已经快二十年了，楼旧了，人老了"。

小姨父说："我怎么觉得十几年前的事就像发生在昨天一样。"

父亲轻描淡写地说："不可能，我早就忘记了。"

"我忘不了。"小姨父提高了音量，甚至有点歇斯底里。

父亲看了看小姨父有点不自然的脸，他问："你咋想起十几年前的事？"

小姨父咬着牙，"我忘不了。我每天都在想这件事，所以每天它都像是刚刚发生一样。"

父亲问："你还能感觉到疼？"

小姨父说："是的，疼。"

父亲努力回忆着："我记得你说不疼。就跟被蜜蜂叮了一口似的。"

"开始是那样，但疼的感觉越来越强烈。"小姨父说，"疼得我都睡不着觉了，我真想给你要点安定，每天都睡不醒"。

父亲嘲笑他："你要是天天睡不着觉，也不至于现在这么胖。你看看你都胖成啥样了。"

小姨父并不在乎我父亲的讥笑，他沉浸在他描绘的痛苦上，他说："姐夫你得帮帮我，你不能把我推入火坑就不管不顾了。"

父亲说："帮啥呀？"

小姨父说:"十几年前,你帮我失去了做男人的尊严。今天你得帮我把它找回来。"

父亲大吃一惊:"你胡说什么。第一,当年你做手术又不是我逼着你做的。第二,我没法帮你找回来。"

小姨父说:"能的。我打听清楚了,可以重新做手术把它恢复好。据说也是一个很小的手术,很简单的。"

父亲摇着头:"那不行,再小的手术也是违纪的。我不能帮你这个忙。再说,你恢复了又能怎样,你现在,公司有了,钱也有了,姑娘也都大了,老大都上大学了。你还想要啥?"

"我想要个儿子。"小姨父脸色凝重,"要不,我这么大个产业,以后交给谁"。

父亲生气地说:"你闺女不是你生的?"

小姨父说:"理儿是那个理儿,但闺女和儿子是不一样的。你有俩儿子,当然你站着说话不腰疼。"

不管小姨父怎么说,怎么哀求父亲,父亲都义正词严地给拒绝了,他说:"这是我做人的底线,坚决不能碰。"

在这个困扰了他十几年的问题上,小姨父看来是决心已定,他说:"你不给我面子,不帮我。我去找仙生,他媳妇也是医生,比你还正宗。"

父亲忧虑地对我说:"他找你,你说啥也不能答应,这是路线方针的事儿,是犯错误的事。你和肖燕都还年轻,可不能干这种毁前程的事儿。"

我说:"我以为多大的事。知道了爸,我叮嘱肖燕,不帮小姨父这个忙就是了。"

父亲仍然是放心不下，他还专门给肖燕打了电话，千叮咛万嘱咐，要她切记不要帮小姨父这个忙。肖燕对我说："爸是不是有点岁数大了，这点事说了大半天。"

我说："对他们来说，这是大事。"

不出父亲所料，小姨父果然找到了我。他开了一辆二手的奔驰，招摇地停在我们单位门口，大中午的，我走出单位大门时，同事们都拿异样的眼光看着我钻进那辆二手奔驰里，弄得我有些脸红。我问他："姨父，你从哪儿借来辆这老爷车？挺能骗人的。"

"借？我自己买的。你感觉一下，货真价实。"小姨父得意地说，腮帮子鼓动着，我就知道，他嘴里含着甘草。

车里挺宽敞，坐着虽然不如新车舒适，也还凑合。小姨父说："车是抵债抵的。"

我说："姨父，你越来越像大老板了。"

"你别笑话你姨父。我连个纯种的男人都不算，还提什么老板，没乐趣，人生没乐趣。"小姨父感伤无限地说。

他开门见山，也省得我虚与委蛇了，我说："姨父，你来找我是有事吧。要不你也不会浪费你挣钱的时间，请我吃饭。"

"我说啥来着，还是大学生聪明，有道行，有知识，有文化。不像你爹，说半天不知道说啥，讲不明白。不知道是真不明白还是装不明白。"小姨父说。

我抢先说："不行。"

小姨父说："我还没说啥事呢，你咋知道不行。"

我说："不行就是不行。姨父，道理你比我们懂，不用我说了。我不想让肖燕以身试法，纸包不住火，万一真出了事，你让肖燕以后咋工作。"

小姨父苦口婆心："你和你爹一个德性，都是死脑筋。这么多年，我经了多少事多少人，要是都像你爹和你这样的人，我啥事都干不了。我给你爹医院院长送了多少礼、多少钱，人家院长还不照样当着，还管着你爹，你爹倒是瞎清高，还底线啥的，还不是归人家管。"

小姨父秦大贵最后急了，他以情动人，他说："你想想以前，你上大学时，你都是半夜里上火车，哪次不是我骑着自行车送你到火车站，火车根本挤不上去，我还得想法把你从车窗户推进去。哪次送你一次我不累得臭死。你从兰州回来，到车站接你的不也是我，大包小包的，不都是我替你扛着？"

他说破了天，我也没有松口。我说："姨父，一码归一码。你对我的好，我永远记得。但这事没商量。不行。"

小姨父把车停在路边，让我下了车，他忘了他要请我吃饭的事，他气鼓鼓地说："你真是你爹的儿子，又臭又硬。"

其实我和父亲心里都明白，在偌大的邯郸城里，已经深深地扎下根来的小姨父秦大贵，远远不止只认识我们一家人，他的人脉甚至比父亲还要广，他要想干的事儿，还真不是我们能阻止的。

我们的担忧很快就变成了现实。

十几年后，他再次上了手术台，成功地恢复了他男人的尊严。他没有第一时间把这个消息告诉父亲，而是给我打了个电话，他的声音明显的明亮高亢，可他故意说得轻描淡写，他说："很简单的，就半个小时的事儿。你记着啊，你姨父还是二十年前的姨父，质量上乘，如假包换。可别搞混了。"

他没有说在哪家医院做的手术，他也没有叮嘱我不要把消息向外散播，他寥寥数语把事情讲明白后就挂断了电话，这不太像他的风格。我第一时间告诉了父亲。父亲沉默良久，然后说："奇怪。"

我问他："有啥奇怪的？"

"这不像他。"父亲说。

我说："我也觉得。"

父亲又有了疑问，忧虑地说："你说，他要干啥？"

"生孩子呗。"我不假思索，脱口而出。

父亲接着抛出了最尖锐的问题："和谁呢？"

我想说我小姨，可我想想小姨的年龄，"小姨"两个字就没说出口。我说："也许小姨父只是想做回男人。"

父亲摇摇头，"我了解他，不可能。他一定有啥鬼主意。"

小姨父悄悄地又挨了一刀，未做任何声张。父亲说："越安静就越可怕。"

父亲的预言变成了现实。

秋天里，传出了小姨父有了儿子的消息。消息的来源是伤心欲绝的小姨，那天她突然从乡下跑到了城里，在我们家里一把鼻涕一把泪，哭得死去活来。我赶到父母家时，她的哭泣还在持续，她已经向我父母诉说了一番，又哭着向我复述着经过，她一边骂我小姨父一边讲。我大致明白了事情的原委。怪不得我父亲说我小姨父不靠谱，他偷偷与其他女人生了儿子，却怎么也抑制不住内心的狂喜，打电话给我小姨，向她报喜。小姨说，她一听到这个消息就气得昏死过去了。第二天就来城里了。她不住口地骂我小姨父是没良心的挨千刀的，她在家里替他照顾着一个瘫痪的父亲，一个生病的母亲，他却在城里拈花惹草，居然生了个野孩子。

我母亲问小姨："孩子爷爷奶奶知道不？"

小姨突然停止了哭泣，眼泪挂在脸上："知道。"

母亲又问："那他们啥反应？"

小姨父一拍大腿，又猛烈地哭起来。看她这反应，小姨父的父母肯定也是欣喜若狂。

我父亲面有怒色，说道："我就知道他肚子里憋着坏水，看吧，果然是。啥人干啥事。"

兴师问罪团的成员不包括我小姨，父亲怕到现场局面失控，也怕小姨情绪过激，会有什么不良的后果。所以，母亲在家里陪着悲伤过度的小姨，父亲、我和肖燕去见了小姨父。地点在机械局职工医院，在医院门口，父亲停下来看了看医院的招牌，上面写着康美医院。父亲皱了下眉，嘟囔了一句："这什么鬼名字。这不是机械局职工医院吗？"父亲不知道，那个时候，机械局医院已经提前改制成现在的医院。

小姨父在医院大厅里等着我们。他喜形于色，嘴里仍然含着甘草，咧着嘴一直笑，我们阴沉着脸，还没向他问罪，他却压抑不住自己的喜悦，说道："同喜同喜，谢谢你们来捧场，谢谢谢谢。"他还掏出喜糖往我们手里塞。我和肖燕尴尬地接过来喜糖，而父亲吊着个脸，并没有接。父亲说："我们不是来道喜的。"

"都一样都一样。"小姨父说。

"那可不一样。"父亲正色道，"我们来是谴责你的，批判你的，审判你的"。

小姨父仍然笑得合不拢嘴："都一样都一样。"

不管父亲如何动怒，把事情说得如何严重，小姨父都用笑脸挡回来了。他说："大老远来了，总得去看看我儿子吧，你们看了准喜欢。太他妈的可爱了，一看就是我儿子。"

他硬拉着父亲向病房里走，父亲身体僵硬，被他拉着向前走。父亲说："你松开我，你先把你的问题说清楚。你怎么对得起他小姨，怎么对得起你那三个姑娘，你良心何安，你……"

父亲的话还没说完，我们已经来到了病房里，父亲突然中止了对小姨父的声讨，目瞪口呆地盯着病床上坐起来的那个年轻女人。

小姨父松开父亲的胳膊，走到病床前，笑着说："也不用多介绍，你们认识比我早，以后都是一家人了，就不用太客气了，哈哈。"

我盯着那个女人，似乎感觉到在哪里见过似的。她比小姨年轻许多，也就三十岁左右。父亲好像一时间停止了思想，僵在那里，脸通红，不说一句话。

　　床上的年轻女人先开了口，叫了声："董主任。"

　　小姨父说："还叫啥董主任，叫啥董主任，叫姐夫，一家人不说两家话。是吧姐夫？"

　　父亲语无伦次地说："啊，啊啊啊。"

　　女人羞涩地叫了声："姐夫。"

　　父亲竟然也脸有羞色，他拽住小姨父向外走。我们跟着他们出了病房，不知道发生了什么。走得离刚才的病房远一点的地方，父亲停下来，怒气冲冲，指着小姨父："你给我说清楚，到底咋回事呀？你说。"

　　小姨父镇定自若，吸着甘草，一脸的满不在乎："啥咋回事呀？"

　　父亲说："苏若瑜，苏若瑜咋回事？"

　　我这才明白，坐在病床上的年轻女子叫苏若瑜。记忆慢慢浮现出来，我认识她，她给我打过针，她是交通局职工医院的护士，她是交通局职工医院打针最好的护士，每次我去都找她打，很轻很温柔，不疼。

　　小姨父依然不恼："你不都看到了吗，她现在是我儿子的妈，是你外甥的娘。"

　　父亲说："我不是说这个，我是说，她怎么会和你，那个那个……"父亲有些说不出口。

小姨父说："你不就是想说，她怎么会和我搞到一起。很简单。我在你们医院看门时就留意到她了，年轻漂亮，性情温和，脾气好。可我那时是个穷光蛋，不可能有别的杂念，就算是我有什么想法，也不敢有啊。只是觉得你们医院里，除了姐夫你，就她最好。现在我不是有杂念了吗，敢想了吗，我也不是穷光蛋了。想有个儿子的想法又不是一天两天的事，是几十年的事，这你都知道。所以一旦找回了以前的身体，我就琢磨怎么实现我的梦想，我琢磨来琢磨去，就想到了她。所以我们就在一起了。"

父亲打了个寒战，这事发生得太突然，他一时接受不了，在父亲脑海中，苏若瑜是个没有什么心机、单纯善良的姑娘，就是婚姻大事迟迟无法解决。她这种角色的转变，短时间内不可能让父亲适应。他感叹道："太离谱了，太离谱了。"

我们再没有返回病房。父亲带着我们，匆匆逃离了医院，忘记了兴师问罪的事儿。一路上他都沮丧地在叹气："怎么会这样，怎么会这样。"也许，处在事业低谷的父亲，永远无法理解小姨父此时此刻的想法，他也永远无法理解，这个他看不上眼，而且有点讨厌的小姨父，怎么会想干什么就能干成什么，而他，却一路坎坷，一事无成。这是忧伤的父亲，永远无法忘怀的一个秋天，一个令他难过的秋天。在小姨父迎来他的生命第二春之时，父亲却拉开了他人生戏剧中灰暗的一幕。

我小姨在邯郸城里待了只有三天，她没有见到苏若瑜，只见到了兴高采烈的小姨父秦大贵。小姨父拳不还手，骂不还口，虽然摇摇晃晃的身体承受着痛楚，却依然吮着甘草，一脸陶醉的样子。三天里，小姨哭够了，悲伤够了，痛苦够了，可她和我们一样，没有任何能够改变局势的办法。她身心俱疲，像个死人。老家里的两个不能自理的老人，却每天晚上出现在她的脑海中，让她无法入眠。第四天一早，放心不下的她还是背着沉重的悲伤，踏上了返乡的路程，临走前，她对我父亲和母亲说，就是全天下的人都认了那个孩子，我也不认。

很长时间里，我小姨都无法从伤痛的阴影中走出来，她尽心尽力地照顾着小姨父的父母，即使当他们偶尔谈论到他们的孙子露出欣慰的笑容时，我小姨也没有生出对他们的怨恨，她只是把所有的恨都怪到钱上，她觉得一切都是钱多惹得祸。如果不是因为有了钱，小姨父不可能做这种事。可是这个想法又让她陷入了深深的困惑中，如果没有足够的钱，她的三个宝贝女儿怎么能上得起学，她家的房子怎么能成为全村最气派的房子。我小姨就是在这种悲伤与困惑互相交织的岁月里，慢慢地变得白发丛生，皱纹堆积，看上去比我母亲要老好几岁。

小姨父秦大贵的儿子满月时，他特地回老家办得满月酒。他邀请了我们全家，我们都没有去，我们都还没有原谅他对小姨的背叛。他回乡办满月的宏大场面还是小姨向我们转述的。小姨的讲述充满了悲伤与愤恨。她完全以一个旁观者的角色参与了那场宴席。她说她没有露面，而是把自己反锁在屋子里，从窗户看到了他们厚颜无耻的把戏。那么大的场面也是她从来没见过的，院子里和街上都挤满人，就连她的公公婆婆都幸福地坐在当院里，乐不可支地接受着乡里们的祝福。她没有见苏若瑜，也没有见那个孩子。后来她干脆闭上了眼睛躺在床上，但是欢笑声和喧闹声不绝于耳。黄昏时分，当喧嚣停歇，一切安静下来时，她才走出自己的屋子，院子里狼藉一片。在夕阳的陪伴下，她默默开始收拾残局。她说，她头一次感觉，夕阳的光是那么的冰凉。

小姨在丈夫和两个老人那里寻找不到任何的慰藉，只有在我父母那里，才能听到令她感动与温暖的话语。她与我父母结成了统一战线，经常跑到城里来向他们诉说内心的苦痛。我母亲出主意说："干脆你把大贵爹娘都接到城里来，守着大贵。"

小姨忧伤地抹着眼泪："她爷爷奶奶不干，要是能这样，我们早进城了。他们说，死也要死在家里，不能背井离乡。我也是没法子，谁让我是这个命呢。"

母亲狠着心试探着说："要不，你就别管他爹娘了。他自己都不管，丢给你一个人。自己倒在城里寻开心快活。"

一说到这事，小姨便没了主张："他没时间管呀。你们也看到了，他成天忙得屁股找不到板凳的。"

母亲生了气："他忙成那样还有闲心找女人呀。你就是心肠太善，太软，太好欺负，没人管你。"

小姨既痛苦万分，又没有决心丢下老人不管不顾，她只能在谴责小姨父和自己承受痛苦中徘徊。

而小姨父再次成为父亲口诛笔伐的对象。他渐渐地冷漠了小姨父，也建议我们远离小姨父。他再次断言："我早就说过，别看他风光，他长不了。真正干大事业的人都是心胸宽阔、善良正直的人。你看看他，那么卑鄙无耻，那么肮脏下流，简直就是二流子的做派。"

而突然转换了身份的苏若瑜，也让我父亲焦虑万分。那段时间里，父亲吃安定的数量已经增加到了三片。半年之后，当苏若瑜重新回到医院里上班时，医生们都知道她请假去生了孩子，却不知道她的丈夫是谁。关于这一点，她一直讳莫如深。父亲每次碰到苏若瑜，都觉得羞愧难当，好像是他做错了什么事似的，好像是他与她共谋了一件见不得人的事似的。每次碰到一起，他都是匆匆地从她身边逃走。有一次终于躲不过了，在走廊里，苏若瑜还是那么羞涩地轻轻叫了声"姐夫"。

父亲急忙摆摆手，小声说："别这样叫，别这样叫。"

"那你是不承认我了？"苏若瑜盯着我父亲。

父亲汗都出来了，"是是，不是不是不是。"他都不知道该怎么回答了。

苏若瑜说："那我们还像以前那样行吗？你别见了我就躲着我，感觉我像个瘟神。"

父亲说："好好好。"

父亲虽然嘴上那么答应了，可他过不了心里的那个坎。他不可能像以前那样看苏若瑜，在他眼里，她已经不是以前那个快乐的护士，不是以前那个单纯的姑娘，不是那个打针轻柔的护士。父亲从她身上看到了另一个人，那是个陌生的人，一个让他觉得暂时还无法接受的人。他甚至向我们透露，他多么想问问苏若瑜，她到底看上了我小姨父哪一点，即使冒着道德的谴责，也要和他在一起。可这些疑问，他始终闷在心里没有说出口。

更加令他不解的是，苏若瑜一旦确定了与我父亲之间的关系后，她变得极为热情，她时常自觉不自觉地要到药房里和父亲说几句话，拿一些小零食放到父亲的办公桌上，这让父亲很别扭，那天听了药房张青的一句话，吓得我父亲把手中的水杯都掉到了地上。张青夸张地说："苏护士对你那么好，那孩子是不是你的呀主任？"父亲立马就绷上了脸："不许胡说，不许胡说。"

父亲小心地处理着他与苏若瑜的关系，这让他心情很不爽，很复杂，他把所有的罪责都怪到小姨父身上，他当着我们的面没有少数落小姨父，他说："国家怎么就不管管他呢，我们犯个错误还背个处分，谁来处分他呢？"没有人处分小姨父，他在自己的事业上狂奔不止，事业兴旺，开始筹划着做房地产生意。他四处游说，想着把所有的亲戚都拉进去，给他投资。他说得很明白："我不是那种富起来就忘乎所以的人，不是那种有点钱就得瑟得连亲戚都不认的人，我时刻想着亲人们，是真想让你们和我一起致富，一起奔小康。你们那点钱对我来说是杯水车薪，根本起不了什么作用，我主要还是去银行借钱。"所有的亲戚都相信了他的蛊惑，因为他们看到了他从一个穷得叮当响的农民成为一个老板的整个过程，只有我父亲不信，他宁死也不相信他的成功是值得歌颂的，是可以与之同流合污的。他说："你们谁愿意蹚他那趟浑水，你们蹚，反正我是不蹚。"

父亲的态度令小姨父很苦恼。多年来，他与我父亲之间的关系虽然说算不上融洽，但他一直很在乎我父亲对他的看法，他找到我，向我讨教说服父亲的办法，在我印象里，他含着甘草的样子是他最经典的特征："我拿你爹是真没办法，他是我的苦主。我到现在还记得，你爹当年在我身上扎针的事，你记得不记得？可我就是对他恨不起来，他身上有一股让我佩服的精神，认死理，耿直不屈，当然我做不到，我要是像他那样，会一事无成。"

我看着小姨父呍着甘草的样子，好像不是甜的，总有种酸溜溜的感觉："这没办法，谁都有自己的本性。"

"那你说，我的本性好还是不好？"他抛出一个尖锐的问题让我答。

我挠挠头，不知如何回答。

小姨父笑着说："算了，不为难你。今天主要是解决你爹的事儿。你给我出个主意吧，我是真想让他参与，这不显得我们一大家子其乐融融吗？"

我提醒小姨父："当初你烧砖窑时，不也借过我家的钱。你当时是怎么借的。"

在我的提示下，小姨父主动去找了我父亲，他没有再向我父亲夸耀房地产公司的分红前景及对亲戚们的财富贡献，而是向我父亲哭穷。他说他不挣钱行吗，他现在一个人等于养着两个家，都要花销。他还没把话说完，就被我父亲赶了出去。他不提两个家还好，这让父亲想到了难以相处的苏若瑜。他说："如果你不是我妹夫，我早就把你扭到公安局去了。"

小姨父把嘴里的甘草吐到地上，也发誓说："我要是再进你家门，我就不姓秦。"然后拖着他的瘸腿走了。

尽管父亲强烈的反对，母亲还是偷偷地把家里所有的储蓄取了出来，交给了小姨父，她小姨父千叮嘱万嘱咐，一定不要把这事告诉我父亲。

其实父亲后来也隐隐觉察到了母亲的决定，他并没有再说什么。

当小姨父的儿子一岁半时，他又做出了一个令我父亲意外的决定，就是要入股我父亲工作的交通局职工医院。这对我父亲来说是一次致命的考验。

交通局职工医院就像是深秋的树叶一样，眼见着就一天天枯萎下去。早就预见了医院前途的父亲也依然无法接受它没落的结局。改制的文件一个月前便下发了，整个医院里人心惶惶，谁也不知道改制对他们每个人来说，意味着什么。那段时间里是父亲最难的日子，父亲更加焦虑。他意识到，曾经预言过的人生灾难，终于降落下来了。他天天唉声叹气，像秋天里仅存的蝉。

父亲是较早知道医院的最终命运的那个人之一。他在惶惶不可终日中等来了一个人，小姨父秦大贵。父亲并不知道，满面春风的小姨父是来宣告他的命运来的。小姨父说："姐夫，告诉你个好消息。"

父亲阴沉着脸，郁郁寡欢地说："我能有啥好消息。混吃等死。"他看着小姨父嘴巴不停地嚅动着，那甘草的味道像是能从他嘴里溢出来，在屋里蔓延，父亲觉得那味道是苦的。

小姨父说："姐夫，你可得坐稳了。"他把我父亲按到沙发上，"你坐得稳稳当当的，我怕这么大喜事落到你头上，你受不了"。

父亲满脸的不屑："你的喜事都是你的，跟我有啥关系。"

小姨父这才搬把椅子，坐到我父亲对面，庄重地说："姐夫，我又做了人生中一件重大的决定，这事与你有关。"

父亲嗤之以鼻："你做的任何决定都跟你自己有关，关我屁事。"

小姨父不再卖乖，直截了当地说："我入股了交通局职工医院。"

这句话对我父亲来说，比晴天霹雳还要严重。他看了看小姨父一本正经的表情，意识到了小姨父不是在开玩笑。父亲后来对我说，他当时就觉得自己的血脉被一下子给冻住了，冰凉冰凉的。他抓住小姨父的袖子，他能感觉到自己的手的颤抖，"你说的是真的"？

"当然是真的。"小姨父自豪地说，"我做出这个决定是因为若瑜，她不想离开医院，她说她喜欢医院的氛围，她说她天生就是要和医院打交道。所以我就把医院买下来，送给她做礼物"。

我父亲似乎没有听清小姨父在说什么，他的脑子里空空荡荡，这个结局是他万万没想到的。

小姨父还沉浸在自己的洋洋自得中，他以为他替我父亲做了一次完美的选择，"我还做出了另外一个决定，这就和姐夫有大关系了。我想让你当医院的院长"。

接下来，小姨父苦口婆心地说了一番大道理，他说，他既然把这个医院盘下来，可不想简单地作为礼物送给苏若瑜，他干所有的事都是深思熟虑的，是要干好的。他动情地说："姐夫，在我最困难最灰暗最需要帮助的时候，你总是能伸出援助的手。想想当年，我一个被结扎了的男人，一个残疾人，在老家活得不痛快，憋屈，走到哪里都被人嘲笑。我立志要从农村里走出来，干一番轰轰烈烈的事业，是你最先给了我勇气与决心。我来到了邯郸，虽然只是个烧锅炉的，但让我积累了最初的经验和信心。后来开砖窑，你给我提供了资金支持。开装修公司，也是姐夫你替我接电话，把一桩桩的生意送到我面前。这一次，无论如何，你得再帮我一把姐夫。我是个门外汉，我之所以敢这么痛快地入股医院，就是因为有你在。有你在，我就觉得心里踏实牢靠，就觉得投入多少钱都能有所回报。"小姨父说得情真意切，他自己都被感动得要掉眼泪。

那是父亲的多事之秋，那年父亲55岁，即将步入人生的最后一公里路程，却要面临着痛苦的抉择。

那天傍晚，父亲召集我们开了一个家庭会议。母亲兴高采烈，下午她给我们每个人打电话时都会补充一句："你爸这回要扬眉吐气了。"可看父亲愁眉不展的样子，不像是一个要当院长的人，一个扬眉吐气的人。

大家一致支持父亲去当这个院长。

母亲说："你干了一辈子想得到啥，不就是想让人家都看得起你，得到大家的认可？"

我说："你在这个医院待了快一辈子了，你对医院最熟悉了，知道问题出在哪儿。医院要想重整旗鼓，怎么改，你是最合适的人。"

肖燕说："这是最好的实现人生价值的机会。"

路生说："爸，你常跟我说，机会来了，可别让它溜了。"

在家里人一致的支持声中，父亲未说一句话，他保持着沉默。

其实，父亲要当医院院长的消息在不知不觉中已经扩散了。开始有父亲的老同事上门来请他喝酒，请他以后多多关照。

那些昔日的同事，此时此刻，都面临着人生的重大选择，要么领取一定的钱走人，要么留下来继续工作。两者选其一，没有任何其他的选项。内科主任老蒋比父亲还年长一岁，他说："这个岁数了，领点钱就回家养老，丢人。可单位性质完全变了，一个国家的人，怎么就成了一个私企老板的人了。真想不明白，想不明白呀。"像老蒋这样的人大有人在。他们无法接受被彻底扫地出门的命运，只能委曲求全地继续在医院里工作，他们对我父亲说："你要当院长了，你可得照顾一下老同事呀。"我父亲越否认，他们就不高兴，以为父亲不念旧情，也变得和那个什么他们不懂的股份一样无情。到后来，父亲干脆谁请客吃饭都去，不承认也不否认。谁送礼都照单全收，只是父亲认真地把礼品清单记在一个小本子上。

有一天深夜，床头的电话突然响了。母亲打来的，她焦急地让我回去一趟，说是半夜里她惊醒，发现床上的父亲不见了，母亲急得哭泣道："这大半夜的，他到哪儿去了。"

我打了辆出租车，在寂寥的街道上寻找着父亲。我清晰地记得当年我跟在他身后，看着他落寞的身影缓缓移动的场景，那是多年前的陵西大街，当年的燎原饺子馆已经被一个高大的商场所代替。夜晚中，商场巨大的影子让街道显得并不那么空旷。父亲没有在此踯躅。我抱着试试看的心态，让司机把车开到交通局职工医院。果然，在无垠的夜色之中，父亲站在医院大院里，正仰头看着被黑暗紧紧包裹着的门诊大楼。"来了？"父亲听到了我的脚步声。

"嗯。"我轻声说，唯恐打搅了父亲。

我挨着他向空中观看，什么也看不到，连门诊楼的轮廓都看不清。但他一直就那么执着地仰着头。

出租车远远地等在那里，已经熄了车灯，连出租车都隐在了茫茫的黑暗之中。而父亲则向夜空袒露着他的心迹："我在这里工作了整整26年。我爱过它，恨过它，怨过它。这一阵想想，它就像是一个兄弟，我和它在一起成长，一起变老；一起高兴，一起烦恼；一起得到荣誉，一起受到处分。要真的做出离开的决定，还真舍不得。"

我没有说话，此时，说任何话都是多余的。看来，父亲已经做出了他最后的一次人生决定。

借着暗淡的月光，我看到父亲的头发坚硬的向上竖着，"身体有疾病了，有一套分析解决的办法，叫八纲辩证法。我们老祖宗把身体的疾病分为八纲，阴、阳、表、里、寒、热、虚、实。万变不离其宗，所有的病都离不了这八纲。一阴一阳，哪方面多了或者少了，都不行，得达到平衡，做到阴阳和谐、表里如一、寒热均匀、虚实统一。这个院子，这座楼已经存在了快三十年了，它还那么坚固，可是它已经跟不上社会的步伐了，阴阳不和谐了，表里不如一了，寒热也不均了，虚实也不统一了。你说它不出毛病才怪呢！"

我静静地听着父亲的八纲辩证法，我不大懂，但隐隐地感觉到其中的一些深意。他在用八纲法来比喻医院的命运和他的人生呢。

他继续说："就拿我和你小姨父来说。其实我们俩都不能算是阴阳和谐的人，不过，你想想，谁又能真正做到这一点呢。你小姨父是阳盛，阴虚，虽然他年纪轻轻的就做了结扎手术，按说他应该阴气上升，阳气下降，可他正好相反，只知道一路向前猛攻猛冲，他的症状是精神亢奋，气粗面赤，脉数大有力，属阳证。我和他有些相反，典型的阴证的特征，精神委顿，语音低微，面色灰暗，目光无神，动作迟缓，瞻前顾后。"

他停顿片刻，也许这个想法在他脑子里想的太久了，叹了口气，"每个人有每个人的命数"。

我在想我自己的命数，按照父亲对人的理解，我不知道我的阴阳辩证关系如何。

"你爱你现在的单位吗？"父亲仰视的姿势并没有变，他突然转换话题问我。

我想了想说："不爱。"

"那你怨它吗？"父亲又问。

"不恨。"我老实回答。

父亲重重地叹了口气，说道："走吧，你明天还要上班。"

父亲做出的决定令所有人大吃一惊。小姨父第一时候赶过来，疑惑地问父亲："怎么会这样？"

已经打定主意的父亲反而很轻松，长时间以来的心理负担全部卸了下来，他红光满面，笑逐颜开，"就不麻烦你替我着想了，我的人生我自己做次主"。

小姨父说："姐夫，你真行，给我当头一棒。你说说你，怎么想的，这么大一个医院，让你来当家作主，让你扬眉吐气一回，你不干，却非要自己去开个小诊所，你开过诊所吗？你当过医生吗？治好了万事大吉，皆大欢喜，如果给人家治坏了，治死了，你咋办？这些你都想过吗？"他急得把甘草都吐到手心里，扔到了垃圾桶里。

父亲说："你以为我这些天都在做美梦，当院长呢！我在想我自己的前程，我想得一清二楚。"

小姨父气鼓鼓地走时，撂下一句话："你早晚会后悔，吃回头草的。"

听到消息的老蒋拿着一瓶丛台酒找上门来，与父亲开怀畅饮。老蒋无限感慨地说："我怎么就没有你的胆量和勇气，我就是个怂人，没有什么大的志向，好歹它还是个医院，不是别的什么乱七八糟的单位，在这儿混几年退休得了。"

父亲说："我觉得人生就是一个慢慢地从不明白到明白的过程，只要是想明白了，人生就没有白活。"

那天晚上，两人悲壮地共同回忆了在交运局职工医院工作的点点滴滴，两个不胜酒力的人喝下了那一瓶酒，都喝得东倒西歪。父亲非要送老蒋出门，两人在夜晚的大街上高声唱起了歌，一首又一首，直到把嗓子喊破。

母亲一直以为父亲的选择是一个最大的错误，她始终都无法从这个有些悲观的念头里抽身而出，整天闷闷不乐。我和肖燕为此带着她去了趟丛台公园散散心。印象里还是上大学时来过最后一次丛台公园，那是父亲转干之后，我们全家来这里照过一张全家福。那个赵武灵王留下的高高的台子，还是旧时的模样。母亲站在丛台上，背对着整个邯郸城，照了一张并不开心的照片。在以前的照片中，丛台是那么高大，整个邯郸城都在它的脚下，而现在，不远处越来越多的高楼大厦映衬着它慢慢变得渺小的身躯。城变了，人变了，丛台也变了。

我劝慰母亲："想开点吧。你没看到爸爸有多开心。你没看到他做出这个决定后有多快活。我觉得有几十年没有看到父亲这么无拘无束快乐的表情了，尤其是这几年，当他意识到医院不行后，很明显的，他的笑容减少了许多，他吃安定的数量也增加了。我觉得爸爸都有些抑郁了，他焦虑和烦躁，发脾气的次数你没发现越来越多了吗？你是想让他快快乐乐的生活，还是想让他继续每天闷闷不乐的？"

母亲思忖良久，说："我以为，他当个院长会快乐起来。"

我想起暗夜之中父亲说的那八纲辩证："我觉得这才是我爸做出最终决定的关键因素。你觉得他愿意接受我小姨父施舍给他的权利吗？"

母亲陷入了沉思。

"在我爸心中，从来就没有觉得我小姨父做的每一件事是正确的，他也从来没有佩服过小姨父的做人做事原则。如果让我爸接受了小姨父的建议，就等于是让我爸认可了小姨父的做人做事原则。"我越说，越觉得自己在慢慢地懂得父亲那套阴阳辩证的道理。

心有不甘的母亲在走下丛台时，无奈承认了这个现实，她说："随他去吧，他怎么开心怎么来吧。"

在所有人的质疑声中，父亲成为少数从医院里办理离职手续的人之一。他心怀坦荡地开始筹办属于自己的诊所。2000年的夏天，父亲拿到营业执照时，开心得像个孩子。他在他住的那栋楼的一楼，租了一个单元房，简单装修之后开业了，诊所的名字是他自己起的，叫明阳诊所。他把那个营业执照挂在房间墙壁的正中央，每天都仔细地擦拭一遍，站在那里认真端详。

小姨父的医院是在稍早一个月开业的，医院的董事长是苏若瑜，老蒋当了院长。老蒋一扫当时与我父亲喝酒时的失落情绪，上任的第二天就请我父亲喝酒。父亲欣然应约前往，此时两人喝酒的心态与前次大不相同。他们都完全放松下来，喝酒的氛围就没有当时那么悲壮。老蒋容光焕发，拿了一瓶珍藏了二十年的丛台酒，笑着激我父亲："我们俩还能不能像上次一样把它喝掉？"

父亲痛快地说："能啊。谁怕谁啊。"

他们并没有像上次那样缅怀美好的过去，而是在畅想未来，并且像两个小伙子似的互相鼓励对方，要把自己的事业做好。两人果然喝掉了那瓶酒。令两人奇怪的是，他们居然没有像上次那样东倒西歪，一点也没有头重脚轻的感觉，意识很清醒。老蒋问父亲："这是怎么回事？"

父亲说："上次是阴阳失衡，这次我们找回来了。"

父亲在寻找他的阴阳平衡，他的小诊所慢慢地有了点起色，他专门用中医治疗一些疑难杂症，小诊所虽然不能说病人盈门，却能让父亲找到一个做医生的自豪与荣耀。小姨父却不管那一套，他的生意越做越大，他商业的版图横跨了装修、房地产、医院、贸易，什么挣钱他做什么，他成了邯郸城里有名的精英，当选了区政协、市政协委员，他的身影经常出现在电视上，做访谈、接受采访，他说话的腔调和那些当官的几乎一样。他的身体越来越胖，走起路来越发显出腿脚的毛病。有人私下里管他叫瘸腿大亨。

2010年，小姨父的身体突然消瘦下来，两颊的皮都往下耷拉着，在自己医院检查的结果不好，小姨父不信，又跑到石家庄、北京检查了个够，结果都是一致的：他得了癌症。那之后小姨父踪影皆无，没有人知道他去了哪里，就连苏若瑜也不知道。一个月后他才露面，他出现在父亲的诊所。他戴着一顶大檐帽，一身休闲的打扮，非常低调。他坐下来，环顾明阳诊所那间并不宽敞的房间，他说："姐夫，这一个月来，我最想念的人是你。"

父亲说："不应该吧。你肚子里那点脓水，我还不知道？"

小姨父秦大贵就笑了："我们俩，风风雨雨，快一辈子了，你太了解我了。我就是不甘于自己的命运，所以一直这么折腾着。现在，也折腾够了，该歇歇了。这一个月我找了个没人的地方猫着，我想通了，人不得不认命。这是老天爷告诉我，该停下来了。好吧，我停下来，我不相信那些大医院，我相信你。就跟当年，我相信你一样。到城里来投奔你，让你领着我去做结扎手术。现在，你给我治吧。"

做结扎和治疗癌症是两回事，父亲劝他还是到大医院里去治："不行去北京上海，或者去日本，你有这条件。为什么不去试试呢？"

不管我父亲怎么劝，小姨父是打定了主意："反正是一个死。人终有一死，不过是早一天晚一天的事。反正我这辈子认定你了，上两次，你给我结扎，你把我三个脚趾头弄没了，我成了瘸子，后来我琢磨。我身体上少点什么，我的人生境界就向前奔一大截。没准，这回你再给我治治，再少点什么，我的人生又迈向一个新的高度呢！"这个时候，他也不忘调侃一下。

面对已经走向人生尽头的小姨父，父亲懒得再和他理论，他说："你要是相信我，你就得抱着死马当成活马医的心态，我尽最大努力试试。"

小姨父爽快地说："你就大胆地试吧。我这180斤就交给你了。"好像身体是旁人的。

父亲与小姨父，达成了一个君子协定。小姨父放弃了手术与化疗，让父亲放手在他身上试验。父亲按照他的阴阳、表里、寒热、虚实理论，与小姨父一起，小心翼翼地踏上了冒险的旅程。

每隔一段时间，小姨父都会从父亲的诊所里钻出来，经过针灸之后，带着一提包中药回去喝。父亲劝他戒掉嚼甘草的习惯，他说："这对你的病一点用处都没有。"

小姨父说："戒不了了，就跟你天天得吃安定睡觉一样，我要是不含着甘草，就浑身没劲，打不起精神来。"

在吃了父亲大半年的中草药之后，小姨父的病情竟然神奇地得到了控制，不知道是父亲的药起到了作用，还是别的什么原因。又过了一个冬天，当春天来临的时候，小姨父把所有的生意都交给了苏若瑜，独自一人踏上了周游世界的漫漫路途。他并没有从我们的视野中消失，他经常给我们寄来他在世界各地的照片，他在加勒比海游艇上喝着啤酒、在塔希提岛上与当地人跳舞、在东京人头攒动的人群中旁若无人地傻笑、在泰国的寺庙外虔诚地双手合十……他好像永远没有离开过我们，他甚至已经不再需要我父亲的中草药，他和父亲的冒险旅程已经悄然结束。我们很少再听到他提他的病，行走在世界上的小姨父秦大贵，看上去比我们任何人都健康。

小姨相继把两个老人送到了另外一个世界，她突然间感到了无比的孤寂和悲凉，她苍老的面容镌刻着对另外一个人的思念。有一天，她突然对我们说，她要去找小姨父，陪着他一直到死。小姨的举动让我们惊讶，但看着她历经风霜的面孔，我们还是满足了她的要求，含泪把她送上了通向世界的飞机。小姨从来没有坐过飞机，在经受了痛苦而漫长的呕吐之后，她和小姨父在巴黎相见了。在寄给我们的照片中，小姨的面容惨白，而小姨父则春风拂面，他们像是两代人。过了半年之后，照片上的小姨就变了，变得年轻了，她的穿着，神态，都变了。那是一个我们完全陌生的小姨。

2015年的夏天，我去美国访问交流，在纽约时代广场，突然有人拍拍我的肩膀，回头一看，是小姨和小姨父，他们满面笑容、非常健康地对我说："嗨。"

小姨足足年轻了二十岁。我们站在那里聊了几句，我问问他们的情况，他们也问问亲人们的情况。然后我突然问小姨父："从我小时候，就看到你嘴里一直在吸着甘草，都有大半辈子了，什么味啊？"

小姨父使劲吮了吮甘草，咂摸着，想了想说："啥味也没有。"

2019 年 1 月 24 日一稿

2019 年 2 月 15 日二稿

2019 年 2 月 19 日三稿

2019 年 5 月 12 日四稿

稀少的听众

她端坐在桌前，低头看着放在桌面上的手机。手机已经调到了录音状态，纯白色的，这是她最喜欢的颜色，她对自己说，好吧，那就开始吧。

这样平淡的上午，很有仪式感。内心涌荡着神圣的暖流。她的声音像溪涧的水在屋子里流淌。她仿佛看到了自己青丝飘逸的样子，看到了一间挤满了学生青春笑脸的教室，看到了从宽大的窗户照进来的和煦阳光，她渐渐地看清了每一名学生的面庞。她的心里默默地念着他们的名字："黄建国，梁颂，郑言西……"

时光如灰尘般，在她的记忆中慢慢降落。她看到了一只满是皱纹的手，那只手拿起一本斯威布著的《希腊的神话和传说》。

> "天和地被创造了，大海涨落于两岸之间。鱼在水里头嬉游。飞鸟在空中歌唱。大地上拥挤着动物。但还没有灵魂可以支配周围世界的生物。这时有一个先觉者普罗米修斯，降落在大地上。"

这是希腊神话传说中《普罗米修斯》的第一句话，对着手机的听筒，她读了出来。只有声音能让她忘记年龄，忽略遗忘和苍老对她生命的覆盖。那声音不像是从她的嘴里发出来的，更像是身体上的每一个毛孔，当她朗读的时候，她能感觉到，自己的毛孔张开着，如同正在喝水的花朵。

每天上午 8 时 30 分，她都会把卧室的门关上，窗户关严，以保证屋内的安宁，像以前的每一堂课之前一样，她对着镜子，整理一下头发和衣服，然后坐在桌前，开始朗读和录入。一遍又一遍，直到自己满意为止。下午，一觉醒来，她就斜靠在沙发上，把手机放在旁边的床沿上，认真地倾听着自己的声音。

> "他持着这火种降到地上，即刻第一堆丛林的火柱就升到天上。宙斯，这发雷霆者，当他看见火焰从人类中间升起，且火光射得很广很远，这使他的灵魂感到刺痛。"

那声音虽然越听越感到陌生，可她还是被那声音所感动，每一次都热泪盈眶。这朗读之声，似乎从来没有离她很远。

做为教师的岁月已然成为回忆。她在课堂上一边来回走动，一边朗读课文，一边观察着学生们的表情，她能听到她的声音在四十多平米的教室里回荡着，像是凉爽的夏季里回旋在山谷里的风。她迫切地想让他们再听到她的朗读。

电话那头是她的学生董仙生，三十五年前，他是那届高中四班的班长，是她最信任的学生，直到现在也是。他的头发也开始花白了。"仙生。"她的语气仍是不容置疑的坚定。

"简老师！"时隔数十年，董仙生对老师也还是毕恭毕敬。

"还记得的我的声音吗？"

"声音？"他的脑子里闪过片刻的茫然，他上周才去看过她，"什么声音？"

令她满意的是，董仙生的人生轨迹，与她希望的一样，学习优异，事业有成。她为此而骄傲。她把董仙生出版的书放在书柜最显眼的地方，以便自己能够每天都能看得到。在报纸上看到他的名字，她就会对丈夫说："他是我的骄傲。"丈夫姓江，和她一样是老师，教物理。

透过通向阳台的门窗，只能看到丈夫的脊背。一到夏天，潮虫便开始出现在阳台上，它们还不断窥视着阴凉的空气，三三两两缓慢地向卧室进发。丈夫开始在阳台上忙碌，用石灰堵住瓷砖的缝隙。丈夫说："我知道，你已经说过无数遍。董仙生，董仙生。这三个字越来越让人讨厌了。就像是，潮虫。"

"你怎么能把他比喻成潮虫？"她愤愤不平地说。丈夫平庸而失败的一生是积压在她生活时针上的一块石头，让她感觉到时间的难熬。

听到她的声调变了，丈夫便退缩了，他直起腰，放下偏铲，连手上的石灰都没洗，拿起他的帽子，匆忙从家里逃离了。

"我的声音。"她抬高了声量，"我读课文的声音"。

"啊，让我想想。"董仙生嗫嚅道。他纳闷，退休多年的简老师为什么突然想起她自己的声音。

她说："你不用去想了。我刚刚学会了在"喜马拉雅"上朗读作品。你打开"喜马拉雅"，搜一下我的名字——南飞的孔雀。我读的是威斯布著的《希腊神话和传说》，你听一听。关注上我。评论一下，点个赞。"

她的声音欢快，急切。董仙生愣了一下，随后说："好的，简老师，放心吧。我会的。"

放下手机，回味一下刚才通话的详情，她没有从董仙生的口气中听到兴奋。她以为他会和她一样感到欣喜。她莫名地有些紧张，犹如初次登上讲台。她索性站起来，在屋子里来回走着。她瞥见阳台上的花，除了朗读，还有其他的事等着她做，但她并没有打开阳台的门。那盆茉莉已经有很长时间没有开花了，绿油油、薄薄的叶子疯长着。

时间过得太慢，一个小时仿佛一天，她再次给董仙生打电话，"你听了吗？"

董仙生支吾道："没有……我，我一直在开会……"

她失望的声音像是墙上那块顽固的蚊子尸迹，"好吧。好的"。

又过去了一个小时……

董仙生打来了电话。她兴奋地接了电话，"你听了吗？"

董仙生说："听了。简老师。我很感动。像是回到了三十多年前，回到了我熟悉的课堂，看到年轻时候的您。"

"你真的是这种感觉？"

"是真的。千真万确。"董仙生语气坚决。

她如释重负，急迫地说："那其他人呢？"

董仙生疑惑不解："什么其他人？"

"你们班那些同学，他们，是不是也是这种感觉？"她口气中满含着期待。

董仙生明白了老师的意思，急忙说："我会给他们说，让他们也听您的朗读。就像朗读我们熟悉的生活。"

"你不要忘记，一定要告诉他们……"她叮嘱董仙生，这个她最依赖的学生，他从来都是那么稳妥，她相信不会令自己失望。

丈夫在八点半之前会准时出门，这是两人的约定，那之后，是她录音的时间，那个时候，小区里没有孩子们的喧闹。丈夫斜着眼睛看她："录那些有什么用，你读了一辈子，我都烦了，你还读不够。"

"我又不是读给你的。"她说。人越老，她觉得丈夫的一些行为越不能忍受。

"你该出去走走。"他出去时警告妻子。

> "现在他们又向着新的冒险的旅途出发。接连
> 四十天，一阵西北风阻挠着他们的航行，直到祭献和
> 祈祷了所有的十二神祇之后，才又加速前进……"

录了半个小时，她感觉到了疲惫，便闭上酸疼的眼睛，想着她声音的听众，想着那些曾经年轻的面孔入神的表情。他们在她的脑子里一一闪现，可是不管怎么努力，她都无法抵抗时间的无情，真的老了，她的记忆力越发地差了，那些面孔有的稍纵即逝，有的干脆是模糊的。除了耳朵，她觉得哪儿都有问题，哪儿都像生了锈似的，总是听到身体的某个部位有摩擦的声音。她站起来，在箱子里翻了半天，找出一个红漆的木匣子。因为藏在箱子的最深处，匣子的颜色很鲜亮，她庄重地把木匣子打开，里面憋得太久的东西便急促地跳出来几张。那是一张张 10 寸的毕业照，从她 1980 年师专毕业当高中老师，到退休，一共带了十九个毕业班，就有十九张毕业照。每次收到毕业照，她都立即把它封存在这个匣子里。照片像是昨天刚刚照的，表面的光能映出她的面庞，散发着樟木的香气。她想，那些特别在意的东西，即便是时光久远，也仍然能历久弥新。她找到 1985 届毕业班的照片。戴上花镜，仔细地辨认着上面的每一个人。

董仙生走进来时，她还在端详着那张照片。那张照片已经在她手里两天了。它的重量好像发生了变化，由轻飘飘的一张纸，变得越来越重。此时，她听到了敲门声，便放下照片去开门，"你终于来了，我等你两天了。"她对满脸疑惑的董仙生说，"你不会马上就走吧。"

董仙生羞愧地说："请您原谅，太忙了，我不能常来看您。今天，我的时间都留给了您。"

照片摆在桌子的正中央。董仙生一眼就看到了。照片的两边，一副老花镜，一个放大镜，台灯还开着，白色的荧光灯使陈年照片表面泛着青色的光。她并没有先说到照片，而是问他："你在听吗？"

董仙生说："是的，您播的所有的我都听了。"

"那其他人呢？你们班那些人呢？"

他有些猝不及防："其他人，应该也都听了？"简老师的目光里仍然温暖如春，却让他心虚。

她说："你说话吞吞吐吐，你不能保证。"

他想辩解一下："我告诉了所有的人。他们肯定都在听。"

"真的是所有人？"

董仙生的脸颊在冒汗，显出了慌乱，像是学生在躲闪老师的提问。

她没再追问，反而安慰他："有几个人，他们给我发了微信，和短信，他们真的在听。什么事，交给你，是最放心的。"

董仙生如释重负，他深深地吸了口气："老师，您怎么突然想朗读了？"

她略微愣了一下："那天早晨，我从家里出去，路过 43 中，听到了临街的教室里传出琅琅的读书声，是一个女孩子，声音清爽干净。我平时不从那里经过。那一刻，我突然被吸引住了，我站在那里，直到她把那篇课文读完。"

"读的哪篇课文？"董仙生问。

"孔雀东南飞。"她的眼神迷离，思想显然回到了那天教室外的倾听。

"孔雀东南飞，五里一徘徊。上高中时，我背得滚瓜烂熟。"董仙生自豪地说，他又摇摇头，"可惜，我现在只记得这两句了"。

停顿了一会儿："也许有的人还能背下来。"

董仙生笑出了声："不可能的。我觉得每过一天，我就会忘掉一个字，更别说整个句子了。"

"你有更多更重要的事情要做。那不怪你。但我坚信，会有人仍然记得它，能一字不落地背下来。"

董仙生没有反驳老师："所以您想重新拿起书，开始朗读？"

她没有直接回答学生的提问，就像当年在课堂上，她喜欢用一种暗示的方式，启发他们，让他们自己去领悟。而董仙生是那个领悟能力非常好的学生。她拿起了照片："你还有这张照片吗？"

他接过来，照片新得让他无法相信，还以为时光倒流，那上面的人仿佛从来没有经过时间的洗礼，从来就没有老过。他看到了上面的自己，意气风发，目空四海："肯定有的。但已经有好多年不见了，不知道放在什么地方了。您这张怎么像是刚刚照的？"他说。

"这张照片，你认真看过吗？"她问，她观察着学生的表情。

"早就忘记了。"

"你看看，有什么问题？"她盯着董仙生。

他又认真地看看，摇摇头："没啥问题呀。就是一张普通的毕业照啊。"

"你能认出照片中的每一个人吗？"她扶了扶花镜，额头上的皱纹紧锁着。

"不能，"董仙生看了半天也认不全，"我只能认出一少半"。

她向阳台看了一眼，那盆茉莉花的叶子看上去有些蔫，无精打采地耷拉着："我认出的人更少。只有几个人。但是有一个人，我却始终没有找到。不管时间过去了多久，我相信，我还是能从几十个人当中，把她找出来。对她，我记忆深刻。"

"谁啊？"董仙生漫不经心地问。

"宋晓兮。"她说，像是被虫子咬了一样，露出痛苦的表情。

董仙生吸了口气，凉飕飕的，心被激了一下，脸竟红了，"简老师……"他错愕地看着老师。

她把头低下了："我知道你不想提到她，我也不想捅那个疮疤。可是你知道吗，自从那天我听到了从教室里传出的朗读声。我就想到了她。"

董仙生呆呆地坐着，他在努力想着什么，也在努力克服着什么。

"这上面没有她，照片上没有她。肯定没有，我认不出别人，但我一眼就能认出她的样子，她自然卷曲的头发，翘得高高的下巴，挑衅的目光。你知道为什么她没有照毕业照吗？"她的声音有些忧郁。

自从她说出那个名字后，董仙生就处在恍惚的状态之下，像是喝醉了酒。

"仙生。"她提醒道。

"不知道。"他的声音很小，小到几乎听不到，而老师的声音，嗡嗡的，大而嘈杂。

后来，他越来越不在状态，精神明显不集中，此时，江老师从外面回来，董仙生匆匆和老人打了声招呼，便逃走了。

丈夫说："仙生这只潮虫是不是被你踩了一脚。"

她气鼓鼓地说："你这个尖酸刻薄的老头，一辈子都改不了。"

我不喜欢她，从来就没有喜欢过。

在我的印象里，她天生的卷发是她引以为豪的资本，眼睛像猫一样。每天上课时都拿出一个镜子照过来照过去。如果她还有什么可取之处，那就是朗读。

那是她身上唯一的优点。

　　也许你并不这样认为，对我来说，却是真的。她就是在课堂上读那篇《孔雀东南飞》时，让我惊诧了。她的朗读不仅仅是抑扬顿挫，韵律上的美，而是真带着情感去读，真正用心去读。等她读完，我的眼睛湿润了。我教了无数的学生，只有她的朗读让我记忆深刻。她天生应该靠嗓子去吃饭。后来我一直想从朗读这一点上去鼓励她，可她并不领情。我给了她机会，我甚至把班上唯一一个参加市里朗诵比赛的名额给了她，她却没去。她骄傲，我都不知道她骄傲的动力是什么。她固执、冷漠，抽烟、逃课。这一切我都能够忍受，我还是希望能够靠我的努力拯救她。最后，让我们彻底决裂，矛盾无法弥合的是那个原因，你知道的。那年秋天一开学，我看到了她和你在一起，你们之间虽然并没有亲密的动作，但是一个眼神我就能看得出来，她的目光一直长在你身上，你们恋爱了。这是绝对不被允许的，因为你是班长，你是那个班的灵魂，你是要读大学，有个好的工作，要拥有美好前程的。这样的事怎么能发生在你身上。

　　我制止了你。我知道，任何说辞对她都没有用。我已经完全忘记了你当时的神情，但我无法忘记自己的愤怒。你答应了，你答应了和她断绝一切来往。从一开始你就是一个听话的孩子，是一个对自己的前程负责的学生，在我眼里，只有这样的学生才配拥有美好的未来。我很庆幸，在你就要滑向生命中的黑暗旅程时，我及时地制止住了你，让你悬崖勒马。说实话，我当时并没有去考虑宋晓兮的感受。我完全否定了她，排斥了她。我以为，对你，对她都是一件天大的好事。我记得那天晚上，那天晚上，大家都在上自习，她却走进了我的办公室，站在我面前，眼里没有泪水，只有仇恨。她盯着我，眼睛里有一股邪恶的火气。我没有退缩。我大义凛然地说："你想干什么？"我们用目光对峙了足足有两分钟。然后她怒冲冲地质问我："我们相爱，和你有关系吗？"

我反驳她："当然有关系。你可以不要你的前程，不考虑你自己的未来。但是董仙生不行。我不能眼看着你把她拉下水，让他失去上进心，沦落成和你一样的人。"

"我是什么样的人？你说。"她的声音又尖又高。

"你是什么样的人，你自己难道不知道？"我讥讽她。

"不知道。"

在我心里，一直有一个词是和她重叠在一起的，我忍了忍，没有说出口。

她却不死心："你阻止不了我。"

这句话彻底惹怒了我，一股怒火冲上头顶，我对她吼道，不许再去勾引他。

她反而笑了，是那种轻蔑地笑，她说，想都别想，你以为你想怎样就能怎样。

我终于还是没有忍住，骂她："小娼妇。"我想，当时的我真是气疯了，觉得当时我的头发是竖起来的。

她眼睛里的邪气并没有减弱，相反却凝聚着，仿佛充满着更大的能量。她走时那句话，这几天一直在我脑子里响着，有时候深夜里也会钻进我的梦里，把我惊醒。她用那股邪气扫着我说："我恨你，你会后悔的。"

那之后，她快速滑向了邪恶的深渊，头也不回，成了一个无法无天的学生，一个失足少女，一个令老师们头疼的人。她与社会上的小流氓天天混在一起，打架斗殴、违反校纪，无所不为。因此她多次受到了学校的处分，但这对她来说，日益成为家常便饭，成为她真实的生活，毫不在乎。有好几次校长都想把她开除，在我的坚持下，才没有成为现实。

你们毕业后，我再也没有见到过她。而我后来零星得到的她的信息都与邪恶有关。你们毕业后若干年，我从你们班的黄跃松那里听到了她的消息，他与她同在邮局工作，据黄跃松讲，她起初是个邮递员，骑着绿色的自行车，走街串巷去送达信件。但是很快她就不再受那种风吹雨淋之罪了，其中的原因，黄跃松吞吞吐吐，语焉不详。直到后来当她摊上官司，被判刑后，黄跃松才透露，她与邮局的领导发生婚外恋情，屡屡逼迫领导给她调动工作，未达到目的，便用刀捅了领导。领导没死，她却进了监狱。知道这个消息后我义愤填膺，仍然能够感觉到她令人惊惧的眼神，我对黄跃松说，这是她的宿命。

我对她的看法从来没有改变过，我从来没有试图原谅过她，也从来没有试图宽宥过她。但是那一天，隔着墙，我听到了校园里传出的女孩子清脆的读书声，听到《孔雀东南飞》那篇课文的朗诵时，仿佛是天外之音，我恍惚觉得那个朗诵的女孩子就是宋晓兮。我在那里站了有半个小时，腿酸了，背也隐隐作痛。我老了，我倔强的一生快要走到尽头了，早晨的阳光像是从巨大的冰块漏下来，罩着我。那朗读之声瞬间带着我浏览了一下我简单的人生，我突然间发现，有太多不可原谅的事情在我身上居然也发生了，有背叛，有怨恨，有邪念，有诅咒，有过失……这一切，怎么会出现在我的人生之中？瞬间我就崩溃了。站在那里的我抱着肩膀，泣不成声，冰冷的阳光紧紧地包裹着我，把我的眼泪凝结成泪珠。

"您要原谅宋晓兮吗？"随着她的讲述，董仙生的身体也战栗着，好像，站在墙外的那个人也是他。

"也许她应该原谅我。"她抽泣着，一缕白发从鬓角散落下来。

董仙生有些慌乱，不知所措。老师在追忆的过程中，他一直坐立不安，心神不宁。简老师不得不停下自己的讲述，惊讶地看着他脸上奇怪的表情，看着他局促不安的样子，看着他脸上突然冒出的汗水。

"也许她能够听到我的声音。"她说，越过窗户的目光，投向远处，她的神情落寞。

"那又怎样呢？"而他的声音，在他自己的耳朵里，遥远，陌生。

她忧伤地说："谁知道呢？不管她现在在哪里，不管她的人生在以后漫长的岁月中发生了什么，也许她在等待着我的声音，而我也在等待着把我的声音传递给她。"

与老师相对乐观的态度相比，董仙生显得十分悲观，他脸色难看："她不会听到的，人海茫茫，她可能早就忘记了自己喜欢朗读，早就忘记了您的声音。"

她把目光从窗外拽回来，用犀利的目光盯着学生董仙生："不知道为什么，我一直觉得，你知道她在哪里。你知道吗？"

董仙生被老师盯得有些毛骨悚然，他躲避着老师的目光，手不知放到何处，嘟哝道："我只知道，从监狱里出来，她去了南方，在南方的某一个城市。"

"我就说，你肯定知道。"她露出一丝诡异的笑容。

董仙生被老师的笑容弄得更加紧张，慌忙说："我只知道这一点，其他的什么也不知道。"

突然响起的手机铃声掩盖了董仙生的窘态，他接了个电话，说了几句，便告别老师，仓皇离开了。

接下来的几天，她都在录音，一遍又一遍，她心情郁闷，渐渐觉得自己的朗读出了问题，声音修饰得太多，过于精致，就像是精心打扮的生活。开始时，她感觉自己的声音是悬浮在高山上的朝阳，清朗明净，清辉撒遍山谷。之后，声音在下沉，像悬于山腰的浮云。最后，它落入了山涧，在树木巨石间翻滚。坐在那里的她有些绝望，犹豫是不是需要停下在"喜马拉雅"上的朗读。

她把手机伸到丈夫面前，想让丈夫听一听，到底是哪里出了问题，丈夫却没有耐心，他挥挥手说："我听了一辈子了，不想听了。"知道无法从丈夫那里得到答案，她只好求证于董仙生，她给他打电话，让他来一趟。可是等了好几天，也没有等到自己最信任的学生。她忐忑地对丈夫说："以前，不管什么事，交代给他的，他都主动及时地去办。可是我的话，如今不大管用了。"

丈夫有点幸灾乐祸地说："也许和我一样，他也听够了。"

"不可能。"她自信地说，"他从来不像你这样"。

她终于等不及了。

当她出现在董仙生办公室时，看到了学生脸上的惊讶之情。她说："我等你不来，只好自己来了。我是不是特别讨人嫌。"

董仙生急忙否认："怎么可能？什么时候您都受欢迎。"

很久没有来学生的办公室，她走到窗前，低头向外望去，看到的风景越多，世界变得越小。她还是习惯于仰头看世界，她感觉头晕目眩："你这里太高了，心脏都像蹦出来，向下跳。"

"这又不是蹦极。"董仙生给老师沏茶："我都习惯了，再高也没有事。我曾经去过咱们市最高的建筑，开元大厦，据说有240多米高。站在楼顶，向下看，芸芸众生看上去很可怜。"

"我才不会爬那么高的楼。"她坐下来，手抚着心口，才稍稍有些心安，"我等了你很多天。你好像在躲着我"。她幽怨地说。

董仙生解释说："没有。我刚刚去海口开了一周的会，昨天深夜才回来。"

"那也许是个理由。"她观察着学生办公室里的陈设，干净整齐，就像他漂亮的人生轨迹一样，"我遇到了难题。没有一点信心了"。她郁闷地说。

她坚持要学生一起听听她的朗读，辨别一下声音的真相。她说："越听，越觉得声音不可信了，像是我的，又不是我的。像以前的我，又像是陌生的我。"

她庄重地打开手机，声音从手机里传出时，她正襟危坐，像是一个年迈却专注的中学生。

"现在两人都鼓翼上升。父亲飞在前头，如同带领着初出巢的幼雏的老鸟一样。他机敏而小心地扇动着他的羽翼，使他的孩子可以照着做，并时时回看他跟随得怎样。起初一切都很顺利，他们经过左边的萨摩斯岛，又掠过得罗斯和帕洛斯。他们看见别的一些海岸都向后退并且消失，这时伊卡洛斯由于飞行的轻便变得更加大胆，越出了父亲的航线，怀着青年人的勇气飞到高空中去。……"

办公室里很安静，他们两人侧耳谛听，时光好像停留在过去的某一时刻。后来，她按下暂停，悲伤的语气在屋子里弥漫，"你听到了吗？多么令人失望的声音。我准备打退堂鼓，中止我的朗读。"

"别停下来，"董仙生不解地说，"为什么呢？简老师，别停下来。这声音是我人生的动力，是我美好的回忆，是我成长的源泉。我想听，真的，这几天我一直在听，一直在听。空闲时在听，睡觉前在听，出差去南方的列车上也在听"。

"你说的是真的？"她怀疑地看着学生，她一直在等着这样的回答，可是当正确的答案到来时，她却高兴不起来，她站起来，凄凉地说："算了，你不用安慰我这个老太婆。你看看下面稀稀落落的留言和评论。"

董仙生一直把失魂落魄的她送到单位门口的公交站牌，并没有放弃劝她，有好多人希望听到老师的声音，想重温那美好的无拘无束的青春时光，"所以，请您继续朗读吧，让在祖国各地的同学们都能听到您的声音"。

她未置可否。车来了，她挤上公交车。车子开动，她看到董仙生一直站在那里目送着公交车，像是被公交车遗弃在那里的一个孤独的乘客。

来自学生董仙生的鼓励，一度给了她一些鼓舞，使她重新审视从手机里传出来的声音。他几乎每天都在向她传递着乐观的信息，在微信中，他告诉她，他又找到了某个同学。事实如同董仙生说的那样，他突然加快了步伐，四处联络，在他的发动下，她突然发现，自己播讲的《希腊的神话和传说》多了一些听众。她意外地收到了一个又一个的问候，其中有一个叫王松涛，他兴奋地写道，真没想到，就是这个声音，让我喜欢上了读书，让我读了大学。他并不在他们生活的这个城市，而是在西班牙巴塞罗那。她看到了越来越多的留言，也收获了更多的赞扬。他们都把自己的名字留下来，大部分她都记不得了他们的容颜了。

他甚至自作主张地把她带进了监狱。

他说："听了您的朗读，有人特别想见见您，他也是您的学生。但他不是我们班的，他叫袁英。2000届毕业的。"

一路上，她都在车上想着这个叫袁英的学生。整整一个小时，这个名字都在她脑子里旋转，也没让她想起他的模样和他的言行。袁英五短身材，胖胖的脸，黑中透着红。她想不起他是谁。他是个在押的囚犯，这是她没想到的。穿着囚服的袁英眼泪汪汪地看着她，讲他是如何听到老师的声音，让他很悔恨自己以前没有珍惜在学校的时光，好好学习，好好做人，那样他就不会走到今天的地步。她给了他需要的鼓励，她说了很多打动她也打动学生的话，她说，做一个对社会有价值的人，一个对得起自己良心的人，不管什么时候都不算晚。袁英感动得涕泪纵横，发誓一定要好好改造，重新做人，出狱后努力成为一个对社会有用的人。

返回的车上，董仙生说起他是怎么遇到袁英的，"二监狱请我去给他们做个讲座。无意中见到了他。我提到了您，就顺便让他听了一下您的朗读"。

那个发誓要好好改造的袁英谦恭的脸，好几天都在她的脑子里，这给了她信心，同样给予她莫大宽慰的是，隔三岔五的一些早就失去联系的学生们，他们都是听到她的朗读而主动地联系她，加她的微信，发来短信，给她打电话问安，诉说美好的高中生活，赞美曾经年轻的简老师动听的朗读，给他们留下一生的严厉而美丽的印象。

于是，她加快了朗读的速度，那本书中的文字，变成她的声音时，她能感觉到它们是跳动的，是有生命的。她对丈夫说："你听听，它们就像是跳跃到过去的精灵。"

丈夫我行我素，对她的朗读没有任何的兴趣。他还在阳台上鼓捣那些裸露在外的小洞，他说："还是有潮虫。我昨天下午看到一只。我把洞都堵住了呀，它从哪儿冒出来的？"

她不满地看了一眼丈夫瞎忙碌的身影，他的一生就是这样，虽然忙忙碌碌，却碌碌无为。她叹息着，目光扫到了那盆茉莉花，它的叶子正在慢慢地枯萎，她想，它怎么就不开花呢。

她又拿出了那个樟木匣子，把毕业照摆满一床，81届、85届、90届……她把那些已经成为她的听众的学生，逐一地从那上面去辨认，这花费了她许多时间，而更多的辨认是徒劳的，因为记忆早就停滞在了那个逝去的固定时刻。虽然如此，她却乐此不疲。

那天下午，当她在那张93届毕业照上耗费了将近两个小时，眼前突然晃了一下，屋内的景象顿时失去了颜色，她还以为是黄昏即将来临的缘故，她直起脖子，站起身，想要向外张望，彻头彻尾的黑暗就到来了，眼睛的门一下子就闭上了，一切知觉都停顿了。等她醒来时，是在医院，病房里灯光明亮，窗外已是万家灯火。丈夫告诉她，没什么大问题，是血压升得太快，输两天液就回家。他说："别再沉迷于过去。你要到户外去，多走走，多呼吸些新鲜空气。"

董仙生到来后，把打盹的江老师劝回了家。她无儿无女，董仙生就像是自己的孩子。他关切地看着她，那目光让她觉得温暖。

她说："老了，什么都不能干，活着还有什么用。"

董仙生宽慰她几句。然后自我检讨说："可能是我太着急，把您的学生们都发展成了您的听众，他们蜂拥而来，您有点顾不过来了，累了，身体无法承受。"

"没事，我真的很高兴。"她由衷地说。

头还有些晕，眼睛还有要关闭的兆头，她视线中的学生董仙生情绪有些萎靡，她想起来，自从她开始朗读以来，他的情绪始终很低沉。她说："你也该歇一歇，你的情绪看上去不太高。"

因为被老师看透了心思，董仙生羞愧万分，他咬了咬牙，知道是该向老师袒露心迹的时候了。

"我不想再隐瞒您。我以为从此与那个叫宋晓分的再无任何的瓜葛，直到那天您提起了她。"董仙生垂头丧气，表情中带着痛苦，"我早就习惯把她遗忘，就像许多不想触碰、不想揭开伤痕的往事"。

她惊讶地看着她，看着他把手插进自己的头发，目光中满是懊悔："我以为，只有我一个人，会时时想起她。"

粗重的呼吸声，伴着他阴沉的脸，好像病房里的灯光变得昏暗起来一样，"上次您说，毕业照里没有她，您根本没有意识到，为什么毕业照里没有她。但是，我知道。那天我负责照相的组织，所有的人都到齐了，唯独没有她。我找遍了学校的每个角落，都没有找到她。只好放弃了，我站在同学们当中，当照相机的快门响起的时候，所有人的脸上都洋溢着快乐的笑容。您注意过没有，只有我的表情是僵硬的"。

"她意识到了，她的生活将和你们这些人分道扬镳。"她猜测着。

"不是，"董仙生摇了摇头，"从我们俩被迫分开后就分道扬镳了"。

"你恨我?"她不安地问。

董仙生抬起头,看着天花板上的灯,挠挠头,"当时有,您不知道,当时我被她迷住了。我是被她的声音迷惑住的。有一段时间,您经常让她站起来读课文。她的朗读有时候轻风细雨,有时候狂风大作,有时候如沐春风,有时候就像站在悬崖边,害怕却又充满渴望。所以我忍不住对她说,她的朗读把我的心掏了出来,就像暴露在阳光下。她对我说,你以为我是读给谁听的?我就是读给你一个人听的"。

她哼了一声。

"听了那句话,我便缴了械。"说到这里,董仙生还有些害羞地低下头。

"年轻时谁都会犯错。那后来呢?"

"后来,"他改变了一下身体的姿势,好让他舒服一些,"后来看着她变成那样子,就有些暗自庆幸,才明白您的良苦用心"。

"你也觉得我当初的决定是正确的了。"说起那个早就远离他们生活的人,她也感觉到有一丝沉重感压迫着,她示意董仙生把她扶起来,斜倚在被子上。

"我也以为我不会再与她相遇,我们的生活轨迹差异太大。但是生活总是给我们开玩笑。有一天晚上,她突然慌张地跑到了我家里,她说她杀了人,可能警察在四处找她。她眼泪汪汪,身体发抖,目光惊恐,嘴唇发青,手上还沾着血迹。她在没有得到我的回答时，先借用了卫生间，把血迹洗干净，头发整理一下，还稍稍化了化妆。等她从卫生间里出来时，仍旧光彩照人。"他描述之时，不断变幻的表情印证着一点，逝去的生活不是言语间的闪烁，而是刻骨铭心的遗忘与唤醒。

她的表情也随着他的讲述而切换着，她明明知道了结果，可仍然对过程充满着惊奇，"她是一个危险的人，人生充满着悬疑"。她说。

董仙生没有注意老师的神情，他接着说："那个夜晚，那个她来求助于我的夜晚，后来被我遗弃在我人生道路的路旁，彻底地埋藏了。我不想回首，不想接受。可它发生过，存在过。我知道它会在某时某刻重新出现，等待着我。"

"你不能用道德审判影响自己，那是犯罪。"

董仙生沮丧地说，"我也以此来安慰我。那天晚上，我拒绝了她，我甚至义正词严地指责她不应该在错误的道路上越走越远，在罪恶的深渊里越陷越深。我给她唯一的建议就是让她去自首，争取宽大处理"。

"你做得没错。"她松了口气，她担心的事情没有发生。他的选择总是在她的预料之中。

"可是我从此就有了负罪感。它时不时地从生活的某个缝隙里冒出来，深深地刺痛我一下。那天晚上的情景就会出现，而且从来不褪色，就像发生在昨晚一样，就像您匣子里的毕业照。我能看清楚当我拒绝她后，她的眉毛在抖，一根根的，坚硬，像是针一样。她流泪了，但很快就抹去了眼泪。面色铁灰，绝望地对我说，对不起，我想到了你曾经对我说过的话，我以为那是真的。她头也不回地走了。"董仙生绝望地说，"这一次，我的痛苦更甚更重"。

她把手伸过去，拍拍他的手背，一股凉意传递过来，"都是我的过错"。她满怀歉意。

董仙生摇摇头，眼睛失去了光泽，"和您没关系。最终她进了监狱。我打听到她在哪个监狱，每年都给她写封信，鼓励她好好改造，重新做人。我甚至还鼓励她发挥朗诵的长处，为自己的牢狱生活带来一点乐趣，为自己以后的生活做个好的铺垫。却没有收到她一封回信。我关注着她，她出狱后去了南方，去她父亲的家乡了。从此，再没有人见过她"。

当两个有着同一个秘密的人互相敞开心扉时，他们发现，记忆在某年某月，停滞下来，仿佛在等待着，等待着他们在那里相会，而另一个拥有此秘密的人，早已扬长而去。

两天之后，她被董仙生接出院时，两个人谁也没再提宋晓兮，他们目光相对的那一刻，竟同时有些尴尬与羞涩，同时把头扭向了一边。车上，天气、物价、医疗成了他们谈话的主题。

她没有停止朗读。董仙生同样没有停止发展她的听众。在她主播的内容下面，她看到了缓慢增多的评论和赞。到了夜晚，她躺在床上，打开"喜马拉雅"，找到属于她的那个世界，定好结束的时间，听着自己的声音在枕边响起：

"这囚徒的苦痛被判定是永久的，或者至少有
三万年。他大声悲吼，并呼叫着风，河川和万物之
母的大地，来为他的苦痛作证，但他的精神仍极
坚强……"

夜色深沉，她听不到潮虫从阳台爬向卧室的声音，只有
自己的声音，伴着她入眠。她的眼睛湿润了，她想，将来的某
时某刻，有一个人一定会听到一个熟悉的声音。

第一站台

　　绿皮火车冲出茫茫暗夜，粗重地喘息着，开始减速，缓缓靠近22时39分的邯郸车站。车内的人都把头挤向矩形窗玻璃，向外张望。灯光昏暗的一站台上，人头攒动，等车的人跟着没有停稳的火车，慢慢小跑着，寻找着自己的车厢。人们细细长长的影子，开始慌乱地重叠与分离。

　　在数十个小时漫长的旅程中，我丝毫没有亏待自己，吃了一只烧鸡，喝了半斤石河子产的高粱大曲。此刻边回味着酒香，边悠闲地看着站台上接站和上车的人流。我没想到，居然还有迎接我的人。她手里举着一块纸牌子，上面写着我的名字，这是我要在这座城市慰问的其中一个人。她曾经是我的初中英语老师，是当时我们学校最漂亮的女教师。每次她边读英文课本，边从我身边经过时，都会留下淡淡的雪花膏味。这是她病退回内地之后，我第一次见她。她仍然保持着良好的生活习惯，非常注重自己的仪表，虽然已经四十多岁，却容颜未改，站台朦胧的灯光下，脸上的淡妆若隐若现。头发整整齐齐，熨熨帖帖。洗得干净的浅蓝色小翻领上衣，自然地衬托着她匀称纤细的身姿。我叫了声"史老师"。

"你还认得我啊。"她微笑着，露出洁白的牙，"我到邮局打长途电话问了厂里，才知道是你。原来的中学生，都变成成年人了"。

这是1991年的春天，我工作后的第一次出疆经历。

他们说，我是一个游手好闲的人。

对此我并不在意，反而有些得意扬扬，凡是借此贬低我的人，都是嫉妒我的人。我很为自己的工作而自豪。当覆盖着北疆辽阔平原的积雪慢慢消融，当春回大地，我一年的工作才刚刚开始。我内心充满着期待，想象着车窗闪过的那些大好河山：天山、嘉峪关、敦煌、黄河、黄土高原、华北平原……想象着火车越过小小的红柳河站时，出疆时的喜悦。

舅舅对我的第一次出行并不放心，他千叮咛万嘱咐，告诫我一定要亲自见到每一个人，把厂里的问候一字一句地捎给他们。他还拿着一个白棉布包，裹得里三层外三层，交代我一定要把它送到她的手上。他补充道："这是新疆最好的杏干。"他担心地盯着鼓鼓囊囊的杏干包裹，好像一离开他的手，那个包裹就会丢失一样。我第一次出疆时，舅舅是七一棉纺织厂的副厂长，在他递给我杏干包裹时，我发现，此时的舅舅并不是台上那个念稿的副厂长。他紧锁双眉，目光游离，眼神忧虑。我离开他的办公室，他的目光还在盯着我，我知道，他盯着的是那个包裹，而且是即将踏上遥远旅程的包裹。好像，他所有的希望，都在那个满是杏干的包裹上，他坚信，它会随着我，越天山，出新疆，过黄河，入平原，到达它的目的地，实现他的愿望。难忘的第一次，就是这样，满载着舅舅殷殷嘱托和满心希望出发，那包杏干是我行李中最重的一件，因为它的存在，我双肩生疼，虽然我极不情愿，我甚至动过念头，从火车的窗户把它扔到旷野之中，可我不敢。这可是万能的舅舅交给我的任务，谁让他是我舅舅呢？谁让他力排众议，给了我这份游手好闲的工作呢？所以，我出疆的第一站，决定奔赴那个可以把杏干早早摆脱掉的城市。

每年，我都会出疆，到祖国广阔的内地去跑一趟，代表七一棉纺织厂去慰问返回内地居住的退休工人，说的好是慰问，实际上就是去看看他们还在不在世，以防他们死了，厂里还照常给他们发着退休金，这样的事也不是没有发生过。他们大多是58年开始支边的青年，也有一部分部队转业的干部，如今陆续到了退休的年龄，大多想着落叶归根，回到内地投亲靠友，安享晚年。我的内衣口袋里揣着一个名单和一支蓝色墨水的钢笔。他们分布在河南、河北、湖北、上海、天津……每次回来，那个名单都会有所变化，有的人名上会被覆盖上一个大大的蓝色的"X"。

我知道，他们都不愿意见我，他们把我看成一个催命鬼，好像每年出现的我，是向他们索命的。所以他们大部分都不会给我好脸色，除了必要的应酬问候，或者打听一下老同事和纺织厂的近况之外，便少言寡语，呆呆地坐着。在他们看来，我是个既不受欢迎又挥之不去的期盼。对于为边疆奉献了一辈子的他们来说，那份退休金是晚年唯一的希望。只有一个人例外，她对我格外的期盼，好像，在她一整年的生命中，就为了等待着我从绿皮火车狭窄的门中走出来的那一刻。

这个人就是史项华，我的英语老师。

多年之前的一个下午，史老师在教室里正在给我们上课，突然就满脸冒汗，上身痉挛，扶着桌子坚持了几秒，便重重地倒在了地上。从这一幕之后，她再也没有回到课堂，我从来没有听得懂的曼妙的英语朗诵声也消失了。据说她得了不可救药的神经衰弱和心脏疾病。一年后她便病退，再一年，她回到了内地，回到了她母亲身边。

这是河北省最南部的一个城市——邯郸，我记得历史课上说过这是战国哪个国家的首都，我学习不好，没记住。从石河子到邯郸，将近3100公里，我分别在乌鲁木齐和兰州倒了两次车，坐了近80个小时的火车才到。我松了松身体，使劲跺了跺脚，脚踏在大地上的感觉真好。

她像是见到亲人那样，抢着替我拿行李，甚至有些手忙脚乱，那个盛着杏干的背包在我们互相拉扯之中掉到了地上，还好，我舅舅包得结实，没有杏干掉出来。

车站出口靠墙处，支着她的凤凰牌自行车。

她用自行车驮着我的行李，到了火车站旁边的站前旅馆里。我一路都在感谢她这么晚还来接我，让我突然感觉到了千里之外的温暖。办完入住手续，她跟着我进了房间。我先把那个杏干包裹拿出来，递给她，"我舅舅给您的，他再三嘱咐我，让我一定要亲手交到您手里，要不回去他非得杀了我不行"。

她把手背到身后，仿佛，怕那双手不听使唤，去接那包杏干。

这个场面有点尴尬，她就那么背着手站着，不说接也不说不接。我央求她，"史老师，您拿着吧，我跨越几千公里，给您捎过来的，您不要，我怎么回去向我舅舅交差"。

她依然不理不睬，环顾左右，就是不接我的话茬。我的手举累了，便放到一边的茶几上，我说："史老师，求您了，您走时一定要拿上呀。"

她走时并没有拿走那包杏干，她看都没看，不管我的反复提醒和哀求，径直走出了小旅馆。她走之前对我说，邯郸是个好地方，名胜古迹很多，我来一趟不容易，她一定要尽尽地主之谊，带我到几个著名的景点去看一看。

她走到门口，我问她："史老师，请教一下您，邯郸是哪个国家的都城？"

"战国时期的赵国。"她回答。

我在这个陌生的城市待了三天，第一天去了趟黄粱梦镇，慰问机修车间返内地退休职工宋长荣。我对他没什么印象，他对我则不咸不淡，给我倒了杯茶水，聊了几句天，然后把我送出门。我顺便去逛了逛品仙祠，在卢生殿我闭上眼，想象着自己也能拥有一个黄粱美梦。第二天去了趟沙河县褡裢镇，王阿姨和我母亲是一个车间的，见到我仿佛见到我母亲似的，拉着我的手问长问短，让我吃盘子里的麻花。还有一天时间，史老师装束整洁地陪我去了趟丛台公园。一路上，她滔滔不绝却有点上气不接下气地给我讲邯郸的历史，从赵氏孤儿、胡服骑射，讲到廉颇蔺相如，从围魏救赵、毛遂自荐，讲到纸上谈兵、负荆请罪，讲得我脑子里乱乱的，根本理不清谁是谁。不管我能不能接受，不管讲述是不是令自己气息不畅，她只是坚持讲述。我们站到武灵丛台最高处，据说这是2000年前赵武灵王阅兵之处。邯郸城在我的眼中比石河子要大许多，放眼望去，看不到城市的边缘。平房与楼房高低错落，街道疏朗，绿树交叉延伸，自行车纵横穿行，满是烟火之气。阳光轻抚，我从她洒满阳光的脸上，依稀又看到了当年她在讲台上的风姿，只是她的表情越来越不那么从容，额头上渗出一层细密的汗珠。我心里突然感觉哪里不对劲，被哪个念头硬生生地揪住了。所以后来她说了什么，我几乎当成了耳旁风，我心里的那份疑虑抓挠着我，奇痒难耐。到了那棵据说是明代的古槐旁，看着被微风吹动摇曳生姿的树叶，我脑子里似乎突然闪过一道亮光，急忙问她："史老师，您不是因为有病才提前退休的吗？"

因为我突兀的问题，她不得不停下喋喋不休的讲述，愣愣地看了看我，然后镇定自若地说："当然是因病退休的。那还有假吗？"

"那您……"我喃喃地说。我的意思是我丝毫看不出她是个有病的人。

透过槐树稀疏的叶子，点点的阳光在她脸上摇晃着，因为登上高台和不停地讲述，她坚挺的鼻头也布满细微的汗珠，有些细碎的皱纹从眼角散开，延伸到她乌黑的头发中。"你是说我在石河子有病不能上班，怎么在这里跟个没事人似的？小姜，这是两码事，一个问题的两个方面。"

我点点头，又摇摇头，她说的话我似乎并不明白。

"你不需要知道那么多。你来不就是来证实一下，我是不是还活着，还在不在人世，是不是可以给纺织厂省下一笔退休金吗？"

我连忙摆摆手，"没有的事儿，我是代表厂里来慰问您的"。

"你说的话你自己信吗？都是骗三岁孩子的。"她把目光从我脸上移开，越过正午的阳光下，邯郸城中罗列交织的矮房和楼宇，看着更远的地方。

我吸了口气，她说话的口气还是和在学校时一样犀利。由丛台西南拾级而下时，她终于要撑不住了，身体一歪，险些摔倒。我扶住她，她的手无力地抓着我的胳膊。我说："您是不是累了？"

"没有，踩到一块小石头。"她的脸色蜡黄，皱着眉，轻描淡写地说，然后甩开我的手，独自向前走去。

我们在丛台公园门口分手。我打开随身带的背包，拿出那包杏干，在整个游览过程当中，它都以那么真实的重量考验着我的肩膀和心理。一旦我感觉到那分量的存在，舅舅恳切的目光就会浮现在我眼前。我继续哀求她，"史老师，您就别为难我了。不能再让我把它背回新疆吧，再者说，我还有很长的路要走，要去河南、湖北"……

我的哀兵策略并没有奏效，她依旧我行我素，仿佛那包杏干与她没有任何关系似的，她不理不睬。任凭我的哀求变成一股风吹过。她没有立即和我告别，而是眯起眼睛来，狠狠地盯着我，冷冷地问："他死了没？"

她如此冷酷的问话令我猝不及防，惊出了一身冷汗，"谁，谁死了？"

"你舅舅。"她看着我，眼里满是怒火和仇恨，刚才的热情洋溢一扫而空。

我不明白她为何有如此一问："我舅舅活得好好的。他怎么会死呢。他现在是副厂长，他每天有很多工作要做，他怎么会去死呢？"

得到了我肯定却不令她满意的答复，眼神中的怒火骤然熄灭，变得呆滞无神，她转身离去。我手里拿着那包沉甸甸的杏干，看着她的背影，慢慢地向南走去，她走得很艰难，摇摇晃晃，如同掉了一个高跟鞋后跟。其实她穿着一双平底鞋，她跌跌撞撞，身子一会儿向左斜，一会儿向右歪，随时都有可能要倒下去的感觉。我冲动地跑过去，伸手扶住她。她竟使出全身的力气，狠狠地把我的手甩开。我趔趄了一下，站定后，看着她继续一歪一斜，一瘸一拐地，坚定地向前走去。那婆娑的光影在她晃动的身体上疯狂地跳跃着。渐渐地，她消失在那一排已经长出稀疏绿叶的梧桐树后。

那包杏干，我不可能再带回新疆，只好把它送给了站前旅馆的女服务员小齐。小齐见人就笑，看着喜庆，而且这几日在邯郸城里转悠，都是骑她的自行车。

回到新疆已经是夏天了，我去了沧州、邢台、石家庄、衡水、保定，然后又去了河南和湖北。一进入新疆，夏天就是另外一副面孔，感觉那么清爽和内敛，没有内地的那么热烈和奔放。每次回来，我都给父母亲带回来许多当地的特产，我母亲便不住地提醒我，让我清醒地认识到，我这份工作与舅舅是分不开的，我所拥有的一切都是舅舅的功劳。母亲的话已经在我耳朵里成了茧子，她说："你要感激你舅舅呀。"我舅舅正在焦急地等待着我的消息，我刚进家门，他就第一时间赶了过来，神秘地把我拉出门，在一处僻静之处用渴望的目光牢牢地盯着我，"怎么样"？他这般目光，在以后的多年里，都是我害怕见到的。

从他的头顶，我看见我们生活区的那几棵白杨，笔直且高傲地向寂寞的蓝天进发。这才是我的新疆，空旷得有点撒野。我故意逗舅舅，"啥怎么样"？

舅舅急得挠着头发，"杏干。她。"

"啊，您问的是杏干啊，您问的是那个女的呀？您不问我都忘了，我跑了那么多地方，腿都跑细了，晒得黑瘦黑瘦的。您不问问我，却这么关心别人。"我慢条斯理。

舅舅伸出巴掌捅了我一下，发威道："能不能好好说话。"

我想了想早已被小齐姑娘吃掉的杏干，又想想史老师问候他的那句咒语，决定还是不能实话实说，让舅舅过于失望和悲伤。"好吧，好吧。谁让您是我舅舅呢。告诉您，杏干她收下了。"

"她真的收下了？"舅舅惊喜地反问。

"那还有假吗？"我看舅舅面露喜色，便趁机借题发挥，"她还说，谢谢您还记挂着她。如果说她身体还好，能承受住长途旅行的辛苦，她甚至想亲自来看看您。"

我舅舅平时是个严肃且不苟言笑的人，听到我虚构的内容，竟然有些不能自持，眼睛有些湿润，并且是泪中带着笑。我就不明白他到底是高兴还是悲伤了，"她还说了些什么"？舅舅来不及抹掉他眼角的泪花。

"她还说……"我故意仰头在回忆当时的场景，"她说，她非常想念您"。

舅舅低下头，沉思着。我感觉他不大相信史老师会说出这样的话，他抬起头来，摇摇头，紧锁眉头，"这不像是她说的"。

我赶紧打圆场，害怕言多必失，露了马脚，"我坐了四天的火车，头昏脑涨，必须得回去睡觉了"。

我的舅舅，马副厂长，以前的棉纺厂工会干事，机修车间副主任、主任，就这样轻易地被我欺骗了，他把那份巨大的满足感用到了工作中，我发现，他好像从来没有休息过，他忙碌的身影出现在纺织厂的各个角落，督导、检查工作，开会调度生产，和人谈心。时常板着脸的他那些日子竟然开始冲着同事们微笑，冲着家人们微笑。除了我，没有人知道，他心里藏着一个不可告人的秘密。

我善意的谎言，给了舅舅极大的鼓舞，从夏到春，他对我和颜悦色，看哪儿、看谁都顺眼。从鲜花盛开到含苞待放，他都在等着我的再次出疆。他甚至有时候会故意地找个话茬，和我说说往事，说说史老师，我都借故躲开了他，唯恐露出破绽。但是他眼睛里那份想与我交流的渴望，却久久没有消散。

第二年，他还是预备好了一份杏干。我看到杏干就有些犯愁，所以我提醒舅舅："她有那么爱吃杏干吗？"

"当然。"舅舅不容我置疑。

他认真地准备杏干，而我只能假意认真、庄重地把杏干放进我的背包。这一年，我选择慰问的省份是河北、上海和江苏。邯郸必定是第一站。和往年一样，邯郸站那不起眼的站台之上，站着一个我感觉已经非常熟悉的人，她无数次地出现在我舅舅的眼睛里，仿佛我舅舅的眼睛就是她的镜子，她的影子反复地在我舅舅的眼睛里闪烁。

这趟列车总是停靠第一站台，还是那个女人。她手里不再举着牌子。一身春天装束的她定定地站在昏暗的站台上，头随着渐渐靠站的列车，左右摇动，看着慢慢晃过的列车窗户。我一看到她精心打扮好的样子，就不自觉地感觉到肩膀的压力，那包杏干好像一靠近邯郸的站台，便神奇地加了重量，压得我喘不上气来。她穿着一件紫色的风衣，黑色的裤子。齐耳短发，笑容可掬。她是唯一一个为我接站的退休职工，就是这份执着也令我感动。她仍旧是忙着抢我手里的背包，说："我在站台上一连等了你一个星期。每天晚上。"

我惶恐不安，"您不用等我。我来了自然会去找您的。我要是找不到您，等于我的工作没有完成"。

"那不一样。好歹你也是厂里来的人，你代表着组织和集体，不能慢待了。你说是不是。"她柔声说。

我忙不迭地说，"谢谢您，谢谢您，我承受不起"。

她说："没关系，我自当是锻炼锻炼身体，出来透透空气。不碍事的。要不每天在家里也闷得难受。"

一边随着人流向外走，我一边还为她等了我一周而自责，我问她："那去年您也是这么天天在站台等我？"

"去年我等了半个月，才把你接上。"她像是在说自己平日里的生活琐事一样。

我心里一惊，手上的包掉到了地上。她替我拎起来，问我："你怎么了？"

我摇摇头，她的行为真是不可思议。

这一次，她陪着我去了回车巷和学步桥。回车巷据说是蔺相如为廉颇让路的地方，而学步桥源自邯郸学步的成语。我们在桥头作别。桥下的沁河之水在泥草之中羞怯地流淌着。她又说出了那句对我舅舅的问候，她问："他死了吗？"

我心里凉冰冰的，我一路奔波，却没想到有一个人如此迫切地想要见到我，却不是为了见我，而只是要我传递一个口信，一个恶毒的口信。而我是那个恶毒的信使。疑惑不解的我，想着舅舅殷切的目光和等待，这三个字对他是不公的。于是我问她："为什么您那么迫切地想我舅舅死呢？"

她不回答我。就像她对我捎来的杏干一样，充耳不闻。不接招，不拆招。任凭我的疑问逐水而行。

在以后的岁月里，出疆的第一站从来没有改变过，这是舅舅刻意的要求和安排。他不会知道，他的良苦用心换来的只有那句诅咒。对她来说，那是她例行的公事，是她人生中的重要部分。而我，来邯郸的目的，仿佛不再是来慰问和探望一个病退职工，而只是来听她说出那三个字。只有在分手的那一刻，我才感觉到通体舒畅，如释重负，像是卸下了千钧重担。而那包杏干，每年都会落到服务员小齐的手中，她也每年念叨着我，希望品尝到新的一年的杏干。

受到虚假信息鼓舞的舅舅却循规蹈矩，不敢越雷池一步，他小心翼翼地维持着在这种难得的平衡。在他看来，她能够收下他的礼物就说明了一切，他就已经知足了。

越接近家，我就越怕见到舅舅，我怕他用那种迫切的目光等待着我。有多少次，我想问问舅舅，到底在他们之间发生了什么事，让他如此牵挂一个远在异乡的熟人。和史项华一样，他也三缄其口，从来不给我个答案。那个时刻，被香烟的烟雾缭绕的，是留在我脑海中的舅舅，深邃的目光，似乎想要穿透时空，回到某个特定的时间和地点，用他的悔恨来修补时间的裂痕。日复一日，我的舅舅，那个令我们家族倍感荣耀的舅舅，那个事业成功的舅舅，渐渐令我有些怀疑，我坚信，他刻意要隐瞒真相，隐瞒一段不为人知的历史，他必定是做了对不起史项华老师的错事、坏事，才让他背上沉重的心理负担，一心想要弥补自己当年的过失。一旦这个念头冒出来，就停不下来，疯了一样生长。我眼里的舅舅竟然越发地像一个坏蛋。他那故意板着的脸，一定是心虚的表现。那眯缝的眼睛，不正是文学作品中常见的坏人的标配吗？那浓密的眉毛、嘴巴、眼角的皱纹、鼓鼓的腮帮子，连走路的姿势，看人的眼神，都不那么自然，充满了难以言表的罪恶之状，一点点地印证着我的猜想。

他在我眼中的地位陡然下降之后，我对他的尊敬便荡然无存。我甚至可以大胆地出言不逊，拿不敬之词去攻击他。有一天我对我舅舅说："我知道您为啥要给史老师捎杏干了。"

舅舅诧异地看着我，"你知道个屁。"

以前我确实比较怕我舅舅，他既是长辈又是领导，可是现在不一样了。我手里攥着他的把柄。我挺直了腰板，理直气壮地说："我就知道，您做了对不起史老师的事。"

他的气焰立即消失了，低下头，心有不甘，灰溜溜地走开了。

他越躲避，我越觉得自以为是，猜测越豁然开朗，好像我自己忽然间高大起来，站到了道义的制高点，我比人人都称道的舅舅还要有优越感，这是何等荣耀的事啊！

我鄙视舅舅，却离不开他，我的工作都是他给的。我就是这样处于对抗和回避的焦虑和矛盾之中，年年踏上一段伤心之旅。

从第二年之后，每次出疆前，我都坚持给她拍一封电报，告诉她我预备到达的车次。只有那样，我在火车上才睡得安稳，才能暂时忘掉她那句诅咒和我舅舅恳切的目光。从石河子坐上火车，第一站到达乌鲁木齐，在乌市住一晚上；第二天中转坐上乌鲁木齐至兰州的火车，列车在广袤的兰新线上奔驰，经吐鲁番、鄯善、了墩、柳树泉、哈密、尾亚、柳园、疏勒河、低窝铺、玉门、嘉峪关、酒泉、清水、张掖、山丹、金昌、武威、武威南、打柴沟、永登，到达兰州；再从兰州中转，穿行在秦岭、黄土高原的陇海线上，经夏官营、定西、陇西、天水、宝鸡、西安、渭南、三门峡西、洛阳、郑州，然后北上京广线，经新乡、安阳，进入河北，抵达邯郸。在经过数天的煎熬，怀着一种沉重的负疚感，在火车嘈杂的噪声和车厢内污浊的空气夹击中，我会感到落寞寡欢，甚至希望她不要出现在站台上。

如我内心所愿，那一年，我出疆后的第七年，我的眼睛在邯郸车站的站台上烦躁地搜寻着，竟然头一次发现，她没有来。

这令我欣喜若狂，重重地吐了口恶气。背着背包，挤下火车时，竟然也没有了背包里杏干带来的压迫感。总之，一切都是美好的，轻松的，愉悦的。脚步轻快，我还哼起了新疆小调。

一路畅通无阻，出车站，入住站前旅馆，面对笑脸相迎的小齐。一时激动，这次我一反常态，先拿出了杏干，递给了小齐，"给我安排个向阳的干净的房间啊"。小齐笑盈盈地接过杏干，嘴角的酒窝非常迷人，"放心吧，姜哥，早就给你留好了，是我亲自打扫的房间。我还给你备了一瓶邯郸大曲"。说着笑嘻嘻地从柜台里拿出那瓶白酒。

没有想到的是，那天晚上，我正在房间里就着花生米喝酒，边给小齐讲新疆的故事，房间门被粗暴地推开了，风风火火闯进来一个人。我刚要发火，却看到是史项华老师。我倒吸一口凉气，"怎么，是您"？

"怎么不能是我。你告诉我，你不是说，要坐76次特快吗？我每天都去站台接你。"她怒气冲冲。

"啊啊啊，原来是这么回事啊。这您不能怪我，我在兰州被困住了，陇海线过秦岭的十里山隧道出了事故，据说是油罐车在隧道里爆炸起火，我没办法只好改签了车次，走北线，从兰州走包兰线、京包线，经银川、包头、呼和浩特，到北京，然后再转车南下京广线，才到的邯郸，我容易吗？再者说我也没办法通知您呀。"我委屈地解释着。

她这才消了消火，口气软下来，"你说的是真的"？

"那还有假，你去留意一下新闻。把我折腾得人不人鬼不鬼的,你看我,哪像个人样啊。"我抱怨着。持续了没有几个小时的好心情顿时烟消云散。

史老师瞟了一眼茶几上已经打开的杏干,小齐正旁若无人地品尝着杏干。我慌乱地解释说:"反正你也不要。丢了也是浪费和可惜。"

她的心思并不在杏干上,所以毫不介意,只是幽怨地看我。

那一次出疆,是我最累的一次,除了去时的颠簸辛苦,更有史老师越来越绝望的表情时时陪伴着我。当她听说我舅舅已经当上七一棉纺厂的厂长时,脸上露出垂死之人的凄凉与悲伤。那低落的表情,没有光泽的眼神,从来没有离开过我的脑海。在山东、安徽,在青岛海边、黄山,她的表情和眼神似乎一直在我身边,搅得我没有一点兴趣去欣赏祖国壮美山河。

年复一年,所有的过程都在不断地重复着。杏干、昏暗站台上茕茕孑立的人影、强作欢颜的迎接、恶毒的诅咒、舅舅虚妄的自我安慰、我越来越疲惫的心绪,它们纠结在一起,剪不断理还乱。我不知道,哪一天,哪一年,是个尽头。

又过了三年,我舅舅的官是越做越大,他升到了农八师的副师长、石河子市的副市长。这年的春天,邯郸多雨。当我把这个消息告诉史老师时,她迎接我的热情一下子就消失得无影无踪,雨伞也掉到了地上。我捡起她的雨伞,为她打上,讨好地说,我舅舅想要她回去一趟,吃住行都是我舅舅来安排,带她到北疆转一转,看看喀纳斯湖,还要当面向她表达自己的悔意。史项华老师沉默不语，之后说要陪我去黄粱梦镇，听说宋长荣去世了，她要去看看。我们从汽车站坐上辆电动三轮车，三轮车在北去的国道上颠簸着，绵绵细雨一直在下。我倒是适应长途旅行，没什么反应。她却反应激烈，脸色惨白，抱紧双肩，软绵绵的缩成一团，三轮车不得不三番五次地停下来，好让她到路边的草丛中呕吐。三轮车司机一路都在抱怨，抱怨拉了一个病秧子，浪费了他的时间，有这个功夫，他都跑两趟了，少挣了多少钱。我安慰他说，给你多加钱。他这才露出笑脸。

宋长荣已经过世了五天，我们只看到了他的遗像。在他家客厅里与他儿子聊了几句，他儿子并没显出多大的忧伤，对我们也比较冷淡。令我和宋长荣儿子都没有想到的是，史项华老师看着镜框里的宋长荣，突然号啕大哭，她涕泪横流、伤心欲绝的样子让我十分不自在，跟着她不哭不是，哭也不是。我就那么局促地看着她，试图去拉她，阻止她。而宋长荣的儿子也没有料到有这一手，他惊讶地盯着这个从来不认识的陌生女人，满腹狐疑，也是手足无措。

好不容易把史老师劝得停止了悲伤。我搀扶着她，从宋长荣家里出来，她的身体靠在我身上，重心都压在我右边。我们在路边的一个小商店门前避雨，等着她缓过神来，悲伤加上还没有消退的眩晕，她一时半会儿还不能坐车回去。我又许诺给三轮车师傅加一块钱。

我掏出那个名单和钢笔，在那个名单上找到"宋长荣"，在上面划了一个大大的"X"。史老师泪眼婆娑地看我，等我划完了，问我："你是不是巴不得早点在我名字上也划个大大的 X。好早点解脱，早点摆脱我的纠缠。"

我收起名单，"哪能呢？我盼着您长命百岁呢"。

"别假惺惺的了。"她虚弱地说。潮湿的空气像是她的表情，紧紧地包围着我们。

我问她："您跟宋长荣关系特别近吗？"

她擦干了眼泪，"不，一点也不熟悉，我只是见过他几面。如果不是看到照片，我都想不起他的模样"。

我奇怪地看着她："那您怎么那么伤心，我还以为……"

她没有立即解开我的疑惑。沉默了几分钟，她才低声而且悲怆地说："老宋都死了，他怎么还不死呢？"

这句话像是我们新疆春天的惊雷，干脆利落，从天而降，击中我早已经脆弱的神经，把我侥幸而存的那点善意的谎言击得粉身碎骨。为她的诅咒披上善意的伪装，竟显得如此多余，如此不堪一击。

这次从邯郸回来之后，我决定向舅舅摊牌。我再也无法再继续向他撒谎，让他自以为得到了史老师的谅解和宽宥，心理得到了莫大的安慰。

下了火车，我直接去了八师师部。

我在会客室里等了半天，才见到舅舅。他也老了，脸上的皱纹非常明显，头发却染得乌黑，笔挺的白色衬衣衣领特别显眼。舅舅说："你跑这儿来干什么？"

"我想告诉您件事。"我黑着脸地说。

"什么事等我下班说。你没看我这么忙吗？"他埋怨我。

我严肃地说："不行，我一分钟也等不了。必须第一时间告诉您。"

"好吧好吧。给你两分钟时间。"他不情愿地说。

我说："舅舅，我刚从内地回来。"

"噢，对了，我都忘记了。怎么样，她一定是收到了我的礼物？"他自信满满地说，神色甚至有些许的得意。

我搓搓手，放平一下心态，然后庄重地说："舅舅，我要向您坦白，我不想向您撒谎，不想对您隐瞒了。"

他看着我，眼神里满是疑惑。

"我承认，我一直在向您撒谎，说违心的话，违背良心的话，虚假的话。就是关于史项华老师的。"我紧张万分，语无伦次。

听到史项华的名字，他略显不安，从座位上站了起来，目光迷惑地看着我，"这又从何说起呢"？

"自从我第一次见到史老师，她就没有接受您千里迢迢送给她的杏干。她看都不看，理都不理您的好意。这让我怀疑您是不是真的知道，她那么喜欢吃杏干。可是我又不忍心让您难堪，让您觉得我没有出息，您交给我的这点任务我都完成不了，那不成了废物了吗？所以每一次我都把那包杏干给了别人。"我一口气把想说的话说了一半，就像把那包杏干终于给了史老师一样。

他怒目圆睁，看着我，我以为他又要打我。便不自觉地向后退了一步。他没有动，眼睛里的光芒陡然暗淡下来，声音变得低沉沮丧，"她没有变"。他沮丧地说，"她始终没变"。

我趁着自己积蓄了一路的勇气尚存，继续说："事情还没有结束。杏干的事倒是小事一桩，还有您更加应该知道的事，更加严重的事，我也没敢告诉您。每一次我去邯郸，她都热情地接待我，让我误以为她是为了迎接我，见到厂里去的人而高兴。可是，原因并不是这样，每一次，她都掩饰着自己的病体，强打精神，让我能感觉到她生活得很好，比在新疆时还要好，她活得逍遥自在。而每一次，她的目的只有一个，就是让我给您传递个口信。"令我自己都意外的是，我竟挑衅似的斜睨着舅舅，带点自鸣得意。

"口信？"多年来，那包穿越遥远距离一路颠簸的杏干，就是舅舅内心的挣扎与焦虑，它们在那包杏干的迁徙和抵达过程中，变成了他内心的平和与安宁。可他远没有想到，六千里之外的那个女人，从来没有改变过她血液中奔涌的怨恨。

"是的，有一个口信。"我快速地说，"每一年，每一次相见，她只有一个目的，就是问我，您，我的舅舅，是不是已经离世了"。

舅舅的身体像是被飓风吹到了风暴的中央，他颤抖着身体，张了张嘴，却说不出话来。他的手指反复地挠着，眉毛频繁地上下抖动着。我觉得在他脸上看到了史项华老师的表情。看到他的表现，我丝毫没有同情，反而是一种自我解脱，和对虚伪的舅舅的嘲讽。他蹲下身子，好平衡他内心的剧烈振荡。他的双手无助地伸展着，像是溺水者的求救。我喊道："舅舅，舅舅。"他僵硬而艰难地摆摆手，示意我出去。

那几日我特别轻松，不仅仅是因为回家的舒适与美好，而是因为终于还原了世界的本来面目的松弛。舅舅一直没有露面，我在电视上看到过他几次，镜头中，坐在台上的他看不出任何的异样。我轻蔑地说了句："哼，伪君子。"

坐在旁边的母亲侧目问我："说谁呢？"

"舅舅呀。"

母亲打了我一下，"凭什么骂你舅舅？这么没礼貌。你有啥资格。就你这点本事，一个技校生，要不是你舅舅，你能捞这么好个工作。你感激他都来不及呢"。

于是我一股脑地把舅舅的所做所为，把我和史老师之间的言谈举止，都告诉了母亲。母亲听完，也颇为震惊，她喃喃地说："这么长时间了，她还没有忘，还是把所有的罪责都怪到你舅舅头上。"

我替史老师打抱不平，"难道不是吗？我就痛恨见不得光见不得人的事"。

母亲叹了口气，"唉，连你都这么冤枉你舅舅，更何况是史老师，这也怨不得她"。

我说："你别替他申冤，男子汉，敢做敢当。"

母亲又捶了我一下，"你舅舅的结局只有两个，不是干工作累死的，就是被你们冤死的。事情不是你想象的那样。"

母亲的讲述还原了事情的真相。母亲说，那年舅舅还是厂工会的文体委员，他经常组织重大节日的演出，而史老师是个文艺骨干，他们便有了接触。史老师偷偷地喜欢上了舅舅，而舅舅却一无所知。舅舅对她的印象就是在排练的空闲时，手里离不开杏干。史老师委托另一位文艺骨干小余给舅舅情书。小余也暗自爱上了舅舅，便把史老师的情书贴到了子弟学校里贴通知的黑板上。这一下，史老师觉得是奇耻大辱，几天时间就彻底崩溃了，心理和身体都受到了剧烈的打击，从此一蹶不振，一病不起，直至病退在家，返回内地的父母家。史老师始终把学校令她羞耻的那一幕，当成了舅舅的杰作。母亲哀叹道："你舅舅呀，从来不为自己辩解。他始终替别人考虑，如果他说出实情，小余是不是会受到同样的伤害？"

转变来得太过突然，我一时还不能把母亲描述的舅舅和我的脑海中已经变得邪恶的舅舅合二为一，我想，要真正地认识和了解一个人，可能需要一个漫长的过程，或者是一生。

而舅舅，在经历了若干年虚幻的解脱和慰藉之后，再次陷入无法自拔的自责之中。明白真相之后的我，眼中的舅舅似乎还是那个我们家族值得骄傲的长辈，在我心目中比以前还要高大。我对舅舅说："你早就应该告诉她事情的原委。"

舅舅摇摇头，"不能。"

我尝试着询问舅舅："要不要我再去一趟邯郸，把真相告诉史老师，别让她抱恨终身。"

舅舅说："算了，也许，正是这个念头，这个信念，让她在病痛之中，有继续生活下去的希望。"

我问舅舅："你曾经爱过史老师吗？"

舅舅想了许久，脸上的表情平静如水，回答："爱与不爱，又能怎样呢？"

我见到母亲说的小余阿姨是在俱乐部门前的空地上，她是跳广场舞中一个，很难把她和其他中老年妇女区分开来，一个日渐衰老的女人，在快乐地享受着属于她的生活，在她的生命中，可能早就忘掉了舅舅、史老师和什么情书。

而我，从那之后，再也没有见到史老师。我失去了再去见她的勇气，我害怕再听到她那句似乎很平常的问候。我调到了厂工会，也做起了文体委员，我发现，这个工作很适合我，让我能够很快地忘记以前的工作和经历。在以后若干年里，已经没有人再去到内地慰问，厂里采取了另外的手段来印证返回内地的退休职工的生活状态。以前的岗位已经成了历史。对于我来说，那是一个逍遥快乐却又掺杂着忧伤的工作。

史项华老师，成了舅舅和我心照不宣的一个隐隐作痛的秘密。舅舅从高位上退下来的若干年后，他有了轻微的老年痴呆的症状，每年春天的一个时间段里，他都会天天买一包杏干回家，不管是品质好的还是差的，只要是杏干。没有人能劝得住他。舅舅家的杏干成堆，没地方放，舅妈只能到处给亲朋好友们分送。

有几次我乘火车路过邯郸，火车或者从我熟悉的站台呼啸而过，或者在那里做短暂的停留。我都闭上眼，不敢向外观望，列车外，"邯郸车站到了"的播报声，也让我心惊肉跳。即使这样，即使我假装没有再次来到这里，我的脑子里似乎也能看到，史老师正在列车停靠的一站台上焦急地等待着，她挨个走近每一个车窗，努力地向里张望和寻找。她殷切的目光，仿佛就在我的眼前。

2014 年的春天，退休多年的舅舅去世了，遵照他的遗愿，我跟着表哥表姐，带他的骨灰回他的故土——衡水枣强老家，把他的骨灰撒到他魂牵梦萦的土地上。车过邯郸，停在一站台。我捧着舅舅的骨灰盒，这才有勇气走下列车，踏上邯郸车站的一站台上。这是个全新的高铁站，除了站牌上的"邯郸站"三个字，其他都是陌生的，就连那些等候上车的人都比那时显得从容镇定。站台上没有接站的人，我在那些上车的人中间搜寻着，我多么希望，此时史老师能够打扮得朴素而整洁地出现在我面前，好让我告诉她，装在盒子里的，就是我舅舅。可是，她没有现身，她也不可能出现。表兄催促我赶快上车，开车的时间到了，我看了看空荡的第一站台，又一次莫名其妙地战栗着，我似乎又看到，在耀眼的阳光之中，有一个女人，正脸上堆满笑容，向我走来。

2021 年 2 月 9 日第一稿

2 月 14 日第二稿

2 月 19 日第三稿

2 月 22 日第四稿

宁静致远

古稀之年，袁老师变得惜财如命。

第一次是在年底的老干部茶话会后，身材瘦削的他拎着单位发的大礼包，跟着我，进了我的办公室。他先是坐在办公桌对面和我寒暄，然后就站起来，仰头一直盯着墙上挂的潘学聪的书法"一半秋山带夕阳"，冷不防地说："你能不能替我卖几幅字？"他略显不安地看着我的眼睛，目光中满是飘忽不定的疑虑。

此时我才发现，除了大礼包，他还拎着一个纸袋子，里面鼓鼓囊囊的，他是有备而来。多少令我有些意外，我知道，退休后他一直在练习书法，偶尔来单位时也让我欣赏一下，但充其量也只能算是初级水平，只能算是写字，还称不上书法。我不假思索，脱口而出："好的，没问题。"

袁老师的任何请求我都无法拒绝。他是文学所的首任所长，正是他发现了我的才华，把我从一个企业中学调到社科院的。他是我事业上的导师，人生的引路人。

他脸上紧绷的神情一下子就舒朗了，急忙放下大礼包，把那个纸袋子提起来，递到我手上。他说："一共是十张，你随意啊，多少钱都无所谓。我这水平，能有人要就烧高香了。"

我掏出钱包来，里面只有两千块。我递给袁老师："先拿着，如果卖个好价钱我再给您。"

袁老师笑逐颜开，没做丝毫推辞就接过钱，"这就不少，不少了。这可是我头一次拿润笔费。谢谢你啊小董。"

我把他送出办公室，其实内心里有点落寞。我不大明白的是，一个曾经的鲁迅研究的著名学者，何以要为了区区小钱而如此谦卑？

我没有打开那个纸袋子，把它随手放在了书架上，没过几天就忘记了。那十张书法作品，也和我书架中长年不动的书籍一样，开始慢慢地落上了灰尘。可是袁老师没忘，半个月后，他给我打电话，问我："仙生啊，那十幅字卖了没有啊？"

我随口说："卖了卖了，有人很喜欢您的书法作品呢！"

"那，"他犹豫了一下，声调明显高了，"那，卖了多少钱？"

我心里一沉，可我得给自己圆谎，"500，一幅字500。"

袁老师兴奋异常，破天荒的成功鼓舞着他，他的声音听上去都是颤抖的，"那我什么时候去你那里取剩下那三千块钱？"

我说："随时，要不我给您送去吧。"

"你别来，你忙，还是我去你那里取吧。我又没什么事，就当锻炼身体了。"袁老师欢快地说。

第二天他就早早地来到单位，在办公室门口等着我。袁老师拿了一个大大的兜子，比上次的纸袋子要大两圈，我一看便明白了。他坐在对面的沙发椅上，待我给他泡好茶后，便开始给我讲他当年的辉煌。有些事我亲身经历过，有些也是头一次听到。我一直惴惴不安地看着紧紧挨着他放的那个大兜子。袁老师说得眉飞色舞，仿佛回到了以前的时光，目光炯炯，稀疏的头发随之而起舞。他在我办公室足足待了有两个小时，才发现自己说的太多了，他这才站起来，说："好了，我得走了，耽误了你这么长时间，你的时间宝贵，你的时间都不知道去哪儿了。不像我，废人一个，时间多得都在我身边晃悠，赶都赶不走。"

我赶紧从办公桌抽屉里拿出早就预备好的一个信封，递给他。他接过去，戴上花镜，认真地数了一遍，笑着说："加起来正好是三千。你替我谢谢人家，如果他需要，我再写啊。"

我说："好啊好啊，他还夸您的字和启功先生神似呢。"

袁老师略微有些得意地笑了，"哪里哪里，鲁迅研究我是个专家，书法我还是个小学生，哪能跟启功先生比。"

毫无疑问，他走时把那个大兜子留给了我，让我再接再厉，给他多推销一些。

我说："放心吧袁老师，我一定加油。就像当初您鼓励我多做学问一样。"

袁老师满意而归。

我把那个大兜子放到了书柜里，和上次那个纸袋子挤到一起。

这之后的一个月里，袁老师给我打过六次电话，来我办公室两次，他都绝口不提他的书法作品，和我东拉西扯，谈论一些社科院的老人，我们共同认识的一些学术界的朋友，谈到谁谁谁已经作古，就唏嘘一番。他记忆力超强，能够回忆起和他一起办班时桑奇先生的一些特殊的爱好，讲得栩栩如生，令我忍俊不禁。可他三番五次地出现在我面前，对我就是个巨大的压力，我看透了他的心思，主动安慰他说，艺术是给有缘人准备的，不能随随便便就把它卖了，得挑一个真正懂它的人，卖一个好价钱。

而他总会说："不用，不用，能卖掉就行。多少钱都行啊。"急迫的心情溢于言表。

他这样的态度让我觉得有些可疑，出于礼貌，我并没有去问他，只好编造各种理由搪塞他，尽量地把时间向后推。

在大约半年的时间里，我都无法摆脱掉袁老师如影随形的期待，我总共给了他三万两千块钱，作为他书法作品的润笔。因为他和我之间特殊的关系，我所能做的就是尽量地满足他对金钱的渴望，满足他在拿到钱之后志得意满的笑容，舒畅的表情，就如同他以前对自己才华的自得一样。但我内心仍然徘徊着一丝的犹疑，师母几年前去世后，他独自一人生活，女儿也有着自己优渥的生活，他的工资足以让他应付自己日常的一切，我不明白他为什么要急于想得到这些额外的收入，难道仅仅是想证明自己在退休之后仍然老有所为？我不敢胡乱地揣测。

当天气渐渐转凉后的一天，袁明晨突然来找我。她在我办公室外等了两个小时，直到我开完会。看她焦急的样子，我的心就一沉，还以为出了什么大事，我问她："袁老师怎么了？"

袁明晨是袁老师傅的女儿，她比我小几岁，是工商银行的高管。她坐下来，先是喝了半杯我给她倒的凉白开，叹口气，然后才开口说话，"我爸他，我还真不知怎么说，张不开嘴。说有事吧，可能对于你也不能算是事；说没事吧，还挺让人揪心的。"

我边整理开会的文件边说："不急，你慢慢说。"

袁明晨将将飘散到脸庞的长发，"我爸他是不是向你借钱了"？

我愣了，"没有啊，我只是给他卖了几幅字而已。"

袁明晨说："他的字也能卖吗？他又不是什么书法家。谁会傻到买他的字，有病吧。"

我以前去袁老师家，都是袁明晨给我们做饭吃，她的性格很像师母，温柔体贴，不像眼前这样火急火燎的样子。我只好实话实说，我叮嘱袁明晨："你可千万别给袁老师说，把底都兜给他。我都瞒着他呢。"

袁明晨说："我找你，不是和你说这些的。我就是想告诉你，千万不要再给他钱了，一分钱也不能给。这是为他好。"

这是为何，我提出了我的疑问。

袁明晨又重重地叹口气，"我爸他变了，这一年来，他突然间像换了个人，连我都不认识他了。"

"他怎么了？"一个七十岁的老人的人生能会有多大的改变呢。

"我都羞于说出口。"袁明晨的叹息让我看出她心思的分量，她忧伤地说："我爸他，唉！不知道是因为老了，脑子糊涂了，还是别的原因，这一年来，他极为反常，总是去歌厅，而且还找……这哪儿是他这把年纪的人常去的地方啊，这哪儿是他该干的事啊。你想想那种地方，就是个无底洞，多少钱都不够呀。"

我一听到歌厅这个词也颇感震惊和意外，我知道袁老师是个洁身自好的人，是个典型的谦谦君子，没有任何的不良嗜好，抽烟喝酒打牌唱歌，都从来不可能和他联系在一起，这怎么可能。我说："这不可能吧。"

袁明晨凝着眉，"你看，你也觉得不可能吧。我爸，多温文尔雅的一个人，怎么可能总往那种地方跑。可事实就是如此。我是偶然发现了他的这个爱好，我妈去世后，我一直想让他搬到我们那里，和我们一起住。他不愿意，他坚持在自己家里生活。我每周去看他几次，有好几个晚上我去家里，家里都黑着灯，打他的手机，他也支支吾吾地不说自己在哪里，但是我从手机里听到传来的唱歌的声音，却也猜不透地点。我也没太在意，可是后来他开始不断地向我要钱。自己的老爸，给他钱是应该的。可是他要的次数多了，我就留了心眼，这才发现了他的秘密，原来他常常去离我们小区不远的美好时光歌厅。一天晚上我终于鼓足勇气进了歌厅，挨个找他。看到他和一个打扮娇艳的姑娘坐在一起，两人有说有笑……"她一口气说完，眼里泛着泪花。

这确实也让我无法接受，我的老师和前任领导，一个令人尊敬的学者，怎么会突然平添了这样的嗜好？我问袁明晨："你就没劝劝袁老师？"

"劝了，我是苦口婆心。但他表面上支应着我，说好好好，不去了不去了。可转身他就当成耳旁风了。照去不误。"她的泪水已经夺眶而出，声音也变了调，"他把自己的工资都花到歌厅里了，自从我揭开了他的秘密之后，他倒是不再伸手向我要钱。但我发现，他把我妈留下的一些首饰给当掉了。"

说到离世的母亲，袁明晨嘤嘤地哭起来。她的哭声里既有对母亲的怀念，对父亲行为的羞愧和怨恨，也有对自己无能为力的嗟叹。

我向她表明了我的态度，"我不会再替他卖一幅字，你放心。"

她得到了我的确切的保证，这才并不心甘地离去。如何去阻止袁老师疯狂的举动，她和我，其实都没有任何的信心。

有了袁明晨言辞恳切的忠告，我开始为袁老师担心，我无论如何也捉摸不透，袁老师晚年为何会热衷于如此不堪的事情。我想想自己，大概都有许多年不进那种场合了。所以当他再次来单位催促我时，我看着老师的眼神都变了，怎么看，我都觉得，袁老师已经不再是以前的袁老师了，那个温良恭俭让的老人的形象已经从我的脑海中消失了。我忧心忡忡地说："袁老师，您是不是急需用钱？"

坐在我办公桌前的袁老师愣了一下，已然展开的笑容堆积在满是皱纹的脸上，瞬间变得僵硬，他挤了挤眼睛，才把笑容抖落，"没有没有。我不旅游、不抽烟、不喝酒，明晨也不需要我照顾，那么多的退休金，花不完。"

"那就好，那就好。"我迂回曲折地和他聊，"现在的经济形势不好，字画市场与经济一样，不景气。"

"我知道，我知道。"袁老师谦恭地说，"所以我才找你。我经常看到你参加各种活动，开各种会的消息，你现在也是我们省文化界的名人，人脉广。不像我，一旦退出舞台，就没有任何的机会了。"袁老师以前是个恃才傲物的人，如今为了几幅字的钱，竟然也能低三下四。

"袁老师，如果您生活遇到了难题。您可要告诉我呀。我能有今天，都是您提携的呀。"我发自肺腑地说。

袁老师摆摆手，"不能这样说，不能这样说。我担不起。

还是你自己努力的，你看看现在，你发展的多好，比我当所长时要风光许多。我真的没困难，只是想活得有点意思，不那么单调麻木。你不知道退休的生活多么令人沮丧，令人颓废，无所事事，好像生活的目的就是等着死亡临近。我喜欢上书法后，感觉不一样了，像是找回了当年在所里工作的状态了。"他神采奕奕，口若悬河，真的像是当年他在各种场合滔滔不绝的样子。

"除了书法，您还有其他的什么业余爱好？"自从他进来，我就一直在找个合适的缝隙把话题向歌厅那儿引。

我突如其来的问话显然起到了作用，袁老师的内心一定在翻江倒海，他渐渐变化的脸色暴露了一切。他躲闪着我的目光。"没有，什么都没有。"他否定道，"我就是写写字"。

我旁敲侧击地与他拉家常。我现身说法，开始给他讲我岳母迷信药品小广告，时常光顾那些突然冒出来的医疗机构，家里被买的假药堆成了小山。袁老师在我讲述过程中一直心不在焉，心神不定。数次站起来，又坐下。等我讲完，他迫不及待地说："我得走了，今天我还有十幅字的任务没完成。"说完他就匆匆离去，甚至都忘了再提卖字的事。

我听着楼道中他杂沓的脚步声快速地消失，有些不忍，便打开门，向楼道中张望，空荡荡的，连惊慌的脚步声都没有了。

过了几日，袁明晨再次来访，她怒气冲冲，完全失去了惯常的优雅与知性，劈头盖脸地对我一通数落："你怎么就不听我的劝，你怎么能放任他一错再错，你怎么能同流合污，你怎么能昧着良心？……"

她连珠炮的"怎么能"，令我羞愧难当，仿佛我与袁老师北背着她，合谋做了愧对天地良心的坏事似的。我小声说："明晨，你说什么我真的不懂。"

"你是不是又给他钱了？"袁明晨指责我。

我委屈地说："没有啊，自从你上次来过之后，我们就见过一次面，我没有给袁老师一分钱。老天可以做证。"

袁明晨坐下来，她一直生活在父亲令人羞耻的行为阴影中，一直被激怒着，总是显得那么愤愤不平，"他夸口说他是自己挣的写字的钱，我还以为是你给的。"

"他还去歌厅？"我关切地问她。

"从来就没有停止过。有时候我悄悄跟在他身后，看着他的背影，我就想哭。"袁明晨悲伤的表情，也深深地感染着我，毕竟，对于我们俩来说，他都是一个重要的人，一个令人牵挂的人。

我苦口婆心地劝慰袁明晨，让她冷静下来，好好地想想，是不是她的某些作法令老人不满意，使他无法在正常的生活中找到安慰，才到歌厅里去寻找慰藉。她直摇头，"没有，绝对没有。他什么也不缺，我每周都给他买一堆吃的东西塞到冰箱里，每天给他打电话，问他有没有事。我听得最多的一句话就是，'我没事，你们忙你们的。'"

她哭泣着说："这件事把我的生活搞得一团糟，让我痛苦不堪。我没脸对我丈夫说，没脸对我孩子说。一进我自己的家，我都觉得偷偷摸摸的，就感觉脸烫烫的，特别害臊，像是自己做的那件事。单位里也是心事重重的，经常出差错。我丈夫说我是更年期，让我去医院检查检查。"

我不知道该如何安慰她，只能尝试着试图去平复她内心的创伤，我说："去歌厅里唱歌也不是什么丢脸的事，与陪酒女聊天也不能说明什么问题。也许事实不像你想的那样，也许我们都错怪袁老师了。"

袁明晨对我的说法感到很惊讶，她恼怒地看着我，"可是他每隔几天就去歌厅确是事实。我去他那里时，我都觉得周围人的目光都是异样的，仿佛他们都在指指点点，说我爸他做了见不得人的事情一样。"

我们的空谈并不能让袁明晨安下心来，她犹如一个惊弓之鸟，甚至不能听到父亲的名字。她此次来的一个主要的目的，是想请求我去劝说袁老师，而不是火上浇油。她说："我想了好久，亲戚那里我说不出口。只有你最合适，他把你当成他的接班人，他的弟子，最信任你。"

我答应了袁明晨，不再与袁老师虚与委蛇，而是开门见山，彻底阻止他荒唐的行为。那天中午，我请袁明晨在附近的饭馆吃了饭，我们信誓旦旦地碰杯，满腹狐疑地展望未来。

没过几天，我和袁老师在作家桑奇的书画展上碰面了。他看得很投入，很专注，也很羡慕。他是最认真的嘉宾，在每幅字前都驻足很久，认真地观察着字的运笔和布局结构。他对我发出感慨："哪一天我也能搞这么一个像样的展览，就瞑目了。"

我苍白无力地应付说："会的，一定会的。"

开幕式结束后，大部分嘉宾陆续都走了，而袁老师却恋恋不舍，我陪着着他，一边欣赏桑奇的字一边和他谈心。我说："袁老师，明晨找过我了。"

他听到明晨两个字，立即警觉地把目光从书法上收回来，慌张地问："她找你干什么？"

"说老师您的事。"我小心地说。

他的脸色凝重，"我一个将死之人，能有什么事，值得她兴师动众找你。"

我把话题从袁明晨身上拉回来，"老师您以前是，现在依然是我人生的榜样。记得我在工厂学校工作时，为了见您一面，一到周末就坐班车跑到市里来，就为了听听您的高见。您的学识，人格，都是那么完美。"

"往事都已成灰，不要再提。"袁老师有些心灰意冷。

"就是现在，我也时时处处以您为标杆，做事，做人，都一样，唯恐哪一点做得不如您，辜负了您的信任。"我说得情真意切。

袁老师似乎并没有被我所打动，他说："我都忘了自己是个什么样的人。"

"才华横溢、坦诚、谦逊、宽容、大度。"我脱口而出。

"我是那样的人吗？"他对我的定义充满了疑问，盯着我。

我的铺垫如此之长，就是想要让他慢慢地回忆起自己的辉煌过去，能给我更有力地说辞做引子。我说："袁老师，所以我觉得您不应该去不该去的地方，比如歌厅。这不是您该去的地方。"

　　袁老师大惊失色，"你不能把我想象成那种人。我不是那种人。"他说完就向外走，书法也不欣赏了。他的身影摇摇晃晃。

　　我没想到他反应这么激烈，慌乱地跟在他身后，他走得飞快，一点也不像个老年人。我紧赶慢跑才能跟上他。他从美术馆出来向右拐，其实那不是他家的方向，估计他也是气得不辨东西了。他沿着槐安路气愤难平地走着，不管我跟着不跟着。他走过体育大街、育才街、富强大街，走到行政服务中心大楼时便没了力气，停下来，坐在大楼门口的旗杆下，大口大口喘着粗气，他转头看看我，我也是气喘吁吁的，突然他就笑了，"你还不如我呢"。我也笑了。看到我笑，袁老师又绷住脸，一脸的阴沉。我们都喘匀了气，袁老师的心情也平和了许多。我说："袁老师，我和明晨，都是为你好。"

　　袁老师好像没听我的，他侧耳听着眼前槐安路上汽车奔驰的噪声，说了句很有哲理的话："人生就是由一连串的噪声组成的。"

　　我未置可否。

　　"噪声越大，你就越发得不到安宁。"袁老师继续说，"我告诉你小董，我这一生，什么都经历过了，挫折、失败、得意、成功，退休后，一下子退出了历史舞台，所有的风光都快速远离，我内心深感惶恐和不安。我成了一个无用的废人。对任何事情都提不起兴趣，仿佛人生最终的目的就是在等待着死亡的降临。直到那天我碰到了小谢。"

"小谢？"我茫然。

"小谢和我住一个楼栋，是个女孩。我经常在电梯里碰到她，她打扮和一般的女孩不太一样，有点那个，就是穿着暴露。但她挺有礼貌，每次都和我打招呼，大爷长大爷短的。那天在电梯里又碰到了，我的身体那天早晨出来就感觉有点异样，有点飘，在小区里溜了几圈，一进电梯不知怎么就不省人事了，一下子就晕倒在电梯里了。是小谢叫了人把我送到社区医院。后来再见到她，就想感谢一下她。可她却说不用，这是她应该做的。说了几次她就随口说了一句，大爷你要是想感谢我，就常去我工作的地方消费吧。她随口那么一说，我却当真了。我问她工作的地点。她告诉我了。我一听到是那个地方，就有些犹豫。犹豫了几天，又见到她，我便有些愧对姑娘，自责自己的失信。"他喘口气，转头问我："你去过歌厅吗？"

我正听得入神，被他这一问，有些蒙，"去过，去过。不常去。"

"我是真的犹豫不决，我在美好时光歌厅外面徘徊过几个晚上，最后还是被小谢拉了进去。她看到了站在门口树下的我，她说，大爷你还真来照顾我生意啊。我就这样稀里糊涂随她进了歌厅。"袁老师复述当时的场景时，表情自然沉静，没有丝毫的懊悔，"小谢把我领到一间屋子里，给我倒杯柠檬水，让我等一会儿。过了好半天她才过来，已经换了很特别的那种服装，她看我盯着她的服装看，表情不自然，就解释说，这是工作服，你要是不习惯我换过来。我连连摆手说不必了，不必了。她点了一些水果、瓜子、花生，还有酒。然后她就开始唱歌，喝酒，和我聊天。我不会唱歌，我只听她唱，只看她喝，我只是陪她聊天，吃少量的瓜子和水果。这一聊天我才知道，平常看上去无忧无虑的小谢，内心却是伤痕累累。她父母都因为患病失去了劳动能力，一个弟弟患有白血病，家庭重担都压在她身上，多可怜啊！"

"您是可怜她才经常去她那儿消费的？"我问袁老师。

"也不都是。"袁老师想了想，"我觉得这是件有意义的事，虽然我不喜欢那个地方，不喜欢那里的氛围、味道，那里的一切，人们脸上流露出来的表情、声音，都不喜欢。我只是在那里和她聊聊天，可我心里感到很踏实，很平静，也很满足。我和她无话不谈，我向她讲以前的荣耀与辉煌，我经历的种种事情，她听得津津有味。她给我诉说她的苦难，家庭的重担，我听得黯然神伤。"

我张了张嘴，想告诉他说，那个小谢的说辞也许并不可信，或者只是一个善意的谎言。可看着他脸上满足的表情，我还是暂时打消了这个念头。一直专注地听他讲，丝毫没有留意时间快速地向黄昏逼近。印在地上的我和袁老师的身影都已经模糊不清了，夕阳很无奈地飘在天际，有一抹的灰红色。我打了个快车，把袁老师送回家。独自坐车回家的我，竟有些怅然若失。

我打电话给袁明晨，诚实地告诉她："我没有说出口。"我把袁老师告诉我的故事全盘都讲给她听，电话那头的她沉默良久，然后说："我从来没听他讲过。"

"也许你就没有问过。我觉得他内心是孤独的，需要别人去理解他。"我并没有指责袁明晨。

袁明晨愤怒地说："那个叫小谢的姑娘肯定是骗他的。"

"我们不能就此推断她在给袁老师设一个局。"我说，"我们试着去理解袁老师吧。慢慢来，袁老师有自己的判断，他不是一个脑子已经糊涂的老年人"。

袁明晨并没有放松内心的紧张，她去找了小谢，她不屑于去歌厅，而是直接在父亲的楼下等着小谢。在认错了几个人后，她终于面对小谢了。"一看她的样子就不是正经人。"袁明晨在向我转述那天的经过时依然愤愤不平，"打扮得妖里妖气的，直觉告诉我就得远离这种人，真不知道我爸怎么会信她的话。"袁明晨与小谢的当面对质并没有取得一个好的结果，她的情绪决定了谈话的走向，她指责小谢骗取一个老人善良的信任。小谢反唇相讥，说她并没有强迫袁老师做任何事，一切都是他自觉自愿的。两人不欢而散。袁明晨无人倾诉，只好跑到我这里，狠狠地哭了一通。

以后的日子，生活依旧。袁老师依旧出入于美好时光歌厅，与小谢谈天说地，互诉衷肠。他也时不时地来找我，塞给我一个大大的纸袋子，从我这里得到一些卖字的钱，以支撑他在歌厅的消费。我几乎把我额外得到的讲课费、稿费、评审费都给了袁老师，我安慰妻子肖燕，我能有今天，还不是拜袁老师所赐。袁明晨也依旧在羞辱、悲愤之中挣扎，并喋喋不休地向我诉说。她无法阻止自己的父亲，也无法阻止我以卖字的名义给袁老师钱。

袁老师在我面前不时流露出想办个个人书法展的念头。他没有明白无误地说，只是侧面地说起谁谁谁办了个人画展、书法展，那艳羡的表情说明了一切。他似乎在等着我接住他的话。可我始终没有敢去碰他这个硬骨头念头。

转眼间就到了冬天，下第一场雪那天的晚上，我接到了袁明晨的电话。赶到医院时，袁老师已经在急诊室里抢救，除了袁明晨，她丈夫孩子，还有一个陌生的姑娘。袁明晨抑制着自己的悲伤，把我拉到一边，偷偷告诉我，那就是小谢，是她从歌厅里把父亲送到这里的。她提醒我，不要在她丈夫孩子面前说小谢是干什么的，她的真实身份只是父亲的一个邻居。她说得也对，我没必要为此而羞愧。据袁明晨说，袁老师早就知道自己得了不治之症，可他没有对任何人说。袁明晨啜泣着说："他也许是不想让我们承受任何一点痛苦。所有的痛苦都是他一个人在扛。"

我没有和小谢说话。她离我们稍远些，在角落里，好像在吸烟。偶尔向她那儿瞟一眼，似乎她缩着肩膀，不太清晰的烟雾在黑发间缭绕。我们的注意力都集中在急诊室的那扇门，没有人注意她是什么时候悄悄离开的。医院走廊里灯光明亮，并不能遮掩住医院外面漆黑的夜晚。

袁老师坚持了两天，他的生命在那个大雪纷飞的冬天里凋零了。袁明晨是最痛苦的那个人，对她来说，几乎是天塌了下来。她把所有的委屈与不可言明的羞辱都化成了无尽的悲伤的泪水。令她始终无法释怀的是，父亲为什么会选择那样一种方式来告别自己的人生。"他为什么不相信自己的家人？不相信我？"她反复地问我，我也答不上来。任何去揣测袁老师想法的努力都是徒劳，在那个特别漫长的冬季里，袁明晨迟迟不能走出父亲离世带给她的沉重打击，父亲的形象在她脑子里，比以前更复杂，更含混不清，对父亲行为的愤懑、幽怨、迷茫与不解，交织在一起，给她的精神状态又增添了浓浓的暗色。她焦躁，多疑，神情恍惚。

葬礼之后，我颓然坐在办公室里，突然意识到我坐的那张椅子就是袁老师的，我用的桌子也是他曾经用过的，这个屋子，这个十八平米的办公室，是袁老师待过十年的地方。我感觉他在看着我，我感觉到了他殷切的目光，我想，也许真的应该替老师张罗一个像样的书法展了。我站起来，走到书柜前，从书柜里把袁老师送过来的书法作品拿出来，那些纸袋子都落了灰。我从来没有打开过它们。没想到，写过字的宣纸有那么多，它们放到我办公桌上，厚厚的一摞，散发着浓烈的纸张味和墨汁味。一张张地打开来，我震惊了。袁老师几乎把他所有的作品都送给了我，上面的日期持续了大约十年，从他退休到现在。每一张上都明确地标明着是哪一年哪一天的哪个时刻。而每一张宣纸上的书法仅只有四个字——宁静致远，十年时间他都在重复地写这四个字。我按着时间顺序看下来，这很像是袁老师退休以后所有的生活，开始那四个字是忐忑的，紧张的，字形字体都歪歪斜斜的，探头探脑；之后的字变得一板一眼，规矩工整，却看上去拘谨而严肃；最后竟也大开大合，变得自如洒脱，笔力遒劲，笔锋险峻。说真的，留在我印象中的袁老师的字仍然是他刚开始学习阶段的那些字，像是拱在宣纸堆里的几只虫子，之后我都忘记了他是不是让我看过他的毛笔字，但我顽固地以为，袁老师不具备写字的基本素质，充其量只是一个退休后的业余爱好而已。为什么我没有发现他的书法在进步？为什么他一直在不厌其烦地重复这四个字？

我拨通了袁明晨的电话，"你知道袁老师都写了什么字吗？"

仍在不解与怨恨中不能自拔的袁明晨沉默着，或许她在从记忆的点滴中打捞可能的印记，很可惜，她的脑子里一片空白，她无助地说："不知道。"

我说："我告诉你，十年来，他只写了四个字。"

"哪四个字？"

"宁静致远。"

袁明晨用悲伤的腔调说："噢，知道了。"

2018 年 11 月 5 日

删　除

他们身着便装，态度和蔼。这让董仙生稍稍放松了戒心，却仍然对他们的突然到访，心存不安。他说：“我从来没想到，会和你们打交道。”

两人都很年轻，大约三十岁左右，一男一女。男的姓梁，女的姓于。小梁说：“这就是我们和您的区别。在我们眼里，每个人都有可能成为我们调查的对象。”

小于说：“您别紧张，只是找您了解一些情况。”

董仙生故作镇静，说：“我不紧张，我又没犯法。”

“是这样，前天在五洲大厦发生了一起命案。”小于说，“您别紧张，真的不用那么紧张。现在还无法确定是自杀还是凶杀。死的是一个中年男子，五十岁，名字叫徐德文。"

小于在介绍案情的时候，小梁一直在观察着董仙生的表情变化。当提到死者的名字时，董仙生没有任何反应。小梁便问："这个人您不熟悉吗？"

董仙生摇摇头，"不知道是谁。从来没听说过。"

小于说："他可认识您。"

董仙生眉头紧锁，"怎么可能？我可一点印象都没有，你们一定是搞错了。"

小于诚恳地说："没有搞错，是真的，我们查阅了他所有的通话记录和短信记录。他单身，几乎没有亲人。说实话，他生活的范围很窄，通话记录和短信记录很简单，很少。由此可以猜测出，他是个内向而不善交际的人。我们整理后发现，他每年元旦这天都会给您发一条短信，问候您新年快乐，持续了有十年。当然您也从来没有回复过。他每年都问候您，而没有如此殷勤地问候别人，那肯定是和您特别熟悉的人。所以我们想通过您了解一下徐德文这个人。"

董仙生大吃一惊，"你们说的是真的吗？"他掏出手机，翻看着，令他感到震惊的是，手机联系人里居然真的有徐德文这个人，短信中也保留着今年元旦早晨八点的记录："新年快乐！"。他没有回复。他摇摇头苦涩地笑着说："我真的忘记他是谁了。我想，我之所以没有回复他，就是因为我不知道这个人是谁。"

"可他每年都问候您？"小梁说。

董仙生无言以对，停顿片刻才说："我也搞不懂。你们想要从我这里了解这个人，恐怕让你们失望了。无论如何，我也想不起来这个人是谁。你们总不能让我随便编一个假的信息吧，对你们，对我，都没有什么意义。"

两位年轻的警察失望而归。呆坐在办公室的董仙生，眼看着屋内的光线暗淡下来，黑暗包围着他。他陷入深思，他的手机里怎么会有徐德文的号码，而这个陌生人又为什么如此执着地问候于他。直到电话声响起，他才陡然意识到，黄昏已过，夜晚如此真切，而黑暗并没有打消他的疑惑。电话是妻子肖燕打来的，问他怎么还不回家。他问肖燕："徐德文是谁？"

肖燕被他问愣了："是谁呀？"

他说："我也不知道。"

没有人知道徐德文。那几日这个名字始终萦绕在他的脑海中，他每天都要打开手机联系人，找到徐德文，盯着那个名字看，越看越让他后背发凉，越让他感到恐惧。在翻找徐德文中，他才震惊地发现，自己的手机电话本有1200多人，重新审视那些人的名字，竟然有一多半都想不起来他们的模样，想不起来他们的职业。他出了一身冷汗，这些从来没有联系过的人，会不会成为另一个徐德文？这些陌生人是他手机里潜藏的一分危险。这让他很不安，于是他开始给那些从来没有联系过的人一一打电话，以便确定他们到底是谁，确定他们还有没有必要继续留在自己的手机里，继续留存着一份随时可能爆发的危机。

有些人也早已经忘记了他。这些人对他来说是一个福音，他毫不犹豫地把对方从电话本里删除。而那些似熟非熟的人，却令他犯了难。方丹就是其中之一。

这是个陌生的名字，甚至他不清楚是男是女。电话里十分嘈杂，对方的声音很大，像是处在一个人声鼎沸的商场之中。是个女的，她激动万分，大声说："我从来没有想到会有这一天。"

这令董仙生感到十分疑惑："你说什么？"他的声音随之也大了，像是他自己也处在那样的一个杂乱的环境之中。

对方更换了多处地点，但通话的背景始终无法改善，她有些语无伦次，但大体上董仙生还是理出了头绪，原来这个叫方丹的女人是他的小学同学。他依稀记得多年前，有一次回邯郸时，与一帮小学同学有个聚会，人很多很乱，他回忆不起来方丹的模样，也许就是那次乱哄哄的聚会，他们互留了电话。方丹仍在喋喋不休，她感谢他给她打电话，感谢他在她人生的低谷给她打来一个振奋人心的电话。其实董仙生什么也没有说，他打去电话的唯一目的就是想确认一下，她是谁，还值不值得留在自己的电话本里。

当他终于下决心挂断了电话后，那嘈杂的声音仿佛还在。他没有拿定主意要不要把她从电话本里去掉，犹豫了片刻开始打下一个电话。

他很快就忘记了方丹，就像忘记了打过电话的其他人一样。他们暂时浮现在他脑海中的形象，很快就沉入了记忆深处，只不过，他得到了片刻安全的安慰。意想不到的是半个月之后，方丹竟然不期而至。

没有任何征兆，周一的上午十点，方丹突然敲门走进了董仙生的办公室。董仙生一时想不起这个不速之客是谁，中年女人笑容可掬，主动伸出手来自我介绍，"不认识我了，我是方丹。"

茫然显露在董仙生的脸上，他惊讶地看着伸过来的手，竟有些手足无措。

方丹说："怎么，不欢迎我啊。"

董仙生急忙给自己找台阶，"哪里哪里，我只是感到幸福来得有点突然。"

"我到石家庄办点事，顺路来看看老同学你。"方丹没有电话里那般拘谨和语无伦次，显得落落大方。

方丹坐下来和他聊天，她并没有说她来的目的。她说的最多的就是他们共同的那些同学，而大多数人，董仙生都已经忘记了。他有些不好意思地说："我都忘了他了。"

方丹善解人意地说："你上大学就离开邯郸了，不在一个城市，见面少，联系少，你当然就想不起他了。"

在董仙生来看，早已不再熟悉的小学同学方丹是一个善解人意的人，她分寸掌握得很好，令他感觉自在而舒服。她也没有说她现在做什么工作。后来她提到了一个人，她像是言谈中突然想起来一样，提醒董仙生："在石家庄，还有一个咱们小学同学。"

董仙生说："我知道。"

"你们常联系吗？"方丹随意地问。

"不经常，有时候在酒场上会碰到，都不是刻意的。算是不期而遇。"董仙生回忆着说。

"他一定特别忙。"方丹是一个能从对方的立场考虑的人，在董仙生看来，这是难得的一个好品质。

董仙生说："我想是的。所以我很少去打搅他。"

"但是见见老同学总是有时间的吧。"方丹试探地看着他。

"那应该不成问题吧。你大老远来的。"董仙生不假思索地说。

方丹脸上露出一丝的兴奋，满怀期待地说："那你联系一下他，我请客。一起吃个饭。"

董仙生笑着说："哪儿用得着你请客。你不用管，我来。"

在董仙生的办公室，方丹全神贯注地看着董仙生给老同学发了短信。等待的时间有些漫长，一直没有等到回信，他们有一搭没一搭地聊着天，都有些言不及物。眼看着到了中午，董仙生带着方丹在单位附近吃面，而方丹抢着付了钱。董仙生觉得在饭馆里两人拉拉扯扯的争着付钱有失体面，便随了她。两人一边吃饭一边闲聊，其实是等着短信。

"平时都这样吗？"方丹忧心而直爽地问。

董仙生愣了一下，"怎么会呢，毕竟，我们还是同学，这一点是不能更改的。他是看重我们之间的同学情谊的"。

方丹长长地舒了口气。她的眼睛不停地看着他的手机，仿佛她能看到手机的响声。

吃完面，期待的短信仍然没有到来。方丹说："要不，你再给他发个短信？"

董仙生说："不用了吧。他一定会回的。"

"或者，"方丹又用商量的口吻说，"你给他直接打个电话？"

董仙生犹豫了一下，还是拿起手机，拨通了电话。方丹盯着他，他感觉方丹能听到手机里长时间的等待提示音，脸上有些发烧。过了会儿，他挂断了电话，摇了摇头，"没有人接，我估计肯定是在开会，或者有其他重要的事情。你也知道，领导们日理万机。他手机里肯定存着我的电话号码，他知道我是谁。"言外之意，他的电话是不会被拒接的。

他们走出饭馆，不知道要去哪里。方丹建议去西清公园走走，董仙生默许了。他们边走边百无聊赖地闲扯。董仙生问方丹："你有多久没见他了？"

方丹心里默算了会儿说："38年。小学毕业后我就没见过他。"

这时候电话响了。董仙生看了看她，急忙接通，"是的，是我。我们的小学同学方丹来了，我们晚上一起吃个饭吧"。

董仙生在耐心地听。方丹攥着拳头，略显紧张。

"是的，她吃完晚饭就回邯郸了。"董仙生说。

"是的。"董仙生说。

"好的，好的。"董仙生说。

他挂断电话。方丹忐忑地问："约上了吗？"

董仙生轻松地笑了，略显一丝得意，"当然。"

方丹又长出一口气。她说："我不耽误你时间了，饭店我早就定好了，我发给你，你发给他。我们晚上六点，不见不散。"说完，也不等董仙生表态，就轻盈地转身离开了。

董仙生盯着她的背影，突然意识到，她好像不是专程来看望自己的。他摇摇头，解嘲地笑笑，不管什么原因，同学相逢总是令人感动的。

推掉了早就约好的一个饭局，董仙生早早地就来到了饭店。方丹比他到得更早。她换了一件外衣，雅致而不失艳丽。他说："我都忘了你小学时的样子。"

方丹笑着说："那不重要。我也不记得你的样子。可我们记得现在的样子。"

董仙生也跟着笑了，"对，记着现在就好。"

两个人可谈的内容并不多，毕竟，将近四十年的时间，已经使他们成了路人，成为彼此都不熟悉的陌生人。所以两人聊着聊着就无话可说了，时间便凝固住了，两人都觉尴尬。他们都不约而同地看手机上的时间，都在拼命找个话题能维持住这个令人有些压抑的场面。董仙生突然想到了跳楼的那个人，于是他把那件事绘声绘色地说给方丹听。方丹有些心不在焉，所以听得并不认真，她不停地问他已经讲过的内容，而且会问些莫名其妙的问题，她问："为啥他要跳楼呢？"

董仙生愣了愣，他并没有给她讲那个叫徐德文的人为什么跳楼，他只是在向方丹陈述这个发生的事实。他说："我也不知道。也许是他自愿的，也许他是被人推下去的。这都说不好。"

"要是那样得有多惨。"方丹说。

"谁说不是呢。"董仙生回答。

"那个楼高不高啊？"方丹问。

董仙生一时没搞清楚她在问什么，"哪个楼？"

方丹说："当然是他跳的那个楼。"

董仙生想了想，"还是挺高的，大概的三十多层吧。"

她还会问："警察为啥找上你？"

董仙生只得又重新解释说："因为徐德文给我发过短信问候我。每年的元旦这天，他都会给我发一条短信。前后持续了十年。"

"时间可够长的。"

"谁说不是呢。"董仙生回答。

"那你到底认识不认识他？"她问。

董仙生觉得她的腔调与警察的几乎一样，"我也不知道，或许见过，或许只是见过一面，或许根本就不认识。"

方丹显得有点紧张，"那你说，他还认识我吗？"

"谁呀？"董仙生没明白过来。

"他呀，老同学。"

董仙生说："这是两码事。当然会认识你，虽然这么多年没见过了，但是共同拥有的岁月是无法改变的。"

直到晚上 7 点 40，他们等待的人也没有现身。在方丹的催促下，董仙生第三次打电话询问。对方用很小的声音说，正在开会，无法脱身。董仙生说："他建议我们改天再聚，因为他无法预测，会议要开到几点。"他补充道："一定是个重要的会议，不然，我约他，他从来都是很准时的。"

　　失落的方丹并没有完全放弃机会，她说："要不我们边吃边等他？"

　　吃饭肯定索然无味。董仙生觉得这是一场毫无意义的饭局，而方丹的心思完全在没有到场的那一位。董仙生后悔推掉的那场酒宴，今天晚上如果去那里，好歹能让过剩的酒精兴奋一下自己。

　　9 点，等待已经没有结局。执著的方丹也放弃了。她甚至放弃了回邯郸的打算，她说，她既然来一趟，干脆就不要留任何的遗憾，她要等着和老同学见上一面。董仙生打车把她送到酒店。他百思不得其解：为什么她非要见他。

　　第二天，方丹早早地就订好了饭店，给董仙生打电话，让他约对方。董仙生打过去电话，周强接了电话，上来就为昨天的爽约而连声道歉。董仙生说："我没关系的。我们什么时候见面都可以。可是她大老远来的，她是真想见见你。"

　　周强爽快地答应了，而且强调说："老董，小学同学，多遥远而美好的回忆呀。就是有天大的事儿，我也要见的。你安排吧。"

　　方丹的担忧完全没有必要，周强如约而至，他笑容可掬，像是昨天才和她见过一样，上来就给了她一个大大的拥抱，然后说了句暖心窝子的话："没变，你还是小时候的模样，就是比小时候更漂亮了。"董仙生看着那一幕，想起自己见到方丹时的一脸茫然，真的由衷地佩服起周强随机应变的能力和水平，怪不得他能当这么大的官。

那天晚上的气氛很活跃，周强说出了许多小学同学的名字，说起他们当年的一些趣事，甚至是一些调皮捣蛋的事。这着实令董仙生和方丹惊讶万分。他超强的记忆力令人惊叹。甚至他还说出了方丹在操场上练习翻跟头的情节，说得栩栩如生，仿佛昨日。方丹眼睛湿润了，脸上挂着羞涩。董仙生是丝毫想不起有过这样的场景，而方丹的表现却让他也不得不确凿地相信，30多年前，在那个叫胜利街小学的操场上，有个叫方丹的小姑娘天天在那里练习翻漂亮的空翻，她上下翻飞，如同燕子一样矫健轻盈。

但是周强待的时间并不长，半个多小时的时间已经足够把他们遥远的记忆寻找回来，把他们的距离拉近。周强和方丹互相留了电话、微信，然后匆匆地赶往下一个酒场。临走，他又和方丹热烈地拥抱，并叮嘱她，一定要常来，来了一定要给他打电话。方丹感动地说："好好好。就怕你烦我呀。"

周强说："怎么可能。我求之不得。"

看着饭店包间的门，方丹仿佛还沉浸在刚才周强带给她的喜悦和感动中，她说："他真好。"

留下来的两个人再叙旧已经失去了意义。董仙生提议他们也好聚好散，他问方丹什么时候回邯郸。方丹说，现在。他把她送到了车站，然后挥手告别。在送站口昏暗的光线中，他记住了她告别时满意而兴奋的表情。

这是一次温暖而令人难忘的聚会。在接下来的几天内，它可以把董仙生带回到天真无邪的童年，短暂地抛弃眼前的种种烦恼。所以，一度他感觉到，从手机潜伏的那些号码中，还是能够找回一些美好的东西的，它们不光是潜伏着危机，同时也孕育着希望，孕育着温暖与感动。这给了他些许的信心。他接着从手机电话本中寻找那些僵尸号码。此时，想要删除多余号码的想法似乎已经退居到第二位，意识深处竟然有点想要寻找抚慰的念头。然而事实再次重重地打击了他，他几乎没有找到温暖和安慰，更多的是一些失落、感伤。他知道了一个叫黄东君的人已经进了监狱，一个叫宋娜的人已经移居加拿大，一个叫马明扬的人正在为自己的职称而烦恼，一个叫王宇宙的人已经瘫痪在床，一个叫童庆祝的人对所有人充满着仇恨，一个叫黄辰的人得了不治之症……他发现，那些看似差不多的号码背后是一个个不同的人生，而那些千差万别的人生，让他抬头看到的窗外的风景，每时每刻，似乎都有着别样的感觉。

方丹开始往来于两地之间，邯郸与石家庄，一百六十多公里的路程，在高铁的帮助下，就像是一个城市的两个方位。她一来，就让董仙生约周强吃饭。有时候能够约到，大多数情况是无法成行的，毕竟周强比他们每个人都忙，是可以谅解的。即使约到了周强，每一次，周强都是点个卯，喝两杯酒就匆匆地赶往下一个酒局。这样的局面大约延续了有半年。直到有一天，董仙生接到了周强的电话。

周强的口气听上去并不愉快，有些生硬，"如果方丹再约我们吃饭。你就替我推了，编任何理由都行。天天开会，哪有时间见她呀。"

他没给出任何理由，为什么不想和方丹见面。董仙生也不便多问，他只好说："好的。"

和周强通话后没多久，方丹便打来了电话，说她明天来石家庄，他们三人一起吃个饭。

董仙生其实还没想好怎么拒绝她，可是却张口说道："你别来了。周强出差了，可能要挺长时间的。"

方丹的语气里透着失落，说道："好吧。"

她失落的情绪瞬间感染了董仙生，突然间感到了羞愧，他忐忑地问她："你是不是遇到了什么困难？想请他帮忙？"

方丹略微犹豫了一下，便立刻否认："不，没有。"

董仙生无法再追问下去，他知道，每个人内心的隐私是脆弱的，自尊也是强大的。他安慰方丹："他真的很忙。我见他一面都很难，他现在的社会地位，不是由他自己说了算的。"

"我知道，我理解。"方丹的声音变小了，"好的，谢谢你呀。那我明天就不过去了，但是你要是回邯郸，一定要给我说一声，一定啊。"

在随后的一个月之内，方丹来过石家庄两次，她都没有提前打招呼就兴冲冲地出现在董仙生面前。每次都以来看董仙生的名义，顺带请董仙生约周强。而每一次董仙生都经过激烈的思想斗争之后，替周强找出各种借口，开会或者学习之类，回绝了方丹。他看着方丹眼神中一闪而逝的失望，就有点自己做错了事的感觉，非常内疚。他也屡屡尝试着想要打开方丹的内心世界，让她敞开心扉，可方丹总是笑呵呵地顾左右而言他。

　　之后很长时间，方丹再没有消息，董仙生隐隐地有些不安。在一次全省大会结束后，他急忙跑到主席台前，等着周强从主席台上下来，和他友好地打个招呼。周强拍拍他的肩膀，笑意盎然地问他最近有什么大作出版，也不给他送一本。周强说：“你别忘了，我也是个爱读书的人。”董仙生说：“我的书不值一读。”两人说了几句无关紧要的玩笑话，董仙生便急着把话题引到方丹那里，他说：“方丹又和你联系了吗？”

　　周强说：“她再来，你们聚，就别叫我了呀。”

　　董仙生还想说什么，周强就拍拍他，去和其他人打招呼去了。董仙生了等了一会儿，见他没有要回过头来继续和自己聊天的意图，便放弃了，随着人流走出了会堂。

　　之后，董仙生与周强又零星地见过几面，大都是在开会期间，他坐在主席台下，而周强坐在台上。他们再没有说起过方丹，仿佛，方丹从来没有在他们习以为常的生活中出现过。

　　董仙生似乎也渐渐地忘记了方丹，直到有一天清晨，六点半，他接到了方丹的电话。那是在邯郸，他昨天晚上刚刚结束了在此地的一个讲座，今天上午要乘车返回。方丹怪罪他说，来了也不和她打声招呼，她想表达一下老同学的情谊都不给机会。不容分说，方丹果断地说，今天中午不能走啊，你不能个给我这机会啊。董仙生只好改签了下午的高铁，在宾馆里静候着方丹。

中午，方丹招呼了一帮同学，为董仙生送行。大部分人他都忘记了他们的姓名和模样。席间大家共同追忆儿时的时光，他发现，自己早就遗忘了的往事，却那么清晰地印在他们的脑子里。方丹活跃而兴奋，她频频地与董仙生喝酒，并鼓动其他人敬他酒。董仙生本来就酒量不大，那天喝得多了，身体有些飘，所以后来坐上去火车站的轿车时，他竟然一时叫不上送站的同学的名字。

同学微胖，憨厚地说："我叫王军，小学时我们一起去滏阳河游过泳。"

"嗯。"董仙生说。

王军没喝酒，快到火车站时，一路上都少言寡语的他突然说："是我们鼓动方丹去找周强的。"

董仙生脑子昏昏沉沉，反应了一会儿才问："为什么呀？"

王军停顿片刻，说："我想她一定没有给你说。她是个特别要强的人，如果不是遇到解决不了的困难，她是不会听我们的劝告去找周强的。"

董仙生一头雾水，刚要问仔细时，车已经到站。王军最后叮嘱我说："我们都见不到周强，你要是能帮上忙，一定得替方丹说说好话呀。"

这是唯一的一次能够接近方丹真实目的的机会，可是它在董仙生迟钝的意识中，瞬间就消失了。等回到石家庄，睡了一夜，他才意识到，自己错过了一些什么。他急忙拿过手机，在手机电话本里翻找王军的号码。手机里有两个王军，一个是石家庄的，一个是广西的，显然，从来没有存过他的小学同学王军的号码，这是个早被他遗忘的人。他只好给方丹打过去电话。令他惊讶的是，方丹的电话号码已经停机，明明他们昨天才与她通过电话，她热情的声音如今还回荡在他的脑海中，怎么可能这么巧她的手机就停机了。他隐隐感觉哪里有些问题，可是又想不明白。他只好求教于手机的电话联系人。一千多个电话号码，他想不起来哪个有可能会与方丹有关系，能够知道方丹新的电话号码。最后他的目光停留在周强的名字上。他略为犹豫片刻，还是打了过去。

"老董，有事吗？"周强问。

董仙生迟疑了片刻，"我找不到方丹了。"

"方丹是谁啊？"周强漫不经心地问。

董仙生愣了，周强事务繁忙，一时想不起来倒情有可原，"我们的小学同学啊，前一段我们还经常在一起吃饭。"

周强似乎是突然想起来，"噢，对，似乎有这么个人。怎么了，她怎么了？"

"她好像失踪了。"董仙生忧心忡忡地说。

周强轻描淡写地说："她和你有什么重要关系吗？"

董仙生略做沉思，然后说："那倒也没什么关系。"

周强宽慰他："兄弟，别自寻烦恼了，我们这个年纪的人，还是不要给自己增加不必要的负担了，有空闲时间了，去打打球、散散步，出门旅游。要不我给你安排一下吧，浙江有个好朋友，一直邀请我去，说他那里山清水秀，空气怡人。我给他说一下，你去那儿散散心吧。"

董仙生感觉这话不大自在，好像是他自己出了什么毛病，需要去风景秀丽的地方去缓解一下。他态度生硬地说："我不去，我又没有病。"

如同周强所说的那样，方丹的消失与他们的生活并没有太大的关系，她彻底从他们的生活半径之中失去了踪影。这像是生活的常态，就是董仙生和周强，也并不是经常能够见到，他们就像是奔跑在两个不同场地中一样。直到一年之后，方丹的名字才重新被提起。

深秋的一天，接到电话的董仙生匆匆赶到医院时，已经是傍晚时分，躺在病床上的周强完全没有了主席台上的风光，他神情恍惚，气若游丝。这是他脑出血手术后的第十天，他让妻子把董仙生叫来。一路上，董仙生都在不安地想，平时看着身体强壮的周强怎么会突遭厄运。周强看到他，眼珠转了转，泪水溢满了眼眶。周强摊开的手软绵绵的，董仙生几乎感觉不到一点力气。周强的意识已经恢复，他请董仙生去找个人。

董仙生问："谁啊？"

"同学，"周强说话有些困难，"忘了叫啥。"

董仙生提了几个名字，周强都闭下眼，否定了。他似乎也在努力想那个人是谁，脸憋得红红的，可就是想不起那人叫什么。

董仙生求助地看着周强妻子，她也摇摇头，悲伤地说："也不知道是怎么了，为什么那个人如此重要。"

"吃饭……"周强想到了与那人有关联的一件事，他用手指指自己和董仙生。

"方丹？"此时，这个久违的名字也才突然地冒出来，仿佛，那是很久以前的一个人，他都忘记了她的容颜。

周强强作出一丝欢颜，兴奋地眨眨眼。

看着周强请求的目光，那份渴望，那份期待，董仙生无法拒绝。他答应周强一定要找到方丹。

要找到方丹，可不是他答应得那么爽快。他专程跑了几趟邯郸，没有人能够告诉他，方丹究竟在哪里，或者去了哪里，她就像是许久之前的一件往事，在董仙生熟悉的那些人的记忆中，已经人间蒸发了。

有些人想找找不到，而有些人，并不想见却偏偏遇到了。董仙生在公园里散步，这是他唯一的锻炼身体的方式，听到有人叫他"董老师"，停下来，侧对面站着一个身穿警察制服的年轻女子，在对着他笑。董仙生问："是叫我吗？"女警察说："您不记得我了，我是派出所的小于。去年找您了解过情况。"

董仙生拍拍脑门，"想起来了，对了，那个案子后来怎么了？查出他是自杀还是他杀？"

警察小于说："查清楚了，自杀。他有严重的抑郁症。对了董老师，后来您想起来是怎么认识他的吗？"

董仙生皱着眉，"没有，到现在我也想不起来。我早就把他从我手机里删除了。"

小于说："删除掉好。因为他也不可能给您发短信了。"

看着小于的背影，他想，要是方丹能这么巧遇到多好。

正当他一筹莫展之时，有一天接到了一个陌生的电话。电话里的声音也很陌生，"我是王军。"

"哪个王军？"董仙生一脸茫然。

"小学同学，"对方说，"我听说你在找方丹？"

董仙生立即愁眉舒展，急迫地说："是呀，王军呀，她在哪里？"

"在她该在的地方。"王军平静地说。

方丹并没有离开过她生活过的城市，只是，她躲开了其他人的目光。在王军的引领下，他们来到了郊外一处非常偏僻的小区内，王军说："12 栋 2 单元 7 号。"

"你不一起上去吗？"董仙生诧异地问。

"不，她不想看到太多的熟人。"王军说。

董仙生下了车，问车内的王军："你为什么帮我？"

王军叹口气说："我想让她不再悲伤。"

董仙生揣测不出王军的真实想法，站在方丹门口时，他能够清楚自己此时的内心感受，忐忑不安。他无法预知自己这次相邀的结局。他知道，等待他的也许是失望。

方丹的家简朴，很整洁。方丹对他的到来还是感到意外，她说："我没想到你们还记得我。"

"没有人忘记你。"董仙生说了句言不由衷的话，然后补充道："你还记得周强吗？他想见你。"

方丹紧咬着嘴唇，把嘴唇咬成了紫色。

董仙生说："他病了，很严重，是突发的脑出血。他的头脑还清醒。但他的政治生命可能就此结束了，这对一个那么热爱他的工作的人来说，是致命的打击。他现在最想见的人是你。"

方丹问："为什么？"

董仙生被问愣了，他没有问过周强为什么。他愣了会儿，为了避免尴尬，解嘲地说："也许他只想表达一下歉意。"

"我从来没有怨恨过谁。他也没做过对不起我的事呀。"方丹说。

董仙生想了想，"或者，他只是想见你一面。我也不知道，我只是来完成他的请托。"

她低下了头，泪水奔涌而出。

这让董仙生始料不及，他连忙说："如果你不想去，不勉强。"

等她抬起头时，用纸巾擦了擦挂在脸上的泪水，挤出一丝笑容，"对不起，我想起了另外一个人。"

董仙生没有问她想到的那个人是谁。他沉默着，等待着她的回答。他已经意识到，这会是一个不出意外的拒绝。

5分钟，他们都没有说话。当时间在猜疑中渡过时，显得悠长而紧张。时间像是一个影子，越来越重地压在董仙生的心头。

她站了起来，长舒了口气，"我跟你去见他。"

这是个意外的结果，董仙生喜出望外。坐在王军的车里，董仙生由衷地说："谢谢你。"

"不必了。我知道，当一个人面对困境时，有多么煎熬和绝望。"她忧伤地说。

汽车载着我们，一直向北，向着方丹并不熟悉的那个城市奔去。他们都不知道，周强要对她说什么。

嘀　嗒

　　周一上午十点，开了简单的碰头会后，我们陆续离开了
单位。这个时间的石家庄街头相对没有那么拥挤，来往的人们
也相对从容。从单位作鸟兽散的我们，随意地安排着余下的时
间。回头还能看到单位大楼的尖顶，在灰暗的天空下，没有一
点生机，就像一只耷拉着脑袋的无精打采的麻雀。这时候手机
响了一声，大家都看到了微信群里的通知。通知是小宋发的。
他没有随我们一起出来，他总是喜欢待在单位里，上上网，打
打游戏，等着所长的指令。微信通知，让大家火速赶回所里，
有重要事情，谢绝请假。

　　重新回到所里，大家的脸色都不好看。这是非正常的

召回。

老江夸张地抱怨，他的猫在家里没有人照顾，眼巴巴等着他回去，脑子里都能听到它的哀号。

小毛吊着脸，说："什么事什么事啊，还不开会一起说，又折腾我们，还让不让人活，我刚刚和理发师约了去染发。"小毛年纪轻轻，据说有很严重的少白头，可我们谁也没看到过她头发花白的真容。

老黄表现出了与他年龄相称的沉着，"大家稍安勿躁，听所长的。"

所长董仙生此时心神不宁，脸色比大家都难看。他并没有急于说明让大家回来的原因，而是从抽屉里拿出钥匙，交给小宋，让他去把铁闸门锁上。

小宋出去时，我们都还没有意识到将要发生什么，直到拉动铁闸门的声音和大门落锁的声音传过来，我们才陡然慌了，那声音我们十分陌生，只有所长董仙生和小宋比较熟悉。我们所占据七楼的整个右半边，靠近电梯口，有一扇推拉的铁闸门，把我们和其他部门隔开。平时，因为我们都不来单位办公，只有所长与小宋常在单位，所以我们几乎忘记了铁闸门划动、锁门的声音。我立即觉得裸露在外的肌肉发紧。老黄的额头渗出了汗珠。老江双拳紧攥。小毛惊讶地看看这个又看看那个。

等小宋回到所长办公室，各就其位，所长董仙生才严肃地说，把大家请回来，是因为刚刚发生了一件事儿。他顿了顿，目光从一个人脸上跳到另一个人脸上，看得我们心惊肉跳，"手稿丢了"。他万分沮丧地说。"就在我们开碰头会之前，我亲手把它放在我的办公桌上，开会的时候我的眼睛数次移动到手稿上。那个时候它是在桌子上的。开完会，我只是去了一下洗手间，等我回来时，楼道里静悄悄的，你们大都走了，只有小宋的办公室开着门。我能听到从他办公室传来的敲打键盘的声音。我坐到椅子上，下意识地看了眼办公桌，桌面上手稿竟不翼而飞了。我脑袋嗡的一声，顿时感到，天塌了下来一样"。

我们面面相觑。我们都知道，这部手稿的重要性。这是刚退休的院长的心血。据说院长写了三年，是他一生的一个总结。他把这么重要的手稿交给所长，让我们整理出版。那部手稿厚厚的，放在所长办公桌上，几乎能把所长的半张脸遮挡住。最近一段时间，我们看到的都是被院长的手稿遮住了半张脸的所长。所长把手稿打散，给我们每个人都分了一部分。老黄看的是院长对自己人生历程的追忆；老江看的是一些风花雪月的散文随笔；小毛看的是类似日记的东西；小宋看的是一些会议发言，只有他那部分几乎全是打印出来的；我看的是到世界各地的游记，我这才惊讶地发现，院长竟然到过许多我从来没有听说过的地方。

大家看完了第一遍，然后汇总到了所长那里，还没有形成一个统一的意见。很显然，这是一部凝聚了院长一生精华的手稿，院长内心绵绵的期待可想而知。大家听完所长有些凄凉的原因介绍，便都默不作声了。我们各怀心思，虽然都感到了暴风雪来临前的不安，但我们内心的波澜肯定都不如所长。院长是董仙生的伯乐，发现并把他从工厂里调入，对他有知遇之恩。所以，这部院长亲自委托的手稿，对于所长董仙生来说，意义更加不一般。

为了缓解过于压抑的气氛，老黄率先打破了沉闷，"仙生，你不用杞人忧天，也许是院长派人把它拿走了。他可能想要增加一些内容"。

所长董仙生摇摇头，"怎么可能？他做事缜密，不可能的。不可能不和我打声招呼就拿走的"。

老江说，"或许是在你去洗手间期间，有外面的人偷偷进来拿走了。楼里经常有外人出入，你都不知道他们是干什么的，他们心里都想些什么"。

所长摇头，"他不拿手机，不拿钱包，拿手稿干什么？"

"所长，你把我们着急地叫回来，不只是要告诉我们这件事吧？"小毛说话向来都是直来直去，从不拐弯。

我们都把目光集中到所长董仙生的脸上。心里存着一个大大的疑问，对啊，把我们叫回来，手稿就能失而复得吗？

董仙生被我们盯得有些发毛，他回避着我们的目光，说道："也许，你们能给我出出主意，院长的手稿到底是怎么丢的，是谁拿走了。"

然后我们便开始七嘴八舌地开动脑筋，替所长分忧。我们的分析其实天马行空，不着边际。董仙生默默地听着我们的议论，当某个人在说话时，他的眼睛就停在某人的脸上。他的目光是空洞的，无神的。他的心思已经神游了。这充分说明了他内心的慌乱。

叽叽喳喳的各说各话，并无法提供任何有用的线索，所长董仙生办公桌上还是空空的，我们能看到他整张脸，发白的脸。后来老江打了个哈欠说，他必须要走了，他脸子里全是他那只折耳猫可怜兮兮的眼神。他站起来，其他人也站起来，跟着往外走。可是我们走到楼道路里，来到铁闸门跟前，才猛然意识到，铁闸门是上了锁的，是被小宋锁住的。小毛尖声喊道："小宋，小宋，快过来开门。你磨蹭什么啊！"

我们等了一会儿，却没看到小宋的身影，所长办公室里没有任何声音传出来。老江说，"小毛，你去叫他。"

小毛没动："你怎么不去，我家里又没有折耳猫，只有我女儿等着我吃饭。不过，有我妈在呢，不用我做饭给她吃。"

老江叹息道："唉，现在的年轻人啊。"

老黄二话没说，转身去拿钥匙，过了一会儿，便失落地返回，黑着脸说："小宋不给。"

老江气鼓鼓地说："他凭什么不给，钥匙又不是他的，他算老几啊，他安的什么心啊。他是想把我们锁在这里呀。"

他最后这句话，点中了问题的核心，我们如大梦初醒，惊恐地睁大眼睛，看着彼此，这才意识到问题的严重性和迫切性。

我们几乎是同时转身，快步走回所长办公室。我们杂沓的脚步声充分表明了我们内心的惶恐，和对不可测未来的茫然。小宋还坐在所长董仙生的办公室内，他坐在原来的地方，玩着手机，眼皮都不抬一下，好像根本没有看到我们去而复返似的。董仙生也只是象征性地扫了我们一眼，便低下头看他眼前的书。没有人关心他在看什么书，或者他到底读进去没有，我们关心的是我们现在的处境，我们是不是被所长软禁起来了，直到他能找到那部手稿？这个萦绕在我们内心的疑问加剧了我们的愤怒。首先是老黄，他自称是我们所的元老，因为他大学毕业便分配到我们所，几十年来他成绩平平，却也混到了研究员。他曾嘲笑小宋说，"我刚到所里的时候你还穿开裆裤呢。"所以他有足够的资本首先发难。当他发怒的时候，他的语言并不连贯，"你你你，为啥不给，我们开门"。他的脸涨得通红。

小宋像是没听到老黄的指责，仍然低头玩手机游戏。

老江附和道："对呀，你还想锁住我们不成，你这是犯罪懂不懂，任何人都没有这个权利，更别说你了。"

小宋头都没抬，眼睛就没离开过手机屏幕，只是挪了挪屁股，好让自己坐得更舒服些。

我尽量和颜悦色，"小宋，这不关你的事，你把钥匙拿出来，你让我们自己把门打开。我们也不要你的钥匙。开了再还给你"。

小宋无动于衷，眉毛紧锁，被游戏中的进程吸引着。他像是把我们从他的大脑中屏蔽掉一样，当我们不存在。

小毛却控制不住自己的情绪，她眼里含着泪说："从小到大，我都没受过这委屈。她伸左手抓住了小宋的衣领，伸右手指着小宋，小宋，你开不开门，你要是不开门我跟你拼了。"

衣领子的变化，让小宋感到了呼吸的改变，他这才放下手中的手机，诧异地瞪着小毛。小宋平时少言寡语，能两个字说明白的话他从来不说十句。他的脸变白了，他说："松开。"

小毛上了倔劲，娇小的身体仿佛爆发了无穷的能量，柳眉倒竖，杏眼圆翻，手上加了劲，"我就不松开怎么样，你能把我怎么样，怎么样"？

"不松？"小宋追问。

"不松，我凭什么松开，你把我们关在这里是何用意，你给我钥匙我就松。钥匙是你家的呀，凭什么你霸着呀。"

小宋再不多言，挥手向上一扬。他这一挥手，凝聚了太多内心的不满，力大无比，立刻就挣脱了小毛紧攥的拳头。另一只手向外猛推。小毛的力量全用在手上，身体几乎是不设防的，在小宋排山倒海的推力作用下，她娇弱的身体轻飘飘地向后倒去。等我们都反应过来时，她已经倒在地上了。我们被她突然喷发的哭声惊醒了似的，怒火中烧，同时扑了上去，拽住了打人的小宋。事后我想想，当时我们的面目狰狞，不顾一切，像是狼群遇到了羊群。这不是以人的意志为转移的，完全是一股无名之火。我们有的拽着小宋的胳膊，有的抓住了他的头发，有的薅住他的衣领，把他围得水泄不通。这时候小宋面露惊恐之色，向后躲闪着，"你们你们"……没有人注意到他讲了什么，他那重复的两个字代表着什么。我们拳脚相加，使出了全身的力气，把所有的愤怒都发泄到他的身上，他蜷缩在沙发上，成了一个任人宰割的羔羊。我们疯狂地打、抓、挠、踢、骂娘、吐口水。如果当时有一面镜子，我想，我们夸张的动作与从未表现过的邪恶，是令我们自己胆寒和震惊的。我们也一定都不会相信，那是我们自己。事实却仍在发生。很快，小宋就缴了械，被打得失去了任何抵抗能力，他像只刚出生的小猫，连叫唤的声音都没有了。不知谁说了句，"别打了，别打了，别把他打死"。我们都停下来，看了看残忍面目的对方，突然间一致地、满面羞愧地退到一边。老江走近小宋，探了探小宋的鼻息，放心地笑了，转过头无比快乐地宣布，"还活着，还活着。"这是个鼓舞人心的消息，我们发出一阵低沉的欢呼声，像是在庆祝什么。我们均长舒一口气，会心地相视一笑。老黄说："他哪里就那么不禁揍呢，他最年轻，身体最棒。"老江说："是啊是啊，他身体像头牛，哪像我们，全身都是毛病。"我们再次凑近小宋，观察他，他的脸色苍白，面容有点变形，头发凌乱，衣服不整，嘴角有鲜血流出来。即使这副尊容，他也没有博得我们的同情。小毛说："这是他罪有应得。"老江说："是的，没错，这都是他咎由自取。"我们围成一圈，像是在动物园里观察动物一样，我们的心情仍然十分沮丧，并没有因为痛打了一顿小宋而心情舒畅，因为钥匙仍然没有着落，我们走出单位的希望依旧迷茫。我提醒说："我们要的是钥匙。"于是，小毛伸出手想去掏小宋的口袋，手触到小宋的衣服又缩了回来，她说："我是女的，我不能掏他的兜。"在大家目光的鼓励下，我翻遍了他的所有口袋，也没能找到那把钥匙。在我翻找的过程中，小宋毫无反抗能力，任人摆布。只是间或翻一下眼皮，无力地看一眼我。那一眼让我心生寒意，默默地对他说："对不起小宋，这不是我的本意，谁让你碍着大家了。"

没有找到钥匙，我们都垂头丧气，围在一起，低声商量着怎么问出小宋的口供，让他交出钥匙。没想到，小宋细若游丝的声音传过来，像是打了我们每人一个耳光。他说："打死我，也不说。"我们动作统一地扭转脖子，看着有气无力的小宋，真是悲愤交加。我们更加意识到问题的严重性，必须要找到一个可行的办法解困，可是我们凑到一起，讨论来讨论去，却仍然像是在黑暗中爬行，愁云密布，愁眉不展。我们面面相觑，这才意识到，经过刚才的打斗，好像每个人都付出了毕生的力量似的，一下子瘫软在地，像是斗败的公鸡呼哧呼哧喘着气。这样尴尬的局面持续了有十几分钟，我们听到了一个声音，那声音从我们身后传来，是所长董仙生的。这么长时间，我们几乎忘记了所长的存在。他的声调平和，"都散了吧"，他说。

我们拖着沉重、散了架的身体各自回到自己的办公室。我们的脑子都长了眼睛，能够隔着厚厚的墙壁，看到那紧锁着的铁门。紧张、惶恐令我们无所适从。我与小毛一个办公室，她趴在办公桌上抽泣起来。我根本不知道如何去劝慰她，只能孤寂地坐在那里发呆。

后来我听到了脚步声。那声音在静得有些残酷的楼道里显得十分慌悚。我的耳朵同样长了眼睛，第一个脚步声是老黄的，那脚步声从他和老江的办公室响起，就像是一个简单而无聊的音符，穿过楼道，串起一连串杂乱的音符，扰乱着我们的思想，最后消失在所长的办公室，那是音符的终结处。当那音符重新响起时，我看了看表，时间已经过去了20分钟。第二个脚步声是老江，老江在里面待的时间比老黄要长，35分钟。老江从所长屋里出来的脚步声轻快，像是伴着口哨。然后是小毛，她停留的时间较短，只有10分钟。她回来后脸色阴沉，看上去情绪不佳。我也不敢打听。等着手机微信的声音响起。但是过了半个小时，手机才有动静。我等得心焦，快步赶了过去。

瘫软在沙发上的小宋已经不见了踪影，想必是回他的办公室了。所长董仙生抬头看了下我，指了指桌前的椅子。我坐了下来，规规矩矩的。

所长并没有表现出多么焦虑的神情，说话的语气也平静："梁颂，你来所里几年了？"

他以聊家常的方式开始，立即让气氛轻松下来。我略加思索，"12年"。

"你已经工作12年了，你肯定知道这其中的甘苦，你也知道，你取得的一切都不是风刮来的。"

我诚实地回答，"那是自然。"

"我已经来这个单位20年了。我没有你们幸运，研究生毕业后直接就分配到这里。我在工厂里待了整整十年，我从一个厂报记者做起，白天里采访、写报道，利用晚上的时间搞点文学研究。后来是老院长看了我发表的一篇文章，发现了我，把我从工厂里调过来。可以说，没有老院长就没有今天的我。"董仙生像是在自言自语，回忆他的经历。

我说："我知道所长，听你说过多少遍了。"

所长董仙生又看了看我，"所以你知道，老院长的手稿不仅对他，对我意味着什么"。

"我知道。"我小声说。

他话锋一转，"你觉得这部手稿被谁拿走了"？

我没有料到所长会单刀直入，这么直接，竟毫无防备，结结巴巴地说："我，我，我……"

"你别紧张，我没有说是你拿了，我根本没有这个想法。我对你从来都是信任的，你也知道，我在为所里的未来着想，一直在培养你做我的接班人。"所长语重心长，以情动人。

我诚惶诚恐，"我还有很多不足"。

"那你说说你的想法，你不要有顾虑，畅所欲言。"

所长鼓励的目光让我无法躲藏，我心乱如麻，根本理不出一个头绪，我说："我不知道，真的不知道。"

"我们不是在下结论，而是推断。"所长说，"所有人都有推断的自由"。

我再不说是无法走出所长办公室的，我脑子里突然灵光一闪，"你等等，我想起一件事"。

所长眼睛放光，"什么事"？

我陷入片刻的沉思，以此来证明我确实是在帮助所长推断，"是这样的，两周前，小毛对我说，她不想审读院长的手稿，她觉得她看的那部分内容简直是生活的流水账，杂乱无章，了无情趣，毫无审美感，根本不能算文学作品，更别说出版发行了。她还把其中的一段读给我听"。

"你认同她的判断吗？"他盯着我。

我迟疑地看看他，然后诚实地说，"基本是的"。

所长眼睛里的光芒暗淡下来，"好吧，你说的都是实话"。他轻轻叹了口气。

我不明白他为什么要叹息，这让我百思不得其解，我脑子里一直想着这个问题，都不知道自己是怎么回的办公室。我因为紧张而忘记了自己在所长办公室的时间，但是小毛没忘，她看到我垂头丧气地回来，指了指自己的表，"26分半"。

我心里有鬼，低下头，没敢和她的目光相接。

午时到了，听得到楼道里那半边的脚步声，该吃饭了。感觉到了饥肠辘辘，这是难得的一种感受。饥饿感的增强愈发催促我们要冲出铁门，去食堂，或者回家，解决午饭。脚步声停止了，楼道里重归安静。我们的耳朵都离开我们的身体，跑铁闸门那里，似乎我们能看到铁闸门冰冷无情的面孔。胃部的反应越来越强烈，像是挂着一扇重重的铁门。连正常的思维都消失了，脑子里乱成泥泞。甚至忘记了害怕、紧张与无端的猜测。之后响起的脚步声是小宋的，他的脚步声听起来不像被踩躏过的，终究是年轻，恢复得快。脚步声到铁闸门那里戛然而止。没有开门的声音，只有与人低声交谈的声音。脚步声顺原路返回，依次到达我们每个办公室的门口，稍做停留，响起沉闷的敲门声。去开门的是小毛，她拎回来两个塑料袋，里面是盒饭。饭菜之香扑鼻而来，竟有些粗暴。我和小毛，都抢着放下了平日的矜持，夺过外卖饭菜，狼吞虎咽，迅速填饱肚子，食不甘味。没有了饥饿感，脑子开始昏昏沉沉，困意顿时袭来，我打了几个哈欠，便顾不得平日的斯文，趴在桌子上睡着了。我做了个梦，梦到自己被关在一个屋子里，窗户被粗粗的铁条封得死死的，梦的开始我在徒手拆铁条，手指在一点点地渗出鲜血，我却不知疼痛，拼命想把铁条拆散。我成功了，我听到自己内心发出的狂吼。我把成堆的铁条当成梯子，攀上了窗台，纵身一跃，下面却是深不可测的城市的深渊。这时候我醒了，感觉到额头凉凉的，睁开眼，却看到一双躲在眼镜后面的眼睛，正死死地盯着我。我从椅子上跳起来，"小毛，你要干什么？"

小毛手里拿着一把剪刀，恶狠狠地看着我，"你说我要干什么？"

我向后退着，"我怎么知道。"

"我要给你点颜色看看。"小毛说，"可是我又下不了手，从本质上说，我是个善良的人，可善良的人有时也会偶尔来点邪恶"。她晃了晃手中的剪刀。

"别胡来。"我提醒小毛，"你中了哪门子邪，犯了哪门子病"。

"犯病的不是我，是你，你说，你跟所长说我什么了？"她并没有放下手中的剪刀。

我惊讶地看着她，嗫嚅着，"就是，就是"……

"别磨蹭，快说。"她挥舞着剪刀，这不是我认识的小毛。

"我，我说的都是实话，没有添油加醋，我就说了你对那手稿的看法。"我已经退无可退，后背抵住了书橱，硬硬的，不好受。

可小毛不依不饶，她逼近我，举着剪刀，面目狰狞。我只好闭上眼，听之任之。可等了会儿，没有感觉到疼痛，只听到剪刀落地的声音。睁开眼，那把剪刀孤独地掉在我脚下。小毛退回到自己的椅子，瘫坐在那里，捂着脸抽泣着，"我也是这么和所长说你的。"

等她哭够了，抬起头来，竟有些羞涩。我们相视一笑，竟然有些同盟的意味。我们在内心原谅了对方。

小毛怯怯地问，"你和家里人说了吗？"

"说什么？"

"你回不去啊。你总得给家里人说一声吧。你总得编个理由，好让他们安心啊。"

我无奈地摇摇头，"当然，我只是告诉他们，单位有事，不然，怎么和他们说呀。"

小毛忧郁地说，是啊，我也不知道怎么向他们解释。

什么都不要解释，我们又不能在这里呆一辈子。我劝慰她，也是给自己一个心安。

之后我们便默默无语。

还是小毛打破了尴尬的僵局，她说，"我们不能束手待毙，我们得做点什么。"

我紧皱眉头，"我们能做什么呢？"

小毛说："总有办法的。"

压力之下的小毛其实非常急躁，她无法集中精力，越想找到一个好的主意，就越心乱如麻。最后还是我比她清醒一点，我说："我们得把嫌疑人找出来，否则我们谁也出不去。"小毛再次哭泣着说："他总不能一直关着我们，不让我们回家吧。"

"当然不能。"我理直气壮地说。

我们都欠起身子，弓着腰，脸对着脸，放低声音开始商量谁是嫌疑人。其实心态平静下来，仔细地分析、认真的研判，一条条线索就会水落石出。我们一一排除，最后一致同意，那个嫌疑人非老黄莫属。

我分析说："老黄比我们所长年龄还要大，和我们所有人相比，他来所里的时间最长，他说他是所里的文物，应该受到保护。可他老是抱怨说，他总是爱到不公正的对待。据他说，本来当时副所长的位子应该是他的，可是董仙生一来就占住了，就把他的前程给堵死了。他话里话外，充满着对所长的愤恨。"

小毛斩钉截铁地说："对对对，肯定是他。我私下听到他无数次地说所长的种种不是。"

"我也听到过。"我说。

我们稍加回忆和整理，便罗列出许多有关老黄针对所长的不满与怨恨，那些细节，甚至他说那些话的表情我们都能记起来。

我们头一次如此接近，我能看到她的眉毛因为激动而像火苗般跳跃着。一旦有了结论，我们便立即付诸行动。小毛发微信叫来了老江。老江迈进我们办公室的步子犹豫不决，推开门，他探头探脑，不知道是进来还是不进来。小毛紧走几步，伸手拽住他，把他硬拉了进来。小毛友好地把他安顿到沙发椅上，递过去一杯热咖啡，同时安抚着惊慌失措的老江，"你不想早点回家吗？"

这一句话捅到了老江的心尖上，他一下子便崩溃了，捧着那杯咖啡，哭哭啼啼得不像个男人。他啜泣着说："如果我不回家，我的猫会发疯的。我不敢去想，只要一想到猫我的心脏就忽悠忽悠地窜上窜下，百爪挠心似的。"

小毛只好把他手里的咖啡接过来，以防他把咖啡洒到身上。她安慰老江，自寻烦恼解决不了问题，只能徒增伤悲。

"那能怎么办？"老江抬起他无助的脸，看着小毛。

此时的小毛已经告别了焦虑，她耐心地告诉老江，我和她正在努力找出嫌疑人，以免去所有人的嫌疑。等她把话说完，我们都用鼓励的目光看着老江，希望得到他的一个令人满意的答复。老江的表现令我们有点意外，他并没有因为即将打开的一扇窗而兴奋，我们的计划反倒使他陷入了内心的挣扎之中，他重重地叹息一声，"唉，老黄，我同意你们的猜测。其实从一发生这件事，我第一个念头就是，是不是他干的。可是我又不希望是他。老黄表面上看上去什么都不在乎，大大咧咧的，其实他内心很敏感。他心里苦啊！他混了一辈子了，却一事无成，每天他都要受老婆的数落，你说他心里能好受吗？"

"我们说的不是过去，是现在，是今天，此时此地。"我小声纠正说，"我是想让他清醒地意识到，此时此刻，我们的处境"。

事与愿违，不管我和小毛如何做他的思想工作，老江都不肯放弃他对老黄的同情，不愿意和我们站在一条战线。他说："不管怎么说，不管到什么地步，我们都不能把莫须有的罪名强加给他。"我们，我和小毛，对他假道义的行为嗤之以鼻，目送他离开时，满脸的不屑。我们颓丧地坐在椅子上，把脸扭向窗户，看着窗外静止的杨树。

时间就在绝望之中，缓慢而残忍地流逝，它划过的痕迹，如同是钝刀子刻过一般。我们看着黄昏沉重地经过窗外，如同一个体会了世间所有疾苦的老人，把白日无情地卷走。我们觉得自己与椅子长在了一起，连呼吸都听不到了，我们的身体与黑暗融到一起，我仿佛觉得身体像是沙粒一样，慢慢地融解到了夜晚之中。没有人想起要摁下灯的开关，让夜晚亮起来。黑暗的包裹似乎更让人感觉到安全。我们连话都懒得说了。小宋的脚步声仍然可以分辨，他在每个屋子门前都停下来，敲了敲门。外卖饭菜的味道疯狂地从门下面的缝隙间冲进来，冲击着我们干瘪的胃部，诱惑着我们的味蕾。可是我们仍然未动。我们没有任何食欲。我靠在椅子上，长期保持一个动作，我的身体有些僵硬，似乎失去了知觉。窗户外的夜是绚烂的，各种灯光互相交织错落，起起伏伏，余光映进办公室，在办公桌上，在墙壁上形成了各种图案，开始时是不规则的，不成形的，但在我强烈的主观意识作用下，它们慢慢地分散、聚拢、自由地移动，那些光奇迹般地变幻成了森林、鸟儿、彩虹、楼宇……我兴奋不已，大声说："小毛，你快看，墙上，是一片郁郁葱葱的森林。"在窗外漫进来的微弱的光线中，小毛的脖子扭动了一下，"你脑子进水了吧"，暗处的她说。

时间对我们来说，变得毫无意义。夜晚像是深不可测的海洋。不知已经是何时，窗外的夜也安静下来，奔跑的汽车声小了许多。楼道里的脚步声似乎是从峭壁上跌落的惊雷，惊心动魄，而且脚步声杂乱慌张。我们被这异响所吸引，纷纷打开门，来到楼道中，是小宋。他惊慌说："有一只猫。"大家还没反应过来是怎么回事，他补充了一句，"一定是它把手稿叼去的"。这句话如醍醐灌顶，仿佛在茫茫黑夜中盼到了一丝亮光。站在各自办公室门口的我们立即驱走了黑夜、惊惧、惶恐、紧张，我能感到我的毛发都竖了起来。"在哪里，在哪里？"我们围着小宋纷纷问，仿佛我们和小宋之间根本没有发生十几个小时之前的龃龉。而小宋也恢复了平时的精神，他说："它跑得飞快，一转眼就不见了，但我敢肯定，它没有跑出去，它就在我们所这边，说不准窜到哪个屋子里了。"我们聚精会神地听着他的讲述，眼里的小宋仿佛变得可亲可敬了。老黄说："我们得抓住它，它是罪魁祸首，一定要抓住它。"老黄的话提醒了我们，我们东张西望，楼道里一览无余。我们又都跑回自己的办公室，毫无目的地寻找着，之后又一无所获地冲出来，喊道："在哪里，在哪里？"老江说："好像看到一条黑影，跑到男厕所里了。"我们争先恐后地向男厕所跑。连小毛都跑进了男厕。因为大家心情急迫，慌不择路，拥拥挤挤，反而影响了我们抓猫的进程，甚至我们都看不清楚那只猫究竟长什么样。小宋说："跑了，它又跑了，从我们脚下溜掉了。我连猫的影子都没见到，只落得一身臭汗。"

我们又从厕所里跑出来，追到楼道里。老黄问："它跑到哪个屋子里了？"

小毛是最先从厕所里退出来的，她说："好像跑进资料室了。"

老黄跑到我们前面，拦住我们，不能这样瞎跑乱撞，只会把它惊跑了。它要是再跑了，我们就找不到真凶了。他指挥我们，去把铁门堵住，不管它多狡猾，它也逃不出去。他说的有理，我们迅速行动起来，有人去找能做挡板的东西，有人守在铁闸门前，以防止猫从这里逃掉。我们找来了椅子，从书柜上掉下来的板子，包装纸盒，很快，就在铁闸门那里形成了一道坚固的防线，铁闸门的下半部分被封得死死的，再狡猾的猫也逃不出去的。

在大家都被狂躁、低沉交织的情绪笼罩时，老黄表现出了超乎常人的冷静，他像是临危受命的将军，镇定自若地指挥着我们。他挥动着手臂，都回到自己的办公室去赶猫，尽可能地把它逼到楼道里，迅速地把自己办公室的门关得死死的。然后我们集中到楼道里，它插翅难飞。老黄表现出了难得的领导才能，他的话合情合理，也不容置疑。我们回到各自的办公室，卖力地寻找着猫的踪迹。我和小毛翻遍了所有角落，甚至抽屉里、书柜里的书都翻开看了看。我笑着说："它有可能变成卡通，躲进书里啊。"小毛故意说："那怎么办。怎么办，我们永远也抓不到它了。"寻找猫的过程充满着诙谐和对即将结束的未来的期盼，夜晚也不再显得那么漫长。

楼道里又是一阵骚乱，我和小毛从一无所获的办公室冲出来，关闭身后的门。小毛惊呼了一声，"在这里，在这里。"我也看到了，是只灰白相间的肥猫，它快速地跑过我们办公室门口，在我们的脚下逃窜着。我们追着它。因为我们做了充分的准备，意识到了胜利在望，所以并没有过于慌乱。它在我们晃动的目光下奔跑着，它尝试着它熟悉的每个门，它慌不择路，最后跑进了所长董仙生的办公室。老黄拍了拍脑门，叹道："怎么忘了仙生了。"只有所长的办公室门是大敞着的。我们鱼贯而入，挤在所长办公室门口。老黄说："把门关上。"

这是这个夜晚最佳的时机，我们重新聚集到所长办公室里，不是来开会，而是要抓住一只有嫌疑的猫。董仙生一脸惊愕地看着兴师动众的我们。我说："那只猫，它是凶手，我们抓猫。"我指着已经窜上窗台的猫。现在，它站在窗台上，惊恐地看着我们，身体上的毛似乎都在颤抖。它背后是已经正在凋零的无尽的夜色。所长看看受惊的猫，再看看亢奋的我们，疑惑不解的表情越来越浓重。我们没容所长答复，我们也不需要他的指令，我们不顾一切地越过他，越过椅子、桌子等重重障碍，冲向窗台，所长惊慌地站起来，不知所措地看着一拥而上的我们。我们追打着那只猫，它动作敏捷，本能的躲闪和跳跃只是瞬间之事，我们的眼睛根本捕捉不到它，更别说下手抓住它了。尽管我们意志坚定，认为肯定能够抓到凶手，但是这个局促的办公室，限制了我们的反应、动作和速度，发挥不出集体的优势。面对一个难对付的对手，不管老黄再如何保持清醒的头脑，如何大声喊叫，他也无法让我们步调一致。突然我们听到有人喊道："所长呢，所长呢？"是小宋尖厉的喊声。我们停下来，四处张望，没有看到他的影子。又有人喊，他倒在地上了，地上。在办公桌的一角，躺着所长，他闭着眼，脸色苍白，双腿蜷缩着，脑袋边有一点血迹，他已经失去了知觉。小宋的声音变了调，拖着口腔，肯定是我们把他撞倒了。我们围拢过来，悲伤地大声呼喊着他的名字。

所长办公室乱成一团。

我们再次看到苏醒着的所长是在他的家里。他刚从医院里出来，他并没有躺在床上，而是健步迎上来，热情地和我们握手、打着招呼。他的状况完美，叫得上我们每个人的名字，唯一的缺憾是，他部分失忆了，有一些事情已经不可避免地彻底从他的大脑中消失了。我们不知道消失的往事是哪些，却都在暗自盘算着，希望所长能够忘记有关自己的某些事情。他笑着告诉我们，躺在床上的他，听着钟表的嘀嗒之声，每一声好像都在重复着上一声，而他听过的每一声却又真实地消失了。

再没有人提起手稿的事，好像它根本不存在似的。而那只猫，我们也再没见过，有人说，老江家的那只猫和它很相似，但没有人去考证。我们也不知道，所长还记不记得院长，以及他是如何回答院长的疑问的。

2020 年 8 月 1 日一稿

2020 年 8 月 21 日二稿

2020 年 8 月 26 日三稿

2020 年 9 月 7 日四稿

无法完成的画像

　　屋子里弥漫着一股淡淡的烧焦的味道。女孩被一个中年妇女领进来。中年妇女是女孩的舅妈，脸圆圆的，眉清目秀，却是男人嗓。我们已经见过几次，对她并不陌生。女孩几乎是被她拎着放到我们面前。她粗声说："我外甥女，小卿。"

　　我们正端着茶杯百无聊赖地喝水，看到瘦弱的女孩，我师傅杨宝丰赶紧站起来，端详着瑟瑟发抖的女孩。女孩宽宽的额头散落着稀稀的头发，有几根遮掩着大大的眼睛，露出惊恐的眼神。我师傅愣了一下，然后轻轻抚摸着她发黄的头发说："别害怕，我们是给你娘画像的。"

　　时间停留在1944年的春末。这一年我15岁，我师傅大约 40 岁。我师傅杨宝丰是城里唯一的炭精画画师。三年前，他来到城里，在南关开了个画像馆，专门给人画像，给活着的人画，也为故去的人画。师傅保持着一个传统，画遗像一定得到死者的家里去画。我想，可能是不想把晦气留在自己家里吧。我已经跟他学徒一年，能够简单地比着照片画人像了。

舅妈说："平时就她们娘俩一起生活。我这小姑子比较任性，因为恋爱的原因，几乎断了和我们来往。我一年也就能见她几面。三年前的秋天，我婆婆病重，临死前就是想见她这个小女儿一面。我和小卿舅舅来找她时，已经看不到她了，只剩下我这小外甥女独自在家。听小卿说，她娘是刚刚不见了，小卿也不知道她娘去了哪里。我们找了她整整三年，这三年里，我想让小卿到我们家里住，可小卿就是不离开这儿，说要等她娘回来。我只好每天过来照顾她。这三年里，我男人去了很多地方寻找，我那小姑子就是活不见人死不见尸，慢慢地，我们也就不抱什么希望了，只好放弃了，就当我这小姑子是死了，所以才请您来给画一张像，算是有个着落，有个结果。"她说得很平静。

是的，师傅来是给人画遗像的。师傅并不关心这些，他只想着如何对得起这份邀请，把他的工作做好。他把目光从女孩身上移到舅妈脸上，"我需要她的照片，你们找出来，我来挑一张。"

舅妈转向小卿："快去把照片拿出来。"

因为一下子来了两个陌生人，小卿吓得只顾低头看地，对舅妈的话充耳不闻。只有两间屋子，找起来也不难。舅妈只好自己动手，来来回回在屋子里转了好几趟，却没有找到一张小姑子的照片，只找到了一本薄薄的相册，里面的照片却不见了。可以清楚地看到贴过照片的痕迹，照片一张也不见了。舅妈把相册递到小卿跟前，问："照片呢，照片咋就都不见了？"

小卿落下泪来，抽抽搭搭的。舅妈脸色大变，黑黑的，训斥小卿："你哭啥，又没打你骂你。"

师傅冲舅妈挥挥手，弯下腰来，和颜悦色地对小卿说："孩子，别哭。我们是替你娘画像的，只有知道你娘长什么样，我才能把她画出来。你知道照片在哪儿吗？"

小卿眼中带泪，点点头，"我知道"。她说。

她领着我们走出屋，左拐，在墙角处蹾着一个红花的搪瓷脸盆，已经掉了很多瓷，红花已经残缺不全。她指着脸盆里，小声凄凄地说："喏，都在这里。"

我们顺着她手指的方向，低头观看，脸盆底有一层燃烧后的灰烬。那可怜的灰烬还保持着照片的模样，竖着，横卧着，侧躺着，张牙舞爪。这时，刮过来一阵风，灰烬犹豫地颤动着，然后开始盘旋向上，轻飘飘地飞到空中。隔着散成碎片的灰烬，向阳光密布的天空望去，天似乎阴了。怪不得我刚才一直能闻到一股淡淡的烧焦味。舅妈的声音尖厉起来，抓住小卿的细胳膊，"你把照片都烧了！这是为啥？"

小卿嘤嘤地哭出声来。

我们重新回到屋内，气氛便有些紧张和不安，没有照片，等于是巧妇难为无米之炊。小卿垂手而立，脸上还挂着不屈的泪珠。师傅面露难色，对舅妈说："没有照片，我画不出来。你还是另请高人吧。"

舅妈一时也没了主意，她并不是一个从容淡定的人，一遇到难题，便慌了手脚，只会埋怨小卿，对小卿横加指责。还是师傅处事冷静沉着，提醒她，除了这里，哪里还能找到她小姑子的照片。这一下，舅妈茅塞顿开，跺了一下脚，拍一下脑门。"我都被她气糊涂了，我去找，我去找，我们家里一定有。"

我们便和小卿一起等待她的舅妈回来。

屋子里烧焦的味道渐渐散去。没有了舅妈在身旁，小卿反而没有那么胆怯，她逐渐活泼起来，看看我师傅，又看看我。舅妈说小卿只有 10 岁，或许是因为营养不良的缘故，她看上去比实际年龄要小。从开始到现在，我一直背着装满画画工具的布包，没有说一句话，她就对我有些好感，向我招招手，说："你来。"我犹豫地看了看师傅，师傅掏出烟来，点着，闭上眼。这就说明师傅并不反对。

我跟着小卿进了另一间屋子，里面摆着一张单人床，叠好的被子上还放着一个草编的娃娃。她把门关上，神秘地对我说："我还有一张照片。"

我大吃一惊，"那你赶快拿出来呀。"

她拿起草娃娃，用手摸着娃娃的头，"我不拿"。

我着急地说："我去告诉师傅。"

她说："你去吧，你去告密，我就说是你撒谎，根本没这回事儿。"

我说："我不告诉他。那你拿出来吧，让我看看。"

她绷着的脸便松弛下来，露出微微的笑容，她指指自己的心脏，"在这里"。

我泄了气，转身要出去，听到她问："你们来干啥？"

"画画。你舅妈请我们来，给你娘画像，把她的像挂在墙上，你就能天天看到她。我师傅画得可好了，就跟活着一样。"我向她解释。

她却噘起嘴巴，翻着白眼，不满地说："我娘没死。"

我猜想，她是不愿承认她母亲离世的事实。这不能怪她，搁到谁身上，都无法接受。于是我问她："那你娘去哪儿了？"

她摆弄着手里的草娃娃，"找我爹去了。"

"那你爹去哪儿了？"

"我娘说，我爹去的地方不能让别人知道。"说到这里，她突然警惕地盯着我的眼睛，"你不能给别人说。"

我说："我都不知道你爹去了哪里，我咋告诉别人。"

她把地上掉落的一根细草，轻轻地捡起来，吹了吹，想插回到娃娃身上，可她尝试了几次，都没有成功。我说："我来试试。"我把草插回去，交给她。

开门的声音把我们召唤回师傅身边。师傅面前的桌子上，烟灰铺满了一张纸。师傅手中的香烟燃到了一半，一缕细细的白烟腾空而起，线一样直直地飘上去，似乎是静止的。小卿舅妈手里拿着一张泛黄的照片，递给我师傅："您看，这个行不行，我只找到这一张。"

她拿回来的是一张全家福，6个人，坐在前面椅子上的像是一对夫妻，后面是4个孩子，两男两女。她指着第二排右首边那个年轻的姑娘说："这就是她，小卿的娘。"

师傅掐灭香烟，盯着照片，似是认真辨认照片中的人，半天没有说话。

舅妈焦急地催师傅，"您倒是给个准话，行不行啊。"

"啊。"师傅像是刚刚有了结论，"这张照片是什么时候的？"

"大概十三年前吧。这之后没多久，她就离家出走了。"舅妈说。

师傅没有说话。

舅妈又问："可以吗？"

师傅再次把照片拿近来，端详着，"好吧，就它吧。"他平静地说。

师傅的判断并不总是正确。我看到的那张7寸旧照片，在时间无情的作用下，清晰度已经大打折扣。照片色彩的饱和度明显减弱，眉眼、鼻子和嘴巴虽然还能分得清，但边际间的灰色调正在慢慢地退化，有些暗淡。我有些奇怪，以往，师傅对照片质量的要求上是很挑剔的。而这一次，在小卿舅妈真诚的邀请下，他是在勉为其难，在冒一个很大的险。

此时，我才把背包打开，依次拿出画画的工具，素描纸、炭精粉盒、画笔盒、尺子、放大镜、橡皮……把它们按照顺序放到已经清走烟灰和茶杯的桌面上。我坐下来，开始在那张发黄的照片上画线条，横的线条和竖的线条，交叉形成一个个的小方格。因为人头很小，所以我必须小心地以毫米为单位画线。师傅坐在那里，闭目养神，他没有抽烟，画画前，他都会让自己的心境静下来。舅妈出去准备午饭，屋子里没有了她的声音，很安静。折腾了一上午，已近中午，我边打方格，边能听到肚子里的叫声。偶尔，还能听到远处传来的隐隐约约的枪炮声。这两种声音，在我的耳朵里交替回响，就让我有些分心。师傅闭着眼都能感觉到我的神不守舍，他轻轻敲了敲桌面。"把耳朵放到照片上。"

　　我安下心来，继续打格子。

　　小卿在一旁好奇地看着，她问："你把我娘怎么了？你把她关到笼子里了。"

　　我说："这不是笼子。这是方格。我把照片上的你娘挪到这张大纸上，她就更清楚了，更像活的一样了。"

　　她便安静下来，站在一边，静静地看我打格子。

　　简单地吃过午饭，我在铺展的素描纸上，以放大 20 倍的比例，开始打格子。铅笔在尺子的指引下，上下为竖，左右成横，雪白的素描纸被逐渐分成 280 个方格。小卿显然没有见过画像的过程，她看得兴高采烈，笑逐颜开，脸上早就没了泪水。

我放下笔，把铅笔放在打好格的素描纸旁，放大镜放在打好格的照片上，压好素描纸，看着师傅。师傅缓缓睁开眼，目光在纸上扫视一遍。阳光正好照在密密麻麻、方方正正的格子上，那格子犹如一个个开着天窗的房间，敞亮而温暖。师傅起身，净手，擦干，揉揉眼眶，松松筋骨，然后端坐在桌子前，拿起铅笔，开始画头像的轮廓。他画得很慢，比平时要慢许多。我从来没有见他如此小心谨慎、畏首畏尾。铅笔拉成的浅浅的线在一个一个的格子间缓慢地前行，犹疑不定地寻找着方向。平时干净利落的线条也显得笨拙而胆怯。我站在旁边，感觉特别紧张，仿佛这不是平日里的一次寻常的画像，而是一次艰难的在丛林中的探险。我暗暗地捏着一把汗，开始为师傅担忧，不知道师傅是不是能够把人物肖像画好，是不是能得到亲属的首肯。这还是我学徒以来，第一次为师傅忧虑。

　　还有小卿舅妈的唠叨，对师傅是另一种干扰。她坐在一边，并不像小卿那样安静，她控制不住自己想要数落小姑子的欲望。也许，对这个倔强的小姑子，她早就心存不满。她说："这兵荒马乱的世道，您说一个年轻女子，不好好在家，找个安分守己的男人，守着自己那个小家，好好过活。天天在外面疯跑，尽和一些陌生的人打交道。谁知道她找的那个男人是谁，是干啥的。是好人还是坏人。她都自己决定了，也不让我们参考一下意见。甚至都不让我们见上一面。您说，哪有这样的。"

　　师傅紧皱眉头。

"后来我们连她也见不到了，不知道她去了哪里，大约有三年的时间。等她再出现在我们面前时，她怀里抱着一个娃娃，就是小卿。我们问她，那个男人去哪儿，在干什么，为啥他不管她们娘俩了。我这小姑子啊，倔得像头驴，死活就是不说。还是我男人东打听西踅摸，找了间房子，把她们娘俩安置在这儿。"她继续喋喋不休。

　　师傅手中的笔前行的速度越来越慢。

　　我把小卿舅妈请到了屋外，悄悄告诉她，我师傅画画时需要绝对的安静，不能和他说话，让他分心。

　　舅妈说："真是毛病多，我闭嘴就是。我又不喜欢看画画，多无聊。"

　　屋子里能听到铅笔在纸上滑动的声音。师傅缓慢的勾勒无法吸引小卿的注意力，她看了一会儿就没了兴致，拉了拉我的衣袖，示意我出去。我跟着她悄悄地出了房间，来到院子里。院子里种着一棵枣树，枣树婆娑的影子正好遮住我们。她问我："画到那张纸上的人就死了吗？"

　　我奇怪地看看她，那双大大的眼睛，衬托得她的脸更瘦削。"不一定啊，我师傅也给活人画像，有年纪轻的，还有小孩子，还有人请我师傅给他们家的猫画过像。我师傅画得可好了，他们都说，比照片上的人还好看，比真人还耐看。不过，我们是来给你娘画遗像的。"我细致地解释道。

　　"那人死了为啥要画到那张纸上？"她还是有太多的疑问。

　　我挠挠头，"我也不知道，反正有人愿意挂在家里，愿意找我们画，我们就画。"

"你画过没？"

我摇摇头，"还没有，我画得还不太像。我师傅说，我得再画两年，才能够正儿八经地给人画像。"

"那你能不能给我也画一张？"

我犹豫着说："能，只要我师傅同意。"

她撇撇嘴，"真没出息。"

聊天中，我看不出她有多么悲伤，也许，三年的等待和期盼，对于一个孩子也有些倦怠了，麻木了。

天擦黑的时候，师傅才把人像的铅笔稿画完。白色的素描纸铺在桌面上，借助灯光，我们看到了一个清秀的脸的轮廓，眼睛、鼻子、嘴巴、耳朵都已经就位。虽然漫长，但那是一个好的开始。小卿盯着那张画稿，看了半天，晃着脑袋说："这不是我娘。"

我对她说："别着急，这是草稿。明天就让你见证奇迹。"

披着夜色，我们告别了小卿和她的舅妈。那张画好轮廓的素描纸就放在桌面上，慢慢地被黑夜覆盖。在同一屋檐下的黑暗中，可能还有一双明亮的眼睛在闪烁。

并不像我承诺的那样，奇迹却来得并不及时。第二天画像的过程仍然延续着昨日的艰辛。

这是画像的关键环节。

师傅净手后闭目而坐，等着我把一切准备就绪。师傅的表情看上去波澜不惊。微风穿堂而过，师傅的头发微微颤动。

炭精粉盒打开，露出细细的黑黑的炭精粉。小卿对灰烬一样的黑色粉状物十分感兴趣，伸手想摸一摸盒中的炭精粉。我抓住了她的手腕，制止了她。

而后是毛笔，按照大中小号，并排放在右手边。这些毛笔都是经过特殊处理过的，把柔软的笔头浸入浆糊中半个小时，等每一根狼毫都与浆糊充分而亲密的接触，拿出，在阴凉干燥处慢慢阴干。此时的毛笔头是饱满的，坚硬的，再把笔头捏松，修剪好，适于沾上炭精粉。一根根黑头的毛笔面朝桌外，等待着我师傅的召唤。

一切准备停当，师傅开始作画。每一次，都是从眼睛画起，这是老规矩。师傅告诉我说，眼睛是一幅肖像画的魂魄，只要魂魄活了，这幅画就成功了一大半。而这一天，1944年春天的一天，面对草稿，他稍微犹豫了片刻，然后，用小楷毛笔沾上炭精粉，落笔在了鼻子上。我万分诧异地看着师傅的手。一旦落笔，他的右手便没有犹豫，没有迟疑。鼻头的阴影慢慢地擦出来了，然后是深色的鼻孔。当师傅用炭精粉擦出第一笔黑色的线条时，像是广阔的平原上，吹过来一股春风，等风慢慢地吹遍了平原，黑色的线条铺满了一张白白的纸，人物浮现了，春天也就到来了。

往常，师傅画出一幅8开的人像，大约是一白天的时间。可是今天，我向小卿夸下海口的奇迹却迟迟没有到来。一天下来，他只画了鼻子和嘴巴。但即使是如此，当那秀气挺拔的鼻子和有些倔强的嘴巴，以黑白灰的搭配，变得立体，呼之欲出时，也足以令在场的小卿舅妈不住地赞叹："真像，真像。"小卿则牢牢地盯着那鼻子和嘴巴，眼睛瞪得很大，睫毛不住地闪动。

太阳快落山时，师傅便停止了作画，这也是一贯的规矩。我用一张宣纸把那张素描纸蒙住，细心地在四边压上镇尺。我叮嘱舅妈和小卿："谁也别动下面的纸！"

第三天，师傅画了脸部、耳朵和头发。第四天，他才最后画眼睛，画一幅肖像的魂魄。一直到傍晚，漫长的作画过程还未能结束。只留下一只眼睛，他再也画不动了。那一小块空白，像是一个深不见底的洞，特别突兀刺眼。我看到，师傅的右手手背上，已经布满了密密的汗珠。而我自己，也已经精疲力尽，依稀是跑了四天三夜。从来没有，从来没有过，这么难熬的作画过程。我反复看着那张旧照片，看着照片上青春而朦胧的脸庞，再看看素描纸上，那一个意气风发而清晰的面孔是多么得来不易啊。

师傅疲惫不堪而且声音虚弱地说："明天早晨收尾。"

按照惯常的规矩，我把缺了一只眼睛的肖像画用宣纸蒙住，镇尺压住，嘱咐小卿和舅妈，别动那张画。我们走到街上，师傅的身子一软，险些摔到路上。我扶住他，说："师傅，您累了。"

第五天一早，我们就赶到了小卿家。清晨，金黄的阳光里有一股甜甜的蜂蜜味道。舅妈忙着给我们倒水沏茶。照例，我开始为师傅做准备。我掀开宣纸，惊得大叫一声："哎呀！"

镇尺掉到地上。

宣纸下面是空荡荡的桌面，陈年的桌面映着冷森森的光。听到我的尖叫，师傅站起来，凝着眉，有些惊恐地看着空空的桌面。我伸出手摸摸桌面，桌上桌下，都找了个遍，也未见踪影。我哭丧着脸，看着师傅。师傅便叫住在眼前晃来晃去的小卿舅妈，问她看到那张画没有。舅妈说："没有啊，你们走后不久我也回家了，我走之前，还看了看桌子上，和你们走时一样，蒙着一张白纸。"她又风风火火地把屋子里能找的地方，挨个找了一遍，最后无奈地对师傅说："没有，哪儿也没有，怪事了，难不成是有贼了？可是贼不偷别的偷一张遗像有啥用。又不能卖钱。"

师傅对舅妈说："你把小卿叫来。"

舅妈把小卿从院子外领进来。小卿垂着手，一脸无辜地看着师傅。师傅想拉拉她垂着的手，可她缩了回去，师傅只好和蔼地拍拍她的头，问："你见那张画像没？"整晚，只有她一个人在家里。

小卿摇摇头，又摇摇头。

站在一边的舅妈把她一把拽过去，手上的力气明显加重了。小卿被舅妈拉扯着，龇着牙，咧着嘴，眼里闪着泪花。舅妈吼道："是不是你？你说到底是不是你？前两天你把你娘的照片烧了，这次你又把你娘的画像弄到哪里去了？你说呀，你倒是快说呀！"

舅妈越是逼迫，小卿越是不从。她倔强地憋着眼泪不流出眼眶，昂着头不回答舅妈的问话。舅妈气鼓鼓地说："你们看看，跟她娘一样一样的，死倔死倔的，认准了理，八头牛都拉不回来。"

师傅上前扒开舅妈愤怒的手，劝慰她："让我来。"

师傅轻轻地拂了拂小卿发红的手臂，安抚她："没有人怪你。不关你的事。你别怕。"又拍拍她的头。小卿怯怯地看了看师傅，又垂手站在那里，默不作声。

师傅挥了挥手，然后坐在椅子上，大口大口喘着粗气。我胆战心惊地看着他，束手无措。

舅妈跺着脚说："这可咋办，这可咋办？"

师傅淡定地说："我重新画。"

重新画像的决定让小卿舅妈放宽了心，却令我忧心忡忡，我知道，师傅做出这样的决定是非同寻常的。在这一年学徒当中，类似的事情从来没有发生过，师傅最忌讳的就是重画。他说过，重画就是对自己的否定。

不出所料，重画的过程是一场灾难。我师傅杨宝丰要克服他内心的那份执念，并不是一件容易的事。每一天下来，他都疲态尽现，像是经历了一场永无尽头的长跑似的。他甚至忘记喝水，吃起饭来，也毫无胃口，如同吃糠。返回的路上，他走得比平日里要慢许多。夜幕四合，街道上人流稀少。偶尔有辆自行车响着铃铛疾驰而过，还把他惊得歇息几分钟才继续前行。我听着他软弱无力的脚步声，能感觉到，两只脚几乎是拖着在行走，我不忍心地说："师傅，要不我们放弃吧。"

师傅说："不能。"

师傅回答得那么坚决，我就愈发觉得肩上的分量重了。我背着大大的画夹，里面是没有完成的画像。那张薄薄的素描纸，因为有了未完成的人物肖像，仿佛有雕塑般的形态，厚重了许多。我几乎能感觉到已经画完的鼻子、嘴巴的重量。除了要应对师傅心里的信念，我们还得防着画像再次消失。所以，我背来了画夹，每天回家时，我都把未完成的画像小心地装进画夹，而每次，小卿都非常庄重地看着那幅半成品的画像，在她的眼皮底下消失，她问我："你为啥要把它带走？晚上我给你守着，一定不能再丢了。"

我不能把心里要说的话全盘托出，我不能告诉她，我们不信任她，不敢把画像留在她身边。我哄着她说："我师傅回去还要加班画。你看看，这幅像画得时间太久了，耽误好多事。必须加班加点把它画出来。你舅妈放心，我们也安心。"

小卿嘟着嘴，不信任地看着我。

如此谨慎，如此艰辛，又过了五天，时间像是在一个个的铅笔线条围成的方格中，缓慢渡过的。小卿母亲年轻时的画像，即将大功告成。除了要修整一下细微处的头发，连最后的那只眼睛都已经画好了。那一刻，在傍晚来临之前到达，师傅四肢摊开，瘫坐在椅子上，面色苍白，汗湿衣袖，头发打着绺垂在额头上。我轻轻地给他捶着肩膀。

师傅闭上眼，没有说一句话。小卿和舅妈并排站在桌子旁，她们已经忘记了我们的存在。她们被那幅画像吸引了，静静地观看着基本成型的画像，一向爱说的舅妈，也变得沉默了，她盯着那幅画，我在她脸上看到了一丝羞愧。小卿看了一会儿，突然间趴在桌了上，放声痛哭。我害怕她的泪水把画像打湿，急忙把那幅画像向里挪了挪，尽量离她一起一伏的头远一点。三年多来，舅妈说她从来没有哭过，她一直相信，她的母亲，一定会在某个黎明时刻，在她睁开眼的一瞬间，回到她的身边。现在，当她看到自己的母亲以这样的方式出现在她面前时，也许她意识到了那个黎明永远不会到来。她的绝望与痛苦，就这样，把时间，重重地推向了夜晚。她的哭声嘹亮而尖厉，高亢而饱满，像是色彩浓洌的炭精粉，把没有点灯的房间里，染得漆黑。

没有人阻止她。

也没有人，说一句话。

就让那夜晚，快速地降临，快速地把所有人吞没。

等她的哭声渐渐地减缓，变成溪流样的节奏。我师傅才站起来，把她揽在怀里，像哄睡觉的婴儿一样拍着她的背。在师傅的安抚下，哭声才来到了溪流的尽头，她安静下来。我感觉到，夜色像水一样缓缓地分开。

我照旧背着画夹，回到了店里。这几日，我都没有回家，而是在店里看护着画像。画夹被我放在柜台上。柜台里的墙上，贴着几张画像，有一个七八岁少女的画像，画像上明眸皓齿的少女笑颜盛开。师傅睡在里间，而我睡在柜台旁边。临睡前，我的眼睛看看画夹最后一眼，才沉沉地闭上。黑夜像是流动着的炭精粉。躺在黑暗中，我似乎能听到细细的炭精粉流动的沙沙的声音。一粒粒一颗颗，互相依靠着拥挤着，成为磅礴而密集的黑色力量，柔软而不顾一切地吞没了一切。

不知睡了多久，我突然醒来，暗夜中恍若传来细碎的声音。顿时睡意全无，我侧耳细听，那声音细若游丝，若有若无。我从床铺上爬起来，蹑手蹑脚地摸向柜台，柜台上的画夹已经不见了。我惊出了一身的冷汗。我摸索着走到里屋门口，轻声喊道：师傅，师傅。没有人回应。也许师傅太累了。我只好放弃打扰他，循着声音而去，声音仿佛来自屋外，店门虚掩着，我轻轻推开它，脚落下去，感觉像是落进了深渊之中。我深一脚浅一脚地迈出来，汗毛都立了起来，身后的画像馆好像立即就远去了。借着淡淡的月光，浓浓的夜色中隐约有一个人，正专注地站在那里。我掐了掐自己的大腿，算是壮胆。我停下来，不再向前走，唯恐惊动了那个人。我屏神静气，躲在黑暗处，观察着前方的人。夜晚仿佛是由无数黑色方格组成的世界，每一个方格里都藏着一个妖怪。我缩成一团，想赶快回去。前边那人终于有了动静，他打着了火，他在烧什么东西。他点了几次，才点着，我立即闻到了燃烧的味道。燃烧的面积越来越大，被火映照的地方也扩展得越来越大，我的视线顺着火光向上移动，一屁股坐到了地上。那人竟是师傅。我的脑子瞬间便凝固了。

我不知道自己是怎么回到店里的。我躺着，眼睛闭着，能听到轻微的脚步声由远而近，关门，上锁，从我身边过去，在柜台边停留片刻，折进了里屋，然后一切归于宁静。夜晚再也无眠。泪水从我的眼角慢慢地滑落，在等待黎明的过程中，变成干枯的泪痕。

画像的事就此结束。师傅彻底放弃了为小卿母亲画像。我和师傅，谁也没有再提起画像的事。一年之后的某一天，我在店里等着师傅，等了一天，两天，一个月，两个月，没有等到他。师傅杨宝丰再也没有出现，我不死心，走遍了整个城里，也没有见到他的踪影。没有人告诉我发生了什么。我央求父亲，替我盘下了那个小店，我继续着师傅未教授完的技艺，渐渐地成了城里一个有名的炭精画的画师。我想一边画像，一边等待着师傅回来。就像小卿等待她的母亲一样，我相信有一天，师傅也会突然站在我的面前，他一定会为我的炭精画而骄傲的，我能够滔滔不绝地给他讲，我攻克的各种技术难题，画出的令人难忘的肖像。又过了一年，遥远的枪炮声终于来到了城外，清晰而响亮。

1951 年的一天，我的画店里走进来一个年轻的姑娘，她面色凝重，年轻的脸上写满了哀伤。她端详着墙上的画，再看看我，说："我想请你画一张肖像。"

我觉得这个陌生的姑娘有些眼熟，"好的，把照片给我。"

她摇摇头。"有照片，但不在我手里。"

我微笑着向她解释："没有照片我画不了。"

"你肯定能画。"她坚定地说，"也只有你能画。"

我诧异地看着她。"为什么？"

"因为你画过。"她确定地说，用忧伤的目光鼓励我。

我更加疑惑。

"我是小卿。"她说。

我一下子明白了，为什么我觉得在哪里见到过她。记忆像是泄下来的洪水。数年前的接触虽然短暂，却给我留下永生难忘的记忆。我内心涌动着一股暖流，不知道是因为见到小卿，还是想到了当年画像时的师傅。我急忙热情、手忙脚乱地请她坐下来，给她沏茶。我小心地问她："找到你娘了吗？"

坐下后，小卿努力克制着自己悲伤的情绪，对我说："我一直在寻找我娘，我不相信她会丢下我不管，我相信一定有什么原因，阻碍了她回家。我找了很多地方，就像我舅舅当年寻找她一样。虽然我一无所获，可我并没有像舅妈他们那样绝望，那样灰心丧气。我漫无目的地找啊找啊，找了一年又一年，直到去年秋天。有一天，舅舅突然来到学校，把我从教室里叫出来，他满头大汗，气喘吁吁，表情很奇怪。他并没有告诉我是什么事。他骑着自行车，骑得飞快。坐在后座上的我能听到耳朵边的风声。我们停在了晋冀鲁豫烈士陵园门口，舅舅连车锁都来不及锁上，拉着我就向里跑。烈士陵园刚刚落成，有很多单位在组织参观瞻仰。今天轮到舅舅单位。我一路跟跟跄跄，被舅舅拉着狂奔到烈士纪念堂里。我们站在一张照片前，一张模糊的照片，是一张合影。我能感觉到舅舅的身体在颤抖。合影上是四个微笑着的人，两个年轻的男人和两个年轻的女人，女人在中间，男人在两边。我站在那里，惊呆了，我越看，其中一个年轻女人越像我娘。而照片中的人像，似乎也越来越清楚。我确信，她就是我娘。我蹲在那里失声痛哭，根本不顾及周围有多少人。后来，一个陌生的女人走到我身边，问我为啥哭泣。我指着照片说，那是我娘。她把我揽在怀里，也是放声大哭。等我们哭完，她脸上挂着泪花，告诉我说，她是照片中的另一个女人，他们四个是曾经的战友，这是他们分别时的照片。她让我叫她黄姨，我觉得她特别亲，我喜欢听她讲话，软软的，带着南方口音。她指着我娘左边的那个年轻男子问我："你知道他是谁吗？"我摇摇头。她说，"那是你爹"。我泪眼婆娑地看着那个陌生的男人，他的形象并没有像照片上的母亲那样越来越清晰，相反，却愈发难辨。她再次把我抱在怀里，她的眼泪冰凉地落到我的脸上。"

我默然无语，看着她眼角不断滑落的泪水，不知道如何安慰她，这既是一个好消息，又伤心不已。

她的脸上除了哀伤，还挂着几分自豪，"我想请你给我娘画一张像。"她说。

我跟着她来到晋冀鲁豫烈士陵园，在烈士纪念堂，看到了那张照片。她指着那张照片，对我说："你看，我娘，还有我爹。"

我的目光随着她手指的方向望去。小卿的爹头发很密很长，看上去刚毅英武。那张照片虽然清晰度不高，但他们四人快乐的笑容溢出了照片，明显感染着小卿。她看着照片，眼里含着泪，却微笑着。我的目光重新回到照片上，我紧紧盯着照片右首的那个男人，我有点怀疑自己的眼神。我使劲揉了揉眼睛，指着照片惊呼道："小卿，你看，那个人，那人是我师傅。"

黄姨领着我和小卿来到一个烈士墓前，她告诉我说："这就是你师傅，这里面埋着他的一顶帽子。"黄姨说："他曾经化名杨宝丰，在城里工作过几年，他在南关开了一家画像馆，专门给人画像。"我这才知道，我师傅叫宋咸德。

我潸然泪下。

2021 年 5 月 17 日第一稿

2021 年 5 月 18 日第二稿

2021 年 5 月 19 日第三稿

2021 年 5 月 24 日第四稿

2021 年 5 月 26 日第五稿

2021 年 5 月 27 日第六稿

2021 年 7 月 6 日第七稿

2021 年 8 月 2 日第八稿

2021 年 8 月 9 日第九稿

上架建议：文学·小说

ISBN 978-7-5171-3166-3

微信公众号

官　网

9 787517 131663 >

定价:68.00元